人民日报评论部◎编

人民日报评论员文章

（2022卷）

人民日报出版社
北 京

图书在版编目（CIP）数据

人民日报评论员文章．2022卷／人民日报评论部编．
—北京：人民日报出版社，2023.2
ISBN 978-7-5115-7719-1

Ⅰ.①人… Ⅱ.①人… Ⅲ.①评论性新闻—作品集—
中国—当代 Ⅳ.①I253

中国版本图书馆CIP数据核字（2023）第029498号

书　　名：人民日报评论员文章．2022卷
RENMIN RIBAO PINGLUNYUAN WENZHANG. 2022 JUAN
编　　者：人民日报评论部

出 版 人：刘华新
责任编辑：曹　腾　杨　校
版式设计：九章文化

出版发行：人民日报出版社
社　　址：北京金台西路2号
邮政编码：100733
发行热线：（010）65369509　65369527　65369846　65369512
邮购热线：（010）65369530　65363527
编辑热线：（010）65369523
网　　址：www.peopledailypress.com
经　　销：新华书店
印　　刷：大厂回族自治县彩虹印刷有限公司
法律顾问：北京科宇律师事务所 （010）83622312

开　　本：710mm×1000mm　1/16
字　　数：299千字
印　　张：24.5
版次印次：2023年2月第1版　　2024年1月第3次印刷

书　　号：ISBN 978-7-5115-7719-1
定　　价：58.00元

出版说明

习近平总书记在中央和国家机关党的建设工作会议上的重要讲话中明确指出："党中央作出新的决策部署、出台新的文件，都要第一时间学习领会，养成读人民日报时政报道和重要评论、看中央电视台新闻联播、读《求是》杂志的习惯，线上线下同步学习，做到学习跟进、认识跟进、行动跟进。"

人民日报评论员文章，承担着第一时间准确解读习近平总书记重要讲话、重要指示精神和党中央决策部署的重要任务，发挥着举旗定向的重要作用。广大干部群众认为，人民日报评论员文章权威、准确、深刻，既有原汁原味的精辟论断，又有深入浅出的生动解读，是深入学习领会习近平新时代中国特色社会主义思想、深刻理解党和国家大政方针与重要部署的重要参考材料。

为满足广大干部群众深入学习领会习近平总书记重要讲话精神和党中央决策部署的需要，我们将2022年人民日报评论员文章结集出版，以期更好发挥党报评论在舆论上的导向作用、旗帜作用、引领作用。

本书编辑组

Contents 目　录

这一年，意义非凡

——习近平主席二〇二二年新年贺词启示录①

岁月不居，时节如流。又一个辞旧迎新的美好时刻，我们告别2021年，迎来2022年。

“回首这一年，意义非凡。我们亲历了党和国家历史上具有里程碑意义的大事。”新年前夕，习近平主席发表二〇二二年新年贺词，回顾难忘的“中国声音、中国瞬间、中国故事”，点赞“无数平凡英雄拼搏奋斗，汇聚成新时代中国昂扬奋进的洪流”。习近平主席铿锵的话语、豪迈的宣示、殷切的关怀、深情的祝福，点燃亿万人民“一起向未来”的奋斗激情。

百年成就使人振奋，百年经验给人启迪。2021年，无论是在中国共产党历史上，还是在中华民族历史上，都是具有里程碑意义的一年。这一年，以习近平同志为核心的党中央团结带领全党全国各族人民，隆重庆祝中国共产党成立一百周年，胜利召开党的十九届六中全会、制定党的第三个历史决议，开展党史学习教育，如期打赢脱贫攻坚战，如期全面建成小康社会、实现第一个百年奋斗目标，开启全面建设社会主义现代化国家、向第二个百年奋斗目标进军新征程。这些成绩的取得，是以习近平同志为核心的党中央坚强领导的结果，是习近平新时代中国特色社会主义思想科学指引的结果，是全党全国各族人民勠力同心、艰苦奋斗的结果。

这一年，大家付出了，奉献了，也收获了。面对世界百年未有之大变局和新冠肺炎疫情全球大流行交织影响，国内疫情防控和经济社会发展各项任务极为繁重艰巨，我们沉着应对百年变局和世纪疫情，构建新发展格局迈出新步伐，高质量发展取得新成效，“十四五”实现了良好开局。从经济发展和疫情防控保持全球领先地位，到“祝融”探火、“羲和”逐日、“天和”遨游星辰；从抵御严重洪涝灾害，到粮食产量喜获“十八连丰”；从高铁运营里程超4万公里，到快递年业务量超1000亿件……这里有可亲可敬的人民，有日新月异的发展，有赓续传承的事业。习近平主席感慨：“在飞逝的时光里，我们看到的、感悟到的中国，是一个坚韧不拔、欣欣向荣的中国。”

2022年，我们党将召开第二十次全国代表大会。这是我们党进入全面建设社会主义现代化国家、向第二个百年奋斗目标进军新征程的重要时刻召开的一次十分重要的代表大会，是党和国家政治生活中的一件大事。开好党的二十大，对于全党更加紧密地团结在以习近平同志为核心的党中央周围，团结带领人民为全面建设社会主义现代化国家、夺取新时代中国特色社会主义伟大胜利、实现中华民族伟大复兴的中国梦而继续奋斗，具有重大而深远的意义。我们要继续发扬历史主动精神，常怀远虑、居安思危，乘势而上、砥砺前行，保持战略定力和耐心，“致广大而尽精微”，走好全面建设社会主义现代化国家新的赶考之路。

今天，实现中华民族伟大复兴进入了不可逆转的历史进程，我们正昂首阔步行进在实现中华民族伟大复兴的道路上。同时必须清醒看到，世纪疫情冲击下，百年变局加速演进，外部环境更趋复杂严峻和不确定，前进道路上仍然存在可以预料和难以预料的各种风险挑战。正如习近平主席强调的："中华民族伟大复兴绝不是轻轻松松、敲锣打鼓就能实现的，也绝不是一马平川、朝夕之间就能到达的。"走好新的赶考之路，更需要焕发历史主动精神和历史创造精神，保持越是艰险越向前的英雄气概，保持敢教日月换新天的昂扬斗志，知重负重、攻坚克难，不断增强开拓前进的勇气和力量，牢牢把握未来发展主动权，书写新时代中国发展的伟大历史。

奋斗创造历史，实干成就未来。让我们更加紧密地团结在以习近平同志为核心的党中央周围，高扬理想信念的旗帜，加强中华儿女大团结，凝聚万众一心的伟力，保持勇毅笃行的坚定，展现虎虎生威的雄风，在新时代新征程上赢得更加伟大的胜利和荣光，以优异成绩迎接党的二十大胜利召开。

（2022年01月01日　01版）

踔厉奋发　笃行不怠

——习近平主席二〇二二年新年贺词启示录②

历史征程风云激荡，百年奋斗成就辉煌。在二〇二二年新年贺词中，习近平主席深情回顾中国共产党百年奋斗的光辉历程，着眼实现中华民族伟大复兴的宏伟目标，指出“我们唯有踔厉奋发、笃行不怠，方能不负历史、不负时代、不负人民”，强调“要常怀远虑、居安思危，保持战略定力和耐心，‘致广大而尽精微’”。

2021年，我们隆重庆祝中国共产党成立100周年。100年前，中国共产党成立时只有50多名党员，今天已经成为拥有9500多万名党员、领导着14亿多人口大国、具有重大全球影响力的世界第一大执政党。从石库门到天安门，从兴业路到复兴路，从小小红船到巍巍巨轮，中国共产党人始终坚守为人民谋幸福、为民族谋复兴的初心使命，带领亿万人民经千难而百折不挠、历万险而矢志不渝，攻克了一个又一个看似不可攻克的难关，创造了一个又一个彪炳史册的人间奇迹，成就了百年大党的恢宏气象，实现中华民族伟大复兴进入了不可逆转的历史进程。实践充分证明：中国共产党没有辜负历史和人民的选择，无愧为伟大光荣正确的党；没有中国共产党，就没有新中国，就没有中华民族伟大复兴。

不忘初心，方得始终。党的十九届六中全会全面总结党的百年奋斗重大成就和历史经验，审议通过党的第三个历史决议，这是新时代中国共产党人牢记初心使命、坚持和发展中国特色社会主义的政治宣言，是以史为鉴、开创未来、实现中华民族伟大复兴的行动指南。今天，我们比历史上任何时期都更接近、更有信心和能力实现中华民族伟大复兴的目标，同时必须清醒认识到，中华民族伟大复兴绝不是轻轻松松、敲锣打鼓就能实现的，也绝不是一马平川、朝夕之间就能到达的。我们要牢记中国共产党是什么、要干什么这个根本问题，回答好“从哪里来、往哪里去”这个基本命题，把握历史发展大势，坚定理想信念，始终谦虚谨慎、不骄不躁、艰苦奋斗，以咬定青山不放松的执着奋力实现既定目标，以行百里者半九十的清醒不懈推进中华民族伟大复兴。

打铁必须自身硬。习近平主席指出：“我曾谈到当年毛主席与黄炎培先生的‘窑洞对’，我们只有勇于自我革命才能赢得历史主动。”党的百年奋斗史表明，伟大的马克思主义政党不是天生的，而是在长期社会实践中锻造而成的，是在不断自我革命中淬炼而成的。党的伟大不在于不犯错误，而在于从不讳疾忌医，积极开展批评和自我批评，敢于直面问题，勇于自我革命。党历经百年沧桑依然风华正茂，其奥秘就在于具有自我净化、自我完善、自我革新、自我提高的强大能力。在新的赶考之路上，必须铭记生于忧患、死于安乐，常怀远虑、居安思危，继续推进新时代党的建设新的伟大工程，保持越是艰险越向前的英雄气概，做到难不住、压不垮，确保党不变质、不变色、不变味。只要我们不断清除一切损害党的先进性和纯洁性的因素，不断清除一切侵蚀党的健康肌体的病毒，始终做到坚持真理、修正错误，我们党就能永葆先进性和纯洁性，永远立于不败之地，确保党在新时代坚持和发展中国特色社会主义的历史进程中始终成为坚强领导核心。

一世纪风雨兼程，九万里风鹏正举。时代是出卷人，我们是答卷人，人民是阅卷人。在以习近平同志为核心的党中央坚强领导下，增强“四个意识”、坚定“四个自信”、做到“两个维护”，继续发扬历史主动精神，踔厉奋发、笃行不怠，乘势而上、继续奋斗，我们就一定能创造无愧于党、无愧于人民、无愧于时代的新业绩，在新时代新征程上展现新气象新作为，向着实现第二个百年奋斗目标奋勇前进！

（2022年01月02日　01版）

让大家过上更好生活

——习近平主席二〇二二年新年贺词启示录③

“大国之大，也有大国之重。千头万绪的事，说到底是千家万户的事。”在二〇二二年新年贺词中，习近平主席心系民生冷暖、情牵万家灯火，强调“民之所忧，我必念之；民之所盼，我必行之”，指出“让大家过上更好生活，我们不能满足于眼前的成绩，还有很长的路要走”。温暖的话语，真挚的感情，彰显大党大国领袖深厚的人民情怀，诠释中国共产党人不变的价值追求。

如磐初心，写在神州大地。顶风雪、冒酷暑、踏泥泞，一路走、一路看，一路思考、一路指引……2021年，习近平主席先后10次深入基层考察调研。在新年贺词中，习近平主席动情地说：“我调研了一些地方，看了听了不少情况，很有启发和收获。每到群众家中，常会问一问，还有什么困难，父老乡亲的话我都记在心里。”跋山涉水，行程万里，“人民”二字，重若千钧。中国共产党一经诞生，就把为中国人民谋幸福、为中华民族谋复兴确立为自己的初心使命。回望百年奋斗历程，我们党团结带领人民进行革命、建设、改革，根本目的就是为了让人民过上好日子，无论面临多大挑战和压力，无论付出多大牺牲和代价，这一点都始终不渝、毫不动摇。我们党来自人民、植根人民、服务人民，人民是党执政兴国的最大底气。党的十九届六中全会作出党的第三个历史决议，就是要告诫全党在新时代前进的征程上不忘初心、牢记使命，回答好“从哪里来、往哪里去”这个基本命题，始终保持党同人民群众的血肉联系，让广大人民群众从百年党史中深刻认识中国共产党是一个什么样的党，从而坚定不移听党话、跟党走。

消除贫困、改善民生、实现共同富裕是社会主义的本质要求，是我们党坚持全心全意为人民服务根本宗旨的重要体现。党的十八大以来，以习近平同志为核心的党中央团结带领全党全国各族人民攻坚克难、砥砺前行，决战脱贫攻坚，决胜全面小康。2021年，在中国共产党成立100周年这个重大历史时刻，我们实现了第一个百年奋斗目标，在中华大地上全面建成了小康社会，历史性地解决了绝对贫困问题，兑现了党向人民、向历史作出的庄严承诺，显著缩小了世界贫困人口版图，为人类发展进步作出重要贡献。在新年贺词中，习近平主席深情感慨“我也是从农村出来的，对贫困有着切身感受”，指出“经过一代代接续努力，以前贫困的人们，现在也能吃饱肚子、穿暖衣裳，有学上、有房住、有医保”，强调“全面小康、摆脱贫困是我们党给人民的交代，也是对世界的贡献”。

全面建成小康社会不是终点，而是新生活、新奋斗的起点。全面建成小康社会，实现第一个百年奋斗目标，在中国共产党奋斗史、新中国发展史、中华民族文明史上都具有里程碑意义。同时，我们必须认识到，这只是迈向中华民族伟大复兴的关键一步。解决发展不平衡不充分问题、缩小城乡区域发展差距、实现人的全面发展和全体人民共同富裕仍然任重道远。我们没有任何理由骄傲自满、松劲歇脚，必须乘势而上、再接再厉、接续奋斗。坚持一切为了人民、一切依靠人民，始终把人民放在心中最高位置、把人民对美好生活的向往作为奋斗目标，推动改革发展成果更多更公平惠及全体人民，推动共同富裕取得更为明显的实质性进展，我们就一定能让广大人民群众获得感、幸福感、安全感更加充实、更有保障、更可持续。

江山就是人民、人民就是江山，我们党打江山、守江山，守的是人民的心。在新的伟大征程上，让老百姓生活更加富裕、更加幸福，这是中国共产党人的情怀所在，更是使命所系。坚持以人民为中心的发展思想，始终同人民想在一起、干在一起，永远与人民同呼吸、共命运、心连心，承载着中国人民伟大梦想的航船一定能破浪前进，胜利驶向光辉的未来。

（2022 年 01 月 03 日　01 版）

汇聚成新时代中国昂扬奋进的洪流

——习近平主席二〇二二年新年贺词启示录④

“无数平凡英雄拼搏奋斗，汇聚成新时代中国昂扬奋进的洪流。”在二〇二二年新年贺词中，习近平主席回顾过去一年很多难忘的中国声音、中国瞬间、中国故事，礼赞各行各业勇于拼搏、矢志奋斗的平凡英雄，激扬起亿万人民奋进新征程、建功新时代的豪情壮志。

平凡铸就伟大，英雄来自人民。社会主义中国发展到今天，取得的成就不是天上掉下来的，更不是别人恩赐施舍的，而是广大人民群众在党的领导下用勤劳、智慧、勇气拼出来干出来的。过去一年，从青年学子“请党放心、强国有我”的豪迈誓言，到戍边战士“清澈的爱、只为中国”的深情告白；从运动健儿“激情飞扬、奋勇争先”的昂扬斗志，到科技工作者“勇于创新、顽强拼搏”的志气骨气……涓涓细流汇成大海，点点星光点亮银河，许许多多无怨无悔、倾情奉献的无名英雄，以普通人的平凡书写了不平凡的人生，用智慧和汗水、甚至鲜血和生命，铺展开山乡巨变、山河锦绣的时代画卷，创造出物阜民丰、万家灯火的幸福生活。

中国特色社会主义新时代是中国人民在新的考验和挑战中创造光明未来的时代，也是中国人民拼搏奋斗创造美好生活的时代。在脱贫攻坚战场上，多少人困难面前豁得出，关键时候顶得上，把心血和汗水洒遍千山万水、千家万户；在疫情防控阵地上，多少人以生命赴使命、用挚爱护苍生，将涓滴之力汇聚成磅礴伟力，构筑起守护生命的铜墙铁壁；在改革发展大潮中，多少人用勤劳的双手、智慧的头脑、坚韧的付出，闯出人生的新天地，也推动社会大踏步向前……事实证明，中华民族是英雄辈出的民族，新时代是成就英雄的时代。经过艰苦奋斗，中国人民用自己的双手在中华大地上实现了全面建成小康社会的目标，打赢了脱贫攻坚战，历史性地解决了绝对贫困问题，开启了全面建设社会主义现代化国家新征程，迎来了中华民族伟大复兴的光明前景。正如习近平主席强调的："这里有可亲可敬的人民，有日新月异的发展，有赓续传承的事业。"

一百年前，中华民族呈现在世界面前的是一派衰败凋零的景象。今天，中华民族向世界展现的是一派欣欣向荣的气象，正以不可阻挡的步伐迈向伟大复兴。当代中国，江山壮丽，人民豪迈，前程远大。处在这样一个伟大时代，我们倍感自信、自豪，同时也深感责任重大。我们要拿出勇气，拿出干劲，在一代一代中国共产党人团结带领人民创造的历史伟业的基础上，创造出无愧于时代的业绩，大踏步走向充满希望的未来。征途漫漫，惟有奋斗。在我们这么一个有着14亿多人口的国家，每个人出一份力就能汇聚成排山倒海的磅礴力量，每个人做成一件事、干好一件工作，党和国家事业就能向前推进一步。只要有坚定的理想信念、不懈的奋斗精神，脚踏实地把每件平凡的事做好，一切平凡的人都可以获得不平凡的人生，一切平凡的工作都可以创造不平凡的成就。新时代属于每一个人，每一个人都是新时代的见证者、开创者、建设者。只要精诚团结、共同奋斗，就没有任何力量能够阻挡中国人民实现梦想的步伐。

三位航天员正在浩瀚太空“出差”，海外同胞仍在辛勤耕耘，使领馆、中资企业等海外派驻人员和广大留学生仍在勇毅坚守……在新年贺词中，习近平主席点赞“无数追梦人还在奋斗奉献”。在全面建设社会主义现代化国家新征程上，埋头苦干、默默奉献，不懈奋斗、永远奋斗，我们就一定能在平凡岗位上续写不平凡的故事，向着第二个百年奋斗目标、向着中华民族伟大复兴的中国梦奋勇前进。

（2022年01月04日　01版）

书写构建人类命运共同体的新篇章

——习近平主席二〇二二年新年贺词启示录⑤

“世界各国风雨同舟、团结合作，才能书写构建人类命运共同体的新篇章。”在二〇二二年新年贺词中，习近平主席指出过去一年外国领导人及国际组织负责人多次赞扬中国抗疫和为全球疫情防控所作的贡献，展望世界各国和衷共济、共同推动构建人类命运共同体的美好未来，充分展现了大党大国领袖的天下情怀与历史担当，为全球早日战胜疫情、促进世界经济复苏注入了信心与力量。

刚刚过去的2021年，习近平主席同外国领导人和国际组织负责人会晤通话79次，视频主持和出席重要外事活动40起，描绘出一个个合作共赢的同心圆，汇聚起构建人类命运共同体的强大合力，引领中国特色大国外交阔步前行。累计向120多个国家和国际组织提供20亿剂新冠疫苗，助力全球抗疫合作；成功举办博鳌亚洲论坛2021年年会、《生物多样性公约》第十五次缔约方大会等主场外交活动，为国际社会注入更多正能量；顺利举行进博会、服贸会、广交会等大型国际经贸盛会，让开放的春风温暖世界……这一年，面对跌宕蔓延的全球疫情，面对加速演进的全球变局，中国秉持人类命运共同体理念，倡导真正的多边主义，扎实推进共建“一带一路”，履行将疫苗作为全球公共产品的承诺，有力维护国家主权、安全、发展利益，为促进世界和平与发展作出了积极贡献。

2021年是中国共产党成立100周年。100年来，中国共产党坚持中国人民和世界各国人民命运与共，致力于为中国人民谋幸福、为中华民族谋复兴，致力于为人类谋进步、为世界谋大同，在世界大局和时代潮流中把握中国发展的前进方向、促进各国共同发展繁荣。党的十九届六中全会审议通过的《中共中央关于党的百年奋斗重大成就和历史经验的决议》，将“坚持胸怀天下”作为党百年奋斗积累的宝贵历史经验之一，是对党始终从人类发展大潮流、世界变化大格局、中国发展大历史高度正确认识和处理同外部世界关系的深刻总结，也是党继续为人类文明进步贡献智慧和力量的重要宣示。面向未来，中国共产党将坚持走和平发展道路，坚持对外开放，站在历史正确的一边，站在人类进步的一边，始终做世界和平的建设者、全球发展的贡献者、国际秩序的维护者，推动历史车轮向着光明的目标前进。

当前，疫情持续反复，世界经济复苏脆弱，气候变化挑战突出，地区热点问题频发，人类正经历罕见的多重危机。越是困难时刻，越要坚定信心，越要沉着勇毅。新征程上，我们将继续同一切爱好和平的国家和人民一道，弘扬和平、发展、公平、正义、民主、自由的全人类共同价值，推动构建人类命运共同体，建设持久和平、普遍安全、共同繁荣、开放包容、清洁美丽的世界。在新年贺词中，习近平主席展望即将开幕的北京冬奥会、冬残奥会，强调“我们将竭诚为世界奉献一届奥运盛会”。北京冬奥会、冬残奥会是世界各国的盛会，是全球运动员公平竞技的舞台；办好北京冬奥会、冬残奥会是党和国家的一件大事，是我们对国际社会的庄严承诺。办成一届简约、安全、精彩的奥运盛会，世界期待中国，中国做好了准备！

拥抱世界，才能拥抱明天；携手共进，才能行稳致远。世界各国把人民对美好生活的向往放在心头，把维护和平、促进发展的时代使命扛在肩上，坚持多边主义、走团结合作之路，携手前行、接续奋斗，就一定能让梦想照进现实，让行动成就未来，不断书写构建人类命运共同体的新篇章，共创更加繁荣美好的世界！

（2022年01月05日　01版）

把加强党的领导贯穿二十大代表选举工作全过程

选举产生党的二十大代表，是一项重大政治任务。各选举单位党组织要提高政治站位，切实增强政治判断力、政治领悟力、政治执行力，把这项工作摆到重要位置，加强组织领导，周密安排部署，确保代表选举工作圆满完成。

要广泛进行组织发动。通过组织党员集中学习、开展宣传、编印代表选举工作手册等多种形式，教育引导广大党员深刻认识选举二十大代表的重大意义，了解掌握代表选举工作的政策规定、程序环节，认真履行义务，积极负责地参与代表人选的推荐提名。要保证基层党组织和党员的参与率，特别注意针对流动党员和离退休党员、年老体弱党员等群体实际情况，采取电话、信函联系、上门通报情况等方式听取意见，组织他们参与推荐提名。同时，注意做好新业态、新就业群体党员的组织动员工作，努力使所有基层党组织和党员都参加推荐提名。

要充分发挥党组织领导和把关作用。旗帜鲜明加强党的领导，是做好代表选举工作的根本保证。要严格组织考察，突出把好人选政治关，严格代表资格条件，坚持把政治标准放在首位，把人选考准考实，集体研究、认真审核，逐级遴选、好中择优，保证代表质量。对代表人选考察材料、代表登记表中的信息特别是主要表现，要层层把关负责，做到实事求是、内容准确、客观中肯，防止浮夸拔高、以偏概全、失真失实。要把好人选廉洁关，认真落实“四必”要求和廉政意见“双签字”规定。

要加强联合把关，建立相关职能部门信息沟通、查核协调工作机制，对代表人选的廉洁自律、遵纪守法、身份认定等情况进行把关。对反映代表人选问题的，要及时调查核实，提出明确结论性意见。要注重程序把关，在推荐提名、组织考察、确定人选、会议选举等各个环节步骤上，严格履行程序、规范操作，不能搞变通简化，更不能走样变形。

要严肃政治纪律、组织纪律和选举纪律。严肃纪律是代表选举顺利进行的重要保障。要始终把纪律和规矩挺在前面，坚持教育在先、警示在先、预防在先，深入学习宣传党中央关于严肃纪律的各项规定特别是“十严禁”纪律要求，充分运用湖南衡阳、四川南充、辽宁等地拉票贿选、破坏选举案件开展警示教育，引导党员、干部强化纪律自觉，严守纪律规矩。要始终保持高压态势，严格监督、从严查处，对拉票贿选、说情打招呼、跑风漏气、弄虚作假等不正之风和破坏选举等违规违纪违法行为，一查到底、严肃处理，绝不姑息、绝不手软。要实行一岗双责，出了问题要问责，以最坚决的态度、最果断的措施，确保代表选举风清气正。

要深入细致地做好思想政治工作。教育引导党员和代表准确领会党中央精神，以党的事业和人民利益为重，正确行使民主权利，正确对待推荐提名和选举结果，正确对待落选的同志，鼓励没有被提名或没有当选的同志正确看待组织、正确看待同志，放下思想包袱，继续努力工作。同时，要积极稳妥开展代表选举工作宣传，创新方法手段，采取生动鲜活、群众喜闻乐见的形式，营造良好舆论环境，把思想统一到党中央精神上来，把注意力引导到贯彻党中央重大决策部署、做好当前各项工作上来。

二十大代表选举工作任务重、责任大、要求高，各级党组织必须坚持原则、敢于担当，履职尽责、发挥作用。各选举单位党组织要建立专门工作机构，挑选对党忠诚、公道正派、熟悉业务、作风过硬的同志承担这项工作。党委（工委、党组）要负起主体责任，主要领导亲自抓，纪检监察机关和组织、宣传等职能部门各司其职、密切配合，以高度的政治责任感和严谨细致的工作作风，切实完成好这一重大任务。

（2022年01月11日　01版）

不断推进马克思主义中国化时代化

——论学习贯彻习近平总书记在省部级专题研讨班上重要讲话

百年成就使人振奋，百年经验给人启迪。党的十九届六中全会全面总结党的百年奋斗重大成就和历史经验，审议通过了党的第三个历史决议《中共中央关于党的百年奋斗重大成就和历史经验的决议》。这是一篇光辉的马克思主义纲领性文献，是新时代中国共产党人牢记初心使命、坚持和发展中国特色社会主义的政治宣言，是以史为鉴、开创未来、实现中华民族伟大复兴的行动指南。

在省部级主要领导干部学习贯彻党的十九届六中全会精神专题研讨班开班式上，习近平总书记从党和国家事业发展全局出发，深刻阐述了推进马克思主义中国化时代化、正确把握社会主要矛盾和中心任务、重视战略策略问题、永葆党的马克思主义政党本色、党史学习教育常态化长效化等五个问题，强调要深入研读和领会党的十九届六中全会决议，更好把握和运用党百年奋斗历史经验，弘扬伟大建党精神，为实现党的第二个百年奋斗目标而不懈努力。习近平总书记的重要讲话高屋建瓴、视野宏大、内涵丰富、思想深刻，具有很强的政治性、理论性、指导性，对于全党深刻认识“两个确立”的决定性意义，进一步增强“四个意识”、坚定“四个自信”、做到“两个维护”，继续把党史总结、学习、教育、宣传引向深入，增加历史自信、增进团结统一、增强斗争精神，动员全党全国各族人民坚定信心、勇毅前行，在新时代新征程上赢得更加伟大的胜利和荣光，具有十分重要的意义。

一个民族要走在时代前列，就一刻不能没有理论思维，一刻不能没有正确思想指引。习近平总书记强调："中国共产党为什么能，中国特色社会主义为什么好，归根到底是因为马克思主义行。马克思主义之所以行，就在于党不断推进马克思主义中国化时代化并用以指导实践。"这次全会决议对百年奋斗历程中党不断推进马克思主义中国化时代化作了全面总结，把"坚持理论创新"概括为党百年奋斗的十条历史经验之一。注重分析研究和总结党在百年奋斗历程中对马克思主义的中国化时代化，是贯穿全会决议的一个重要内容。回望党的百年奋斗历程，在新民主主义革命时期，我们党创立了毛泽东思想，是马克思主义中国化的第一次历史性飞跃；在改革开放和社会主义现代化建设新时期，我们党创立了邓小平理论，形成了"三个代表"重要思想、科学发展观，形成中国特色社会主义理论体系，实现了马克思主义中国化新的飞跃；在中国特色社会主义新时代，我们党创立了习近平新时代中国特色社会主义思想，实现了马克思主义中国化新的飞跃。我们党的历史，就是一部不断推进马克思主义中国化的历史，就是一部不断推进理论创新、进行理论创造的历史。实践充分证明，马克思主义深刻改变了中国，中国也极大丰富了马克思主义。

党的十八大以来这些年在党和国家事业发展进程中极不寻常、极不平凡。党面临形势环境的复杂性和严峻性、肩负任务的繁重性和艰巨性世所罕见、史所罕见。习近平总书记以马克思主义政治家、战略家的胆略，谋划国内外大局，推进改革发展稳定、内政外交国防、治党治国治军工作，领导全党全国各族人民抓住机遇、攻坚克难，解决了许多长期想解决而没有解决的难题，办成了许多过去想办而没有办成的大事。习近平总书记对关系新时代党和国家事业发展的一系列重大理论和实践问题进行了深邃思考和科学判断，就新时代坚持和发展什么样的中国特色社会主义、怎样坚持和发展中国特色社会主义，建设什么样的社会主义现代化强国、怎样建设社会主义现代化强国，建设什么样的长期执政的马克思主义政党、怎样建设长期执政的马克思主义政党等重大时代课题，提出一系列原创性的治国理政新理念新思想新战略，是习近平新时代中国特色社会主义思想的主要创立者。这次全会决议在党的十九大报告“八个明确”的基础上，用“十个明确”对习近平新时代中国特色社会主义思想的核心内容作了进一步概括。党和国家事业取得历史性成就、发生历史性变革，最根本的原因在于有习近平总书记作为党中央的核心、全党的核心掌舵领航，在于有习近平新时代中国特色社会主义思想科学指引。实践充分证明，习近平新时代中国特色社会主义思想是当代中国马克思主义、二十一世纪马克思主义，是中华文化和中国精神的时代精华，是马克思主义中国化最新成果。党确立习近平同志党中央的核心、全党的核心地位，确立习近平新时代中国特色社会主义思想的指导地位，对新时代党和国家事业发展、对推进中华民族伟大复兴历史进程具有决定性意义。

马克思主义为人类社会发展进步指明了方向，是我们认识世界、把握规律、追求真理、改造世界的强大思想武器。同时，马克思主义理论不是教条，而是行动指南，必须随着实践的变化而发展。必须深刻认识到，马克思主义能不能在实践中发挥作用，关键在于能否把马克思主义基本原理同中国实际和时代特征结合起来。当代中国正在经历人类历史上最为宏大而独特的实践创新，改革发展稳定任务之重、矛盾风险挑战之多、治国理政考验之大都前所未有，世界百年未有之大变局深刻变化前所未有，提出了大量亟待回答的理论和实践课题。我们要准确把握时代大势，勇于站在人类发展前沿，聆听人民心声，回应现实需要，坚持解放思想、实事求是、守正创新，更好把坚持马克思主义和发展马克思主义统一起来，坚持用马克思主义之"矢"去射新时代中国之"的"，继续推进马克思主义基本原理同中国具体实际相结合、同中华优秀传统文化相结合，续写马克思主义中国化时代化新篇章。

回望过往的奋斗路，党之所以能够领导人民在一次次求索、一次次挫折、一次次开拓中完成中国其他各种政治力量不可能完成的艰巨任务，根本在于坚持解放思想、实事求是、与时俱进、求真务实，坚持把马克思主义基本原理同中国具体实际相结合、同中华优秀传统文化相结合，坚持实践是检验真理的唯一标准，坚持一切从实际出发，及时回答时代之问、人民之问，不断推进马克思主义中国化时代化，用马克思主义中国化的科学理论引领伟大实践。奋进新征程、建功新时代，我们要更加紧密地团结在以习近平同志为核心的党中央周围，全面贯彻习近平新时代中国特色社会主义思想，用马克思主义的立场、观点、方法观察时代、把握时代、引领时代，继续发展当代中国马克思主义、二十一世纪马克思主义，让马克思主义在中国大地上展现出更强大、更有说服力的真理力量，奋力夺取全面建设社会主义现代化国家新胜利！

（2022年01月13日　01版）

正确把握社会主要矛盾和中心任务

——论学习贯彻习近平总书记在省部级专题研讨班上重要讲话

抓住主要矛盾和中心任务带动全局工作，是唯物辩证法的要求，也是我们党一贯倡导和坚持的方法。“这次全会决议对党善于抓住社会主要矛盾和中心任务带动全局工作作了全面分析。”在省部级主要领导干部学习贯彻党的十九届六中全会精神专题研讨班开班式上，习近平总书记强调“注重分析和总结党在百年奋斗历程中对我国社会主要矛盾和中心任务的研究和把握，是贯穿全会决议的一个重要内容，我们一定要深入学习、全面领会”。

回望党的百年奋斗历程，在新民主主义革命时期，党深刻认识到，近代中国社会主要矛盾是帝国主义和中华民族的矛盾、封建主义和人民大众的矛盾，实现中华民族伟大复兴，必须进行反帝反封建斗争；在社会主义革命和建设时期，党的八大根据我国社会主义改造基本完成后的形势，提出国内主要矛盾已经不再是工人阶级和资产阶级的矛盾，而是人民对于经济文化迅速发展的需要同当前经济文化不能满足人民需要的状况之间的矛盾，全国人民的主要任务是集中力量发展社会生产力，实现国家工业化，逐步满足人民日益增长的物质和文化需要；在改革开放和社会主义现代化建设新时期，党明确我国社会的主要矛盾是人民日益增长的物质文化需要同落后的社会生产之间的矛盾，解决这个主要矛盾就是我们的中心任务，提出小康社会目标；在中国特色社会主义新时代，党明确新时代我国社会主要矛盾是人民日益增长的美好生活需要和不平衡不充分的发展之间的矛盾，必须坚持以人民为中心的发展思想，发展全过程人民民主，推动人的全面发展、全体人民共同富裕取得更为明显的实质性进展。党的百年奋斗历程告诉我们，党和人民事业能不能沿着正确方向前进，取决于我们能否准确认识和把握社会主要矛盾、确定中心任务。什么时候社会主要矛盾和中心任务判断准确，党和人民事业就顺利发展，否则党和人民事业就会遭受挫折。

在党的十九大报告中，习近平总书记指出："中国特色社会主义进入新时代，我国社会主要矛盾已经转化为人民日益增长的美好生活需要和不平衡不充分的发展之间的矛盾。"这一重大政治论断，准确把握时代特征和我国发展新的历史方位，反映了我国社会发展的客观实际，指明了解决当代中国发展主要问题的根本着力点，丰富发展了马克思主义关于社会矛盾的学说。我国社会主要矛盾的变化，虽然没有改变我们对我国社会主义所处历史阶段的判断，但却是关系全局的历史性变化。以习近平同志为核心的党中央统筹中华民族伟大复兴战略全局和世界百年未有之大变局，深刻认识我国社会主要矛盾变化带来的新特征新要求，深刻认识错综复杂的国际环境带来的新矛盾新挑战，在继续推动发展的基础上，着力解决发展不平衡不充分问题，大力提升发展质量和效益，更好满足人民在经济、政治、文化、社会、生态等方面日益增长的需要，更好推动人的全面发展、社会全面进步。实践充分证明，认识社会主要矛盾是把握社会发展阶段的"钥匙"，我们党在探索社会主义建设规律过程中对我国社会主要矛盾认识的每一次深化，都提升了对社会主义初级阶段的认识水平，保证了党的路线方针政策的科学性正确性。

习近平总书记强调："面对复杂形势、复杂矛盾、繁重任务，没有主次，不加区别，眉毛胡子一把抓，是做不好工作的。"在任何工作中，我们既要讲两点论，又要讲重点论。要认识到，矛盾是普遍存在的，矛盾是事物联系的实质内容和事物发展的根本动力，人的认识活动和实践活动，从根本上说就是不断认识矛盾、不断解决矛盾的过程。还要认识到，社会主要矛盾是各种社会矛盾的主要根源和集中反映，在社会矛盾运动中居于主导地位。积极面对矛盾、解决矛盾，必须注意把握好主要矛盾和次要矛盾、矛盾的主要方面和次要方面的关系。我们要有全局观，对各种矛盾做到了然于胸，同时又要紧紧围绕主要矛盾和中心任务，优先解决主要矛盾和矛盾的主要方面，以此带动其他矛盾的解决，在整体推进中实现重点突破，以重点突破带动经济社会发展水平整体跃升，朝着全面建成社会主义现代化强国的奋斗目标不断前进。

今天，我们比历史上任何时期都更接近、更有信心和能力实现中华民族伟大复兴的目标。同时，全党必须清醒认识到，中华民族伟大复兴绝不是轻轻松松、敲锣打鼓就能实现的，也绝不是一马平川、朝夕之间就能到达的，我国仍处于并将长期处于社会主义初级阶段，我国仍然是世界最大的发展中国家。全党要牢牢把握社会主义初级阶段这个基本国情，牢牢立足社会主义初级阶段这个最大实际，牢牢坚持党的基本路线这个党和国家的生命线、人民的幸福线，科学把握我国社会主要矛盾的新变化，坚定理想信念，牢记初心使命，始终谦虚谨慎、不骄不躁、艰苦奋斗，奋力夺取全面建设社会主义现代化国家新胜利，创造无愧于党、无愧于人民、无愧于时代的新业绩！

（2022年01月14日　01版）

高度重视战略策略问题

——论学习贯彻习近平总书记在省部级专题研讨班上重要讲话

战略问题是一个政党、一个国家的根本性问题。“这次全会决议对百年奋斗历程中党高度重视战略策略问题、不断提出科学的战略策略作了全面总结。”在省部级主要领导干部学习贯彻党的十九届六中全会精神专题研讨班开班式上，习近平总书记强调“注重分析和总结党在百年奋斗历程中对战略策略的研究和把握，是贯穿全会决议的一个重要内容，我们一定要深入学习、全面领会”。

战略上判断得准确，战略上谋划得科学，战略上赢得主动，党和人民事业就大有希望。回望党的百年奋斗历程，在新民主主义革命时期，我们党明确从进攻大城市转为向农村进军，实行正确的抗日民族统一战线政策，面对国民党反动派悍然发动的全面内战，领导广大军民逐步由积极防御转向战略进攻；在社会主义革命和建设时期，我们党提出过渡时期的总路线，审时度势调整外交战略，提出划分三个世界的战略，不断推进社会主义革命和建设；在改革开放和社会主义现代化建设新时期，我们党作出把党和国家工作中心转移到经济建设上来、实行改革开放的历史性决策，实现党和国家工作中心战略转移，制定了到二十一世纪中叶分三步走、基本实现社会主义现代化的发展战略，提出和平与发展是当今时代的主题；在中国特色社会主义新时代，我们党统筹把握中华民族伟大复兴战略全局和世界百年未有之大变局，明确要坚持党的基本理论、基本路线、基本方略，统揽伟大斗争、伟大工程、伟大事业、伟大梦想，提出增强“四个意识”、坚定“四个自信”、做到“两个维护”，提出统筹推进“五位一体”总体布局、协调推进“四个全面”战略布局，坚持稳中求进工作总基调，提出一系列原创性的治国理政新理念新思想新战略。一百年来，党领导人民浴血奋战、百折不挠，自力更生、发愤图强，解放思想、锐意进取，自信自强、守正创新，书写了中华民族几千年历史上最恢宏的史诗。党的百年奋斗历程充分证明，党总是能够在重大历史关头从战略上认识、分析、判断面临的重大历史课题，制定正确的政治战略策略，这是党战胜无数风险挑战、不断从胜利走向胜利的有力保证。

坚强的领导，来源于正确的领导；正确的领导，来源于正确的决策。党的十八大以来这些年在党和国家事业发展进程中极不寻常、极不平凡。党面临形势环境的复杂性和严峻性、肩负任务的繁重性和艰巨性世所罕见、史所罕见。以习近平同志为核心的党中央，以伟大的历史主动精神、巨大的政治勇气、强烈的责任担当，统筹国内国际两个大局，出台一系列重大方针政策，推出一系列重大举措，推进一系列重大工作，战胜一系列重大风险挑战，解决了许多长期想解决而没有解决的难题，办成了许多过去想办而没有办成的大事，推动党和国家事业取得历史性成就、发生历史性变革，彰显了中国特色社会主义的强大生机活力，党心军心民心空前凝聚振奋，为实现中华民族伟大复兴提供了更为完善的制度保证、更为坚实的物质基础、更为主动的精神力量，中华民族迎来了从站起来、富起来到强起来的伟大飞跃。实践充分证明，重大历史关头，重大考验面前，党中央的判断力、决策力、行动力具有决定性作用。百年党史给我们的一个重要启示就是，坚决维护党中央的核心、全党的核心是党在重大时刻凝聚共识、果断抉择的关键，是党团结统一、胜利前进的重要保证。

习近平总书记指出："我们是一个大党，领导的是一个大国，进行的是伟大的事业，要善于进行战略思维，善于从战略上看问题、想问题。"战略是从全局、长远、大势上作出判断和决策，正确的战略需要正确的策略来落实，策略是在战略指导下为战略服务的。战略和策略是辩证统一的关系，要把战略的坚定性和策略的灵活性结合起来。今天，我们比历史上任何时期都更接近、更有信心和能力实现中华民族伟大复兴的目标，同时中华民族伟大复兴绝不是轻轻松松、敲锣打鼓就能实现的，前进道路上仍然存在可以预料和难以预料的各种风险挑战。这就要求我们强化战略思维，保持战略定力，从历史长河、时代大潮、全球风云中分析演变机理、探究历史规律，把谋事和谋势、谋当下和谋未来统一起来，因应情势发展变化，及时调整战略策略，牢牢掌握战略主动权，增强工作的系统性、预见性、创造性。各地区各部门确定工作思路、工作部署、政策措施，要自觉同党的理论和路线方针政策对标对表、及时校准偏差，党中央作出的战略决策必须无条件执行，确保不偏向、不变通、不走样。

一百年来，我们党之所以能够统一思想、统一步调、团结一致向前进，之所以能够取得革命、建设、改革的伟大胜利和辉煌成就，就在于我们党坚持马克思主义指导，高瞻远瞩、见微知著，既解决现实问题，又解决战略问题，准确判断和把握形势，制定切合实际的目标任务、政策策略。在新的伟大征程上，让我们更加紧密地团结在以习近平同志为核心的党中央周围，放眼全局谋一域、把握形势谋大事，坚持正确的政治战略策略，把党中央的决策部署落到实处，奋力创造新的时代辉煌、铸就新的历史伟业！

（2022年01月15日　01版）

永葆党的马克思主义政党本色

——论学习贯彻习近平总书记在省部级专题研讨班上重要讲话

先进的马克思主义政党不是天生的，而是在不断自我革命中淬炼而成的。“这次全会决议对百年奋斗历程中党高度重视管党治党、不断推进自我革命作了全面总结。”在省部级主要领导干部学习贯彻党的十九届六中全会精神专题研讨班开班式上，习近平总书记强调“注重分析和总结党在百年奋斗历程中对自我革命的研究和把握，是贯穿全会决议的一个重要内容，我们一定要深入学习、全面领会”。

勇于自我革命是我们党最鲜明的品格，也是我们党最大的优势，自我革命精神是党永葆青春活力的强大支撑。回望党的百年奋斗历程，在新民主主义革命时期，党提出着重从思想上建党的原则，坚持民主集中制，坚持理论联系实际、密切联系群众、批评和自我批评三大优良作风，形成统一战线、武装斗争、党的建设三大法宝，努力建设全国范围的、广大群众性的、思想上政治上组织上完全巩固的马克思主义政党；在社会主义革命和建设时期，党着重提出执政条件下党的建设的重大课题，从思想上组织上作风上加强党的建设、巩固党的领导，坚持“两个务必”，高度警惕并着力防范党员干部腐化变质，坚决惩治腐败；在改革开放和社会主义现代化建设新时期，党坚持治国必先治党，治党务必从严，开创和推进党的建设新的伟大工程，着力解决党内思想不纯、作风不纯、组织不纯问题，着力提高党的领导水平和执政水平、提高拒腐防变和抵御风险能力，推进党的执政能力建设和先进性建设；在中国特色社会主义新时代，党明确全面从严治党的战略方针，提出新时代党的建设总要求，全面推进党的政治建设、思想建设、组织建设、作风建设、纪律建设，把制度建设贯穿其中，深入推进反腐败斗争，落实管党治党政治责任，以伟大自我革命引领伟大社会革命。党的百年奋斗历程充分表明，党的伟大不在于不犯错误，而在于从不讳疾忌医，积极开展批评和自我批评，敢于直面问题，勇于自我革命。正如习近平总书记深刻指出的："在百年奋斗历程中，党领导人民取得一个又一个伟大成就、战胜一个又一个艰难险阻，历经千锤百炼仍朝气蓬勃，得到人民群众支持和拥护，原因就在于党敢于直面自身存在的问题，勇于自我革命，始终保持先进性和纯洁性，不断增强创造力、凝聚力、战斗力，永葆马克思主义政党本色。"

打铁必须自身硬，办好中国的事情，关键在党，关键在党要管党、全面从严治党。党的十八大以来，面对"四大考验"日益严峻复杂、"四种危险"更加尖锐凸显的内外形势，以习近平同志为核心的党中央以前所未有的勇气和定力全面从严治党，打了一套自我革命的"组合拳"。党以永远在路上的清醒和坚定，坚持严的主基调，突出抓住"关键少数"，落实主体责任和监督责任，强化监督执纪问责，把全面从严治党贯穿于党的建设各方面，从人民群众反映强烈的作风问题抓起，坚持思想建党和制度治党同向发力，坚持纪严于法、执纪执法贯通，坚持不敢腐、不能腐、不想腐一体推进。经过坚决斗争，全面从严治党的政治引领和政治保障作用充分发挥，党的自我净化、自我完善、自我革新、自我提高能力显著增强，管党治党宽松软状况得到根本扭转，反腐败斗争取得压倒性胜利并全面巩固，消除了党、国家、军队内部存在的严重隐患，党在革命性锻造中更加坚强。实践充分证明，只要我们不断清除一切损害党的先进性和纯洁性的因素，不断清除一切侵蚀党的健康肌体的病毒，就一定能够确保党不变质、不变色、不变味，确保党在新时代坚持和发展中国特色社会主义的历史进程中始终成为坚强领导核心。

习近平总书记强调："在新的历史条件下，要永葆党的马克思主义政党本色，关键还得靠我们党自己。"我们党历史这么长、规模这么大、执政这么久，如何跳出治乱兴衰的历史周期率？毛泽东同志在延安的窑洞里给出了第一个答案，这就是"只有让人民来监督政府，政府才不敢松懈"；经过百年奋斗特别是党的十八大以来新的实践，我们党又给出了第二个答案，这就是自我革命。只有敢于刀刃向内，敢于壮士断腕，才能让自身始终过硬，始终成为时代先锋、民族脊梁，始终成为马克思主义执政党。"不私，而天下自公。"我们党没有任何自己特殊的利益，这是我们党敢于自我革命的勇气之源、底气所在。在为谁执政、为谁用权、为谁谋利这个根本问题上，我们的头脑要特别清醒、立场要特别坚定。全党同志都要明大德、守公德、严私德，清清白白做人、干干净净做事，做到克己奉公、以俭修身，永葆清正廉洁的政治本色。自我革命关键要有正视问题的自觉和刀刃向内的勇气，全党同志要永葆自我革命精神，增强全面从严治党永远在路上的政治自觉，决不能滋生已经严到位的厌倦情绪。党风廉政建设和反腐败斗争永远在路上，一刻也不能放松，要以抓铁有痕、踏石留印的坚韧和执着，继续打好党风廉政建设和反腐败斗争这场攻坚战、持久战。

在二〇二二年新年贺词中，习近平总书记深刻指出："我们只有勇于自我革命才能赢得历史主动。"在新的伟大征程上，继续发扬彻底的革命精神，以新时代党的自我革命引领新的伟大社会革命，不断推进党的建设新的伟大工程，不断增强党的政治领导力、思想引领力、群众组织力、社会号召力，承载着中国人民伟大梦想的航船就一定能乘风破浪、一往无前，胜利驶向光辉的彼岸！

（2022年01月16日　01版）

推进党史学习教育常态化长效化

——论学习贯彻习近平总书记在省部级专题研讨班上重要讲话

“这次全会决议对百年奋斗历程中党注重进行党史学习教育作了全面总结”，在省部级主要领导干部学习贯彻党的十九届六中全会精神专题研讨班开班式上，习近平总书记强调“党的第三个历史决议体现了我们对党的百年奋斗历史的新认识，这方面更要深入学习领会，以利于更好认识和把握党的百年奋斗重大成就和历史经验”。

我们党走过了一百年的光辉历程，团结带领人民取得了举世瞩目的重大成就，积累了极其宝贵的历史经验。党的历史是最生动、最有说服力的教科书。我们党历来重视党史学习教育，注重用党的奋斗历程和伟大成就鼓舞斗志、明确方向，用党的光荣传统和优良作风坚定信念、凝聚力量，用党的实践创造和历史经验启迪智慧、砥砺品格。党的十八大以来，以习近平同志为核心的党中央高度重视学习党的历史，提出了一系列要求，在党和国家历史问题上正本清源，取得了显著成效。习近平总书记到地方考察，都要瞻仰对我们党具有重大历史意义的革命圣地、红色旧址、革命历史纪念场所，主要的基本上都走到了。习近平总书记深情感慨：“从党的一大会址到党的各个重要革命根据地，从土地革命、抗日战争、解放战争纪念地点到社会主义革命和建设、改革开放重要纪念场所等，每到一地，重温那一段段峥嵘岁月，回顾党一路走过的艰难历程，灵魂都受到一次震撼，精神都受到一次洗礼。每次都是怀着崇敬之心去，带着许多感悟回。”历史深刻启示我们：一切向前走，都不能忘记走过的路；走得再远、走到再光辉的未来，也不能忘记走过的过去，不能忘记为什么出发。

实践充分证明，对历史进程的认识越全面，对历史规律的把握越深刻，党的历史智慧越丰富，对前途的掌握就越主动。党中央决定在全党全社会开展党史总结、学习、教育、宣传，就是为了增加历史自信、增进团结统一、增强斗争精神。一年来，广大党员、干部受到了一次全面深刻的政治教育、思想淬炼、精神洗礼，全党历史自觉、历史自信大大增强，党的创造力、凝聚力、战斗力大大提升。必须深刻认识到，在新的赶考之路上，我们能否继续交出优异答卷，关键在于有没有坚定的历史自信。一百年来，我们党致力于为中国人民谋幸福、为中华民族谋复兴，致力于为人类谋进步、为世界谋大同，天下为公，人间正道，这是我们党具有历史自信的最大底气，是我们党在中国执政并长期执政的历史自信，也是我们党团结带领人民继续前进的历史自信。历史认知是历史自信的重要基础。要持之以恒推进党史总结、学习、教育、宣传，让正确党史观更深入、更广泛地树立起来，让正史成为全党全社会的共识，教育广大党员、干部和全体人民特别是广大青年坚定历史自信、筑牢历史记忆，满怀信心地向前进。党的十九届六中全会决议强调全党要坚持唯物史观和正确党史观，从党的百年奋斗中看清楚过去我们为什么能够成功、弄明白未来我们怎样才能继续成功，从而更加坚定、更加自觉地践行初心使命，在新时代更好坚持和发展中国特色社会主义。这是六中全会提出的一项重要政治任务，我们要继续抓好落实。

习近平总书记强调：“要认真总结这次党史学习教育的成功经验，建立常态化长效化制度机制，不断巩固拓展党史学习教育成果。”全党要以学习贯彻党的十九届六中全会精神为重点，深入推进党史学习教育，进一步做到学史明理、学史增信、学史崇德、学史力行，教育引导全党同志学党史、悟思想、办实事、开新局，更好用党的创新理论把全党武装起来，把党中央决策部署的各项任务落实下去。要原原本本学习全会决议，学懂弄通党百年奋斗的光辉历程，学懂弄通党坚守初心使命的执着奋斗，学懂弄通党百年奋斗的历史意义和历史经验，学懂弄通以史为鉴、开创未来的重要要求。要用好党委（党组）理论学习中心组制度，用好干部教育培训机制，用好学校思政课这个渠道，用好红色资源，用好“我为群众办实事”实践活动形成的良好机制，坚定走好中国道路、实现中华民族伟大复兴的信心和决心，团结带领全国各族人民满怀信心奋进新征程、建功新时代，以实际行动迎接党的二十大胜利召开。

当今世界正经历百年未有之大变局，我国正处于实现中华民族伟大复兴关键时期，我们党正带领人民进行具有许多新的历史特点的伟大斗争，形势环境变化之快、改革发展稳定任务之重、矛盾风险挑战之多、对我们党治国理政考验之大前所未有。回望过往历程，眺望前方征途，在以习近平同志为核心的党中央坚强领导下，始终赓续红色血脉，继续发扬历史主动精神，勿忘昨天的苦难辉煌，无愧今天的使命担当，不负明天的伟大梦想，埋头苦干，勇毅前行，汇聚起实现民族复兴的磅礴力量，我们就一定能战胜一切艰难险阻，在新的伟大征程上创造新的更大奇迹！

（2022年01月17日　01版）

让希望的阳光照亮人类

——论习近平主席在2022年世界经济论坛视频会议的演讲

“在中国文化中，虎是勇敢和力量的象征，中国人常说生龙活虎、龙腾虎跃。”1月17日，习近平主席在北京出席2022年世界经济论坛视频会议并发表题为《坚定信心　勇毅前行　共创后疫情时代美好世界》的演讲，强调：“面对当前人类面临的严峻挑战，我们要如虎添翼、虎虎生威，勇敢战胜前进道路上各种险阻，全力扫除新冠肺炎疫情阴霾，全力促进经济社会恢复发展，让希望的阳光照亮人类！”

这是习近平主席今年出席的第一场重要多边外交活动。习近平主席在演讲中提出了国际社会团结战胜疫情的正确方向、推动世界经济稳定复苏的治本之策、弥合发展鸿沟的现实路径、国家之间正确的相处之道，表明了中方同各国风雨同舟、携手战疫的坚定意志，提振了各方战胜疫情、复苏经济的信心，回应了世界各国人民对和平发展、合作共赢的期盼。这是习近平主席在世界经济论坛的又一次历史性演讲，深刻阐明了如何开辟后疫情时代美好世界的人间正道，受到国际社会广泛关注和积极响应，必将对世界未来发展产生积极而深远的影响。

当今世界正在经历百年未有之大变局。这场变局不限于一时一事、一国一域，而是深刻而宏阔的时代之变。时代之变和世纪疫情相互叠加，世界进入新的动荡变革期，不稳定性不确定性显著上升，经济全球化遭遇逆流，单边主义、保护主义抬头。人类社会面临的治理赤字、信任赤字、发展赤字、和平赤字有增无减，实现普遍安全、促进共同发展依然任重道远。各方对促进疫后经济加快复苏、建设更美好世界有着共同期盼，但又面对诸多新的困难和挑战。习近平主席深刻指出："如何战胜疫情？如何建设疫后世界？这是世界各国人民共同关心的重大问题，也是我们必须回答的紧迫的重大课题。"

"察势者明，趋势者智。"尽管全球经济复苏势头不稳，疫情防控形势依然严峻，但世界多极化趋势没有根本改变，经济全球化展现出新的韧性，各国人民对和平发展的期盼更加殷切，对公平正义的呼声更加强烈，对合作共赢的追求更加坚定。事实再次表明，在全球性危机的惊涛骇浪里，各国不是乘坐在190多条小船上，而是乘坐在一条命运与共的大船上。小船经不起风浪，巨舰才能顶住惊涛骇浪。经济全球化是时代潮流。大江奔腾向海，总会遇到逆流，但任何逆流都阻挡不了大江东去。动力助其前行，阻力促其强大。尽管出现了很多逆流、险滩，但经济全球化方向从未改变、也不会改变。历史反复证明，对抗不仅于事无补，而且会带来灾难性后果。搞保护主义、单边主义，谁也保护不了，最终只会损人害己。搞霸权霸凌，更是逆历史潮流而动。我们要顺应历史大势，从人类共同利益出发，以信心、勇气、担当回答时代课题，作出历史抉择。

如何战胜这场疫情，如何建设疫后世界？面对这一时代之问，习近平主席从历史和哲学高度给出了中国答案。"天下之势不盛则衰，天下之治不进则退。"世界总是在矛盾运动中发展的，没有矛盾就没有世界。"纵观历史，人类正是在战胜一次次考验中成长、在克服一场场危机中发展。"习近平主席深刻指出，"我们要在历史前进的逻辑中前进、在时代发展的潮流中发展。”不论风吹雨打，人类总是要向前走的。世界各国要坚持真正的多边主义，坚持拆墙而不筑墙、开放而不隔绝、融合而不脱钩，推动构建开放型世界经济。要以公平正义为理念引领全球治理体系变革，维护以世界贸易组织为核心的多边贸易体制，推动经济全球化朝着更加开放、包容、普惠、平衡、共赢的方向发展，让世界经济活力充分迸发出来。要致力于稳定国际秩序，弘扬和平、发展、公平、正义、民主、自由的全人类共同价值，推动构建人类命运共同体。要坚持对话而不对抗、包容而不排他，反对一切形式的单边主义、保护主义，反对一切形式的霸权主义和强权政治。

世界潮流，浩浩荡荡，顺之则昌，逆之则亡。世界面临的困难和挑战需要各国人民同舟共济、携手应对。始终站在历史正确的一边，始终站在人类进步的一边，坚定信心、勇毅前行，我们就一定能在应对危机中获得进步、在战胜挑战中走向辉煌，共同创造人类更加美好的明天！

（2022年01月19日　01版）

凝聚起战胜困难和挑战的强大力量

——论习近平主席在2022年世界经济论坛视频会议的演讲

“不论风吹雨打，人类总是要向前走的。”习近平主席在北京出席2022年世界经济论坛视频会议并发表演讲，着眼当前人类面临的严峻挑战，直面“如何战胜疫情？如何建设疫后世界？”这一时代之问，强调“我们要善于从历史长周期比较分析中进行思考，又要善于从细微处洞察事物的变化，在危机中育新机、于变局中开新局，凝聚起战胜困难和挑战的强大力量”，提出“携手合作，聚力战胜疫情”“化解各类风险，促进世界经济稳定复苏”“跨越发展鸿沟，重振全球发展事业”“摒弃冷战思维，实现和平共处、互利共赢”的四点倡议，为世界各国共同应对全球性挑战、共创后疫情时代的美好世界提供了重要认识论和方法论，必将对世界未来发展产生积极而深远的影响。

从全球抗疫形势看，面对这场事关人类前途命运的世纪疫情，国际社会打响了一场顽强的阻击战。尽管全球抗疫已经取得重要进展，但疫情反复延宕，给人民生命安全和身体健康带来严重威胁，给世界经济发展带来深刻影响。坚定信心、同舟共济，是战胜疫情的唯一正确道路。任何相互掣肘，任何无端“甩锅”，都会贻误战机、干扰大局。世界各国要加强国际抗疫合作，积极开展药物研发合作，共筑多重抗疫防线，加快建设人类卫生健康共同体。特别是要用好疫苗这个有力武器，确保疫苗公平分配，加快推进接种速度，弥合国际“免疫鸿沟”，把生命健康守护好、把人民生活保障好。习近平主席强调：“中国言必信、行必果，已向120多个国家和国际组织提供超过20亿剂疫苗。中国将再向非洲国家提供10亿剂疫苗，其中6亿剂为无偿援助，还将无偿向东盟国家提供1.5亿剂疫苗。”中国不仅以实际行动打造了防控疫情的样板，而且以加强国际合作树立起团结抗疫的标杆，开辟了冲破疫情至暗时刻的前行之路。

从世界经济形势看，世界经济正在走出低谷，但也面临诸多制约因素。全球产业链供应链紊乱、大宗商品价格持续上涨、能源供应紧张等风险相互交织，加剧了经济复苏进程的不确定性。全球低通胀环境发生明显变化，复合型通胀风险正在显现。如果主要经济体货币政策“急刹车”或“急转弯”，将产生严重负面外溢效应，给世界经济和金融稳定带来挑战，广大发展中国家将首当其冲。我们要探索常态化疫情防控条件下的经济增长新动能、社会生活新模式、人员往来新路径，推进跨境贸易便利化，保障产业链供应链安全畅通，推动世界经济复苏进程走稳走实。主要经济体要树立共同体意识，强化系统观念，加强政策信息透明和共享，协调好财政、货币政策目标、力度、节奏，防止世界经济再次探底。主要发达国家要采取负责任的经济政策，把控好政策外溢效应，避免给发展中国家造成严重冲击。习近平主席的演讲站在国际道义制高点上，既充分展现中国作为世界第二大经济体的责任担当，又为全球经济治理体系改革指出了正确方向。

从全球发展形势看，全球发展进程正在遭受严重冲击，南北差距、复苏分化、发展断层、技术鸿沟等问题更加突出。人类发展指数30年来首次下降，世界新增1亿多贫困人口，近8亿人生活在饥饿之中，粮食安全、教育、就业、医药卫生等民生领域面临更多困难。一些发展中国家因疫返贫、因疫生乱，发达国家也有很多人陷入生活困境。不论遇到什么困难，我们都要坚持以人民为中心的发展思想，把促进发展、保障民生置于全球宏观政策的突出位置，落实联合国2030年可持续发展议程，促进现有发展合作机制协同增效，促进全球均衡发展。要坚持共同但有区别的责任原则，在发展框架内推进应对气候变化国际合作，落实《联合国气候变化框架公约》第二十六次缔约方大会成果。发达经济体要率先履行减排责任，落实资金、技术支持承诺，为发展中国家应对气候变化、实现可持续发展创造必要条件。习近平主席的演讲饱含深厚的人民情怀，彰显胸怀天下的大国担当，向全世界表明中国始终是全球发展事业的坚定实践者和贡献者。

从全球治理形势看，当今世界并不太平，煽动仇恨、偏见的言论不绝于耳，由此产生的种种围堵、打压甚至对抗对世界和平安全有百害而无一利。国家之间难免存在矛盾和分歧，但搞你输我赢的零和博弈是无济于事的。任何执意打造“小院高墙”、“平行体系”的行径，任何热衷于搞排他性“小圈子”、“小集团”、分裂世界的行径，任何泛化国家安全概念、对其他国家经济科技发展进行遏制的行径，任何煽动意识形态对立、把经济科技问题政治化、武器化的行径，都严重削弱国际社会应对共同挑战的努力。不同国家、不同文明要在彼此尊重中共同发展、在求同存异中合作共赢。要致力于稳定国际秩序，弘扬全人类共同价值，推动构建人类命运共同体。习近平主席的演讲旗帜鲜明、鞭辟入里，道出绝大多数国家反对“新冷战”、反对分裂世界的共同心声，指出国家之间和睦相处的人间正道。

“孤举者难起，众行者易趋。”历史告诉我们，拥抱世界，才能拥抱明天；携手共进，才能行稳致远。世界各国携起手来，坚定信心，勇毅前行，凝聚起战胜困难和挑战的强大力量，让多边主义火炬照亮人类前行之路，向着构建人类命运共同体不断迈进，就一定能共创后疫情时代的美好世界！

（2022年01月20日　01版）

满怀信心，一起向未来

——论习近平主席在2022年世界经济论坛视频会议的演讲

“让我们携起手来，满怀信心，一起向未来！”习近平主席在北京出席2022年世界经济论坛视频会议并发表演讲，郑重宣示中国将坚定不移推动高质量发展、坚定不移推进改革开放、坚定不移推进生态文明建设，充分展现了中国同世界共享机遇、共创未来的大国担当，为推动构建人类命运共同体、共创后疫情时代美好世界注入了信心和动力。

办好中国的事，让14亿多中国人民过上更加美好的生活，促进人类和平与发展的崇高事业，这是中国共产党矢志不渝的奋斗目标。去年是中国共产党成立100周年。中国共产党团结带领中国人民长期艰苦奋斗，在国家建设发展和人民生活改善上取得举世瞩目的成就，如期实现了全面建成小康社会目标，如期打赢了脱贫攻坚战，历史性地解决了绝对贫困问题，现在踏上了全面建设社会主义现代化国家新征程。既为中国人民谋幸福、为中华民族谋复兴，也为人类谋进步、为世界谋大同，中国共产党坚持胸怀天下，始终以世界眼光关注人类前途命运，从人类发展大潮流、世界变化大格局、中国发展大历史正确认识和处理同外部世界的关系，把握中国发展的前进方向、促进各国共同发展繁荣。面向未来，中国共产党将坚持以人民为中心的发展思想，在宏阔的时空维度中思考民族复兴和人类进步的深刻命题，团结带领中国人民上下求索、锐意进取，创造更加美好的未来。

当今世界正在经历百年未有之大变局，各国相互联系、相互依存、相互影响更加密切。和平与发展是我们的共同事业，公平正义是我们的共同理想，民主自由是我们的共同追求。习近平主席在演讲中指出：“虽然受到国内外经济环境变化带来的巨大压力，但中国经济韧性强、潜力足、长期向好的基本面没有改变，我们对中国经济发展前途充满信心”“中国改革开放永远在路上。不论国际形势发生什么变化，中国都将高举改革开放的旗帜”“发展经济不能对资源和生态环境竭泽而渔，生态环境保护也不是舍弃经济发展而缘木求鱼”。习近平主席的演讲，体现了中国主动担责、造福世界的决心，增进了各方对中国未来的信心。实践已经并将继续证明，中国的发展与世界命运密切相关，中国的发展离不开世界，世界的繁荣也需要中国。中国将从世界汲取发展动力，也让中国发展更好惠及世界，中国的高质量发展和扩大开放必将给世界经济复苏带来重大利好。

大时代需要大格局，大格局呼唤大胸怀。中国经济得到长足发展，人民生活水平大幅提高，中国将为满足人民对美好生活的向往进行长期艰苦的努力，推动人的全面发展、全体人民共同富裕取得更为明显的实质性进展，让发展成果更多更公平惠及全体人民。中国将继续使市场在资源配置中起决定性作用，更好发挥政府作用，毫不动摇巩固和发展公有制经济，毫不动摇鼓励、支持、引导非公有制经济发展，建设统一开放、竞争有序的市场体系，扩大高水平对外开放，推动共建“一带一路”高质量发展，进一步融入区域和世界经济，努力实现互利共赢。中国将坚持绿水青山就是金山银山的理念，推动山水林田湖草沙一体化保护和系统治理，全力以赴推进生态文明建设，全力以赴加强污染防治，全力以赴改善人民生产生活环境。实现碳达峰碳中和是中国高质量发展的内在要求，也是中国对国际社会的庄严承诺。中国将践信守诺、坚定推进，破立并举、稳扎稳打，在推进新能源可靠替代过程中逐步有序减少传统能源，确保经济社会平稳发展，积极开展应对气候变化国际合作，共同推进经济社会发展全面绿色转型。让梦想照进现实，让行动成就未来，中国将始终不渝做世界和平的建设者、全球发展的贡献者、国际秩序的维护者。

人类只有一个地球，人类也只有一个共同的未来。人类面临的所有全球性问题，必须开展全球行动、全球应对、全球合作。只要是对全人类有益的事情，中国就应该义不容辞地做，并且做好。站在历史正确的一边，站在人类进步的一边，中国对人类合作战胜疫情充满信心，对世界经济复苏前景充满信心，对人类共同美好的未来充满信心！北京冬奥会、冬残奥会的主题口号是“一起向未来”。各国携起手来，坚持开放包容、协商合作，坚持和维护多边主义，积极推动构建人类命运共同体，坚定信心、勇毅前行，就一定能共建持久和平、普遍安全、共同繁荣、开放包容、清洁美丽的世界，共创人类更加美好的未来！

（2022年01月21日　01版）

开辟了百年大党自我革命的新境界

——论学习贯彻习近平总书记十九届中央纪委六次全会重要讲话精神

勇于自我革命是我们党最鲜明的品格，也是我们党最大的优势，自我革命精神是党永葆青春活力的强大支撑。在十九届中央纪委六次全会上，习近平总书记从党和国家事业发展全局的高度，深刻总结新时代党的自我革命的成功实践，精辟概括对建设什么样的长期执政的马克思主义政党、怎样建设长期执政的马克思主义政党的规律性认识，对把全面从严治党向纵深推进、迎接党的二十大胜利召开作出战略部署。习近平总书记的重要讲话立意高远、视野宏大、思想深邃、内涵丰富，具有很强的政治性、理论性、指导性、针对性，是推进新时代党的建设新的伟大工程的基本遵循，是纪检监察工作高质量发展的行动指南。

今年是党的十八大以来第十个年头，十年磨一剑，面对“四大考验”日益严峻复杂、“四种危险”更加尖锐凸显的内外形势，以习近平同志为核心的党中央把全面从严治党纳入“四个全面”战略布局，以前所未有的勇气和定力推进党风廉政建设和反腐败斗争，打了一套自我革命的“组合拳”。党以永远在路上的清醒和坚定，坚持严的主基调，突出抓住“关键少数”，落实主体责任和监督责任，强化监督执纪问责，把全面从严治党贯穿于党的建设各方面，从人民群众反映强烈的作风问题抓起，坚持思想建党和制度治党同向发力，坚持纪严于法、执纪执法贯通，坚持不敢腐、不能腐、不想腐一体推进。经过坚决斗争，全面从严治党的政治引领和政治保障作用充分发挥，党的自我净化、自我完善、自我革新、自我提高能力显著增强，管党治党宽松软状况得到根本扭转，反腐败斗争取得压倒性胜利并全面巩固，刹住了一些多年未刹住的歪风邪气，解决了许多长期没有解决的顽瘴痼疾，清除了党、国家、军队内部存在的严重隐患，党在革命性锻造中更加坚强。

党的十八大以来，习近平总书记经常讲跳出历史周期率问题，这是关系党千秋伟业的重大问题，关系党的生死存亡，关系我国社会主义制度的兴衰成败。我们党历史这么长、规模这么大、执政这么久，如何跳出治乱兴衰的历史周期率？毛泽东同志在延安的窑洞里给出了第一个答案，这就是“只有让人民来监督政府，政府才不敢松懈”；经过百年奋斗特别是党的十八大以来新的实践，我们党又给出了第二个答案，这就是自我革命。一百年来，党外靠发展人民民主、接受人民监督，内靠全面从严治党、推进自我革命，勇于坚持真理、修正错误，勇于刀刃向内、刮骨疗毒，保证了党长盛不衰、不断发展壮大。全面从严治党是新时代党的自我革命的伟大实践，取得了历史性、开创性成就，产生了全方位、深层次影响，探索出依靠党的自我革命跳出历史周期率的成功路径。实践充分证明，只要我们不断清除一切损害党的先进性和纯洁性的因素，不断清除一切侵蚀党的健康肌体的病毒，就一定能够确保党不变质、不变色、不变味，确保党在新时代坚持和发展中国特色社会主义的历史进程中始终成为坚强领导核心。

勇于自我革命是我们党区别于其他政党的显著标志，全面从严治党开辟了百年大党自我革命的新境界。党的十八大以来的实践告诉我们，全面从严治党、推进自我革命，必须坚持以党的政治建设为统领，坚守自我革命根本政治方向；必须坚持把思想建设作为党的基础性建设，淬炼自我革命锐利思想武器；必须坚决落实中央八项规定精神、以严明纪律整饬作风，丰富自我革命有效途径；必须坚持以雷霆之势反腐惩恶，打好自我革命攻坚战、持久战；必须坚持增强党组织政治功能和组织力凝聚力，锻造敢于善于斗争、勇于自我革命的干部队伍；必须坚持构建自我净化、自我完善、自我革新、自我提高的制度规范体系，为推进伟大自我革命提供制度保障。这“六个必须”，是对新时代党的自我革命成功实践的深刻总结，是开辟百年大党自我革命新境界的奥秘所在，为我们在新的伟大征程上始终坚持自我革命、坚持不懈把全面从严治党向纵深推进指明了前进方向、明确了基本要求，要长期坚持、全面贯彻。

办好中国的事情，关键在党，关键在党要管党、全面从严治党。踏上实现第二个百年奋斗目标新的赶考之路，我们要更加紧密地团结在以习近平同志为核心的党中央周围，增强“四个意识”、坚定“四个自信”、做到“两个维护”，永葆自我革命精神，增强全面从严治党永远在路上的政治自觉，以伟大自我革命引领伟大社会革命，奋力夺取全面建设社会主义现代化国家新胜利！

（2022年01月20日　01版）

深刻把握对建设长期执政的马克思主义政党的规律性认识

——论学习贯彻习近平总书记十九届中央纪委六次全会重要讲话精神

我们党作为百年大党，如何永葆先进性和纯洁性、永葆青春活力，如何永远得到人民拥护和支持，如何实现长期执政，是我们必须回答好、解决好的一个根本性问题。在十九届中央纪委六次全会上，习近平总书记深刻总结新时代党的自我革命的成功实践，精辟概括对建设什么样的长期执政的马克思主义政党、怎样建设长期执政的马克思主义政党的规律性认识，对于把党建设成为始终走在时代前列、人民衷心拥护、勇于自我革命、经得起各种风浪考验、朝气蓬勃的马克思主义执政党，具有重大指导意义，必将产生深远影响。

办好中国的事情，关键在党。越是长期执政，越不能丢掉马克思主义政党的本色，越不能忘记党的初心使命，越不能丧失自我革命精神。党的十八大以来，以习近平同志为核心的党中央着眼党长期执政和国家长治久安，坚定不移从严管党治党，谋划部署“四个全面”战略布局，对关乎中国特色社会主义发展的根本性问题作出顶层设计；把“党政军民学，东西南北中，党是领导一切的”写入党章，把“中国共产党领导是中国特色社会主义最本质的特征”写入宪法，进一步对坚持党的领导作出制度性规范；深化党和国家机构改革，把党的领导落实到治国理政全过程各方面；以改革创新精神抓党的建设，强化管党治党政治责任，坚持思想从严、监督从严、执纪从严、治吏从严、作风从严、反腐从严，党把方向、谋大局、定政策、促改革的能力不断提高。经过坚决斗争，管党治党宽松软状况得到根本扭转，党在革命性锻造中更加坚强，焕发出新的强大生机活力。

我们党是用马克思主义武装起来的政党，马克思主义是指导我们改造客观世界和主观世界的锐利思想武器。党的十八大以来，以习近平同志为核心的党中央继承和发展马克思主义建党学说，总结运用党的百年奋斗历史经验，深入推进管党治党实践创新、理论创新、制度创新，对建设什么样的长期执政的马克思主义政党、怎样建设长期执政的马克思主义政党的规律性认识达到新的高度。习近平总书记在重要讲话中作出精辟概括：这就是坚持党中央集中统一领导，坚持党要管党、全面从严治党，坚持以党的政治建设为统领，坚持严的主基调不动摇，坚持发扬钉钉子精神加强作风建设，坚持以零容忍态度惩治腐败，坚持纠正一切损害群众利益的腐败和不正之风，坚持抓住“关键少数”以上率下，坚持完善党和国家监督制度，形成全面覆盖、常态长效的监督合力。这“九个坚持”，是对建设长期执政的马克思主义政党的规律性认识深化和理论创新的重大成果，是习近平新时代中国特色社会主义思想的重要组成部分，为确保党在新时代坚持和发展中国特色社会主义的历史进程中始终成为坚强领导核心指明了前进方向、提供了根本遵循。

党要长期执政、永葆活力，团结带领全国各族人民沿着中国特色社会主义道路实现中华民族伟大复兴，最重要的是把党建设得更加坚强有力。先进的马克思主义政党不是天生的，而是在不断自我革命中淬炼而成的。我们党没有任何自己特殊的利益，这是我们党敢于自我革命的勇气之源、底气所在。在为谁执政、为谁用权、为谁谋利这个根本问题上，我们的头脑要特别清醒、立场要特别坚定。全党同志都要明大德、守公德、严私德，清清白白做人、干干净净做事，做到克己奉公、以俭修身，永葆清正廉洁的政治本色。自我革命关键要有正视问题的自觉和刀刃向内的勇气，全党同志要永葆自我革命精神，增强全面从严治党永远在路上的政治自觉，决不能滋生已经严到位的厌倦情绪。党风廉政建设和反腐败斗争一刻也不能放松，要以抓铁有痕、踏石留印的坚韧和执着继续打好这场攻坚战、持久战。

在新的赶考之路上，我们能否继续交出优异答卷，关键在于有没有坚定的历史自信。回望过往的奋斗路，我们党致力于为中国人民谋幸福、为中华民族谋复兴，致力于为人类谋进步、为世界谋大同，天下为公，人间正道，这是我们党具有历史自信的最大底气，是我们党在中国执政并长期执政的历史自信，也是我们党团结带领人民继续前进的历史自信。眺望前方的奋进路，坚定历史自信，坚持自我革命，把全面从严治党向纵深推进，增强党在长期执政条件下自我净化、自我完善、自我革新、自我提高能力，就一定能够确保党不变质、不变色、不变味，为全面建设社会主义现代化国家、实现中华民族伟大复兴的中国梦提供坚强政治保证！

（2022年01月21日　01版）

坚持不懈把全面从严治党向纵深推进

——论学习贯彻习近平总书记十九届中央纪委六次全会重要讲话精神

全面从严治党永远在路上。在十九届中央纪委六次全会上，习近平总书记发表重要讲话强调，总结运用党的百年奋斗历史经验，坚持党中央集中统一领导，坚持党要管党、全面从严治党，坚持以党的政治建设为统领，坚持严的主基调不动摇，坚持发扬钉钉子精神加强作风建设，坚持以零容忍态度惩治腐败，坚持纠正一切损害群众利益的腐败和不正之风，坚持抓住“关键少数”以上率下，坚持完善党和国家监督制度，以伟大自我革命引领伟大社会革命，坚持不懈把全面从严治党向纵深推进。

治国必先治党，治党务必从严。党的十八大以来，以习近平同志为核心的党中央以刀刃向内的勇气向党内顽瘴痼疾开刀，以雷霆万钧之势推进全面从严治党，以钉钉子精神把管党治党要求落实落细，刹住了一些多年未刹住的歪风邪气，清除了党、国家、军队内部存在的严重隐患，全面从严治党取得了历史性、开创性成就，产生了全方位、深层次影响。同时，也要看到，全面从严治党还远未到大功告成的时候。在党长期执政条件下，各种弱化党的先进性、损害党的纯洁性的因素无时不有，各种违背初心和使命、动摇党的根基的危险无处不在，党内存在的思想不纯、政治不纯、组织不纯、作风不纯等突出问题尚未得到根本解决。我们党历经百年、成就辉煌，千万不能在一片喝彩声中迷失自我，决不能滋生已经严到位的厌倦情绪，要始终保持思想上的冷静清醒、增强行动上的勇毅执着，坚持严的主基调，全面从严、一严到底。

一个政党最难的就是历经沧桑而初心不改、饱经风霜而本色依旧。在新的历史条件下，要永葆党的马克思主义政党本色，关键还得靠我们党自己。只有敢于刀刃向内，敢于壮士断腕，才能让自身始终过硬，始终成为时代先锋、民族脊梁，始终成为马克思主义执政党。要把新时代坚持和发展中国特色社会主义这场伟大社会革命进行好，向人民、向历史交出更加优异的答卷，在新时代新征程上赢得更加伟大的胜利和荣光，我们党必须勇于进行自我革命，毫不动摇把党建设得更加坚强有力。踏上实现第二个百年奋斗目标新的赶考之路，要增强忧患意识，勇敢面对“四大考验”，坚决战胜“四种危险”，继续推进新时代党的建设新的伟大工程，以伟大自我革命引领伟大社会革命，以伟大社会革命促进伟大自我革命，确保党在新时代坚持和发展中国特色社会主义的历史进程中始终成为坚强领导核心。

今年将召开党的二十大，这是我们党进入全面建设社会主义现代化国家、向第二个百年奋斗目标进军新征程的重要时刻召开的一次十分重要的代表大会，是党和国家政治生活中的一件大事。要继续发扬历史主动精神，推动全面从严治党乘势而上、再接再厉，着力保持平稳健康的经济环境、国泰民安的社会环境、风清气正的政治环境，确保党和国家事业行稳致远。要深入学习、全面贯彻习近平总书记重要讲话精神，巩固拓展党史学习教育成果，更加坚定自觉地牢记初心使命、开创发展新局；强化政治监督，确保完整、准确、全面贯彻新发展理念；保持反腐败政治定力，不断实现不敢腐、不能腐、不想腐一体推进的战略目标；

加固中央八项规定的堤坝，锲而不舍纠“四风”树新风；加强年轻干部教育管理监督，教育引导年轻干部成为党和人民忠诚可靠的干部；完善权力监督制度和执纪执法体系，使各项监督更加规范、更加有力、更加有效。“执纪者必先守纪，律人者必先律己。”纪检监察机关和纪检监察干部要始终忠诚于党、忠诚于人民、忠诚于纪检监察事业，更加有力有效推动党和国家战略部署目标任务落实；纪检监察队伍必须以更高的标准、更严的纪律要求自己，始终做党和人民的忠诚卫士。

“能胜强敌者，先自胜者也。”回望过去，党团结带领人民进行革命、建设、改革的实践都证明，什么时候我们党自身坚强有力，什么时候党和人民事业就能无往而不胜。面向未来，继续发扬彻底的自我革命精神，坚持不懈把全面从严治党向纵深推进，不断增强党的自我净化、自我完善、自我革新、自我提高能力，我们这个风华正茂的百年大党就一定能永葆旺盛生命力和强大战斗力，团结带领人民战胜前进道路上的一切风险挑战，不断夺取新时代中国特色社会主义新胜利。

（2022年01月22日　01版）

团结就是力量，奋斗开创未来

“我们靠团结奋斗创造了辉煌历史，还要靠团结奋斗开辟美好未来。”习近平总书记在2022年春节团拜会上发表重要讲话，充分肯定过去一年党和国家事业取得新的显著成就，深刻揭示过去一百年党和人民取得一切成就的奥秘，号召继续把中华民族伟大复兴的历史伟业推向前进，强调：“只要14亿多中国人民始终手拉着手一起向未来，只要9500多万中国共产党人始终与人民心连着心一起向未来，我们就一定能在新的赶考之路上继续创造令人刮目相看的奇迹！”

总结历史、回顾既往，致敬历史、面向未来，即将过去的农历辛丑牛年意义非凡。在以习近平同志为核心的党中央坚强领导下，全党全国各族人民发扬孺子牛、拓荒牛、老黄牛精神，辛勤耕耘、勇往直前，办成了一系列大事要事，战胜了一系列风险挑战，展现了一个坚韧不拔、欣欣向荣的中国！隆重庆祝中国共产党成立一百周年，召开党的十九届六中全会并作出第三个历史决议，如期打赢脱贫攻坚战，如期全面建成小康社会，实现第一个百年奋斗目标，我们亲历了党和国家历史上具有里程碑意义的大事，开启了全面建设社会主义现代化国家新征程，在中华民族伟大复兴历史进程中写下了浓墨重彩的一笔。在百年变局和世纪疫情交织的复杂形势下，我国经济发展和疫情防控保持世界领先，构建新发展格局迈出新步伐，高质量发展取得新成效，“十四五”实现良好开局，极大增强了全党全国各族人民奋进新征程、建功新时代的豪情和信心。

百年成就使人振奋，百年经验给人启迪。习近平总书记深刻指出：“一百年来，党和人民取得的一切成就都是团结奋斗的结果，团结奋斗是中国共产党和中国人民最显著的精神标识。”一百年来，中国共产党始终坚守为人民谋幸福、为民族谋复兴的初心使命，团结带领亿万人民经千难而百折不挠、历万险而矢志不渝，攻克了一个又一个看似不可攻克的难关，创造了一个又一个彪炳史册的人间奇迹，书写了中华民族几千年历史上最恢宏的史诗，实现中华民族伟大复兴进入了不可逆转的历史进程。百年奋斗历史深刻表明，团结就是力量，奋斗开创未来；能团结奋斗的民族才有前途，能团结奋斗的政党才能立于不败之地。百年奋斗历史还告诉我们，围绕明确奋斗目标形成的团结才是最牢固的团结，依靠紧密团结进行的奋斗才是最有力的奋斗。过去一百年，党向人民、向历史交出了一份优异的答卷。现在，党团结带领全国各族人民踏上了实现第二个百年奋斗目标新的赶考之路。只有紧紧依靠人民，始终团结奋斗，我们才能在新征程上铸就新的时代辉煌。

江山就是人民、人民就是江山。对中国共产党人来说，世界上最大的幸福莫过于为人民幸福而奋斗。回望过往，我们党的历史就是党与人民心心相印、与人民同甘共苦、与人民团结奋斗的历史。展望未来，习近平总书记话语铿锵：“心中装着百姓，手中握有真理，脚踏人间正道，我们信心十足、力量十足。”前进道路上，我们要永远保持党同人民群众的血肉联系，站稳人民立场，坚持人民主体地位，尊重人民首创精神，践行以人民为中心的发展思想，不断实现好、维护好、发展好最广大人民根本利益，团结带领全国各族人民不断为美好生活而奋斗。无论风云如何变幻，无论挑战如何严峻，我们都要弘扬伟大建党精神，铭记生于忧患、死于安乐的古训，常怀远虑、居安思危，紧密团结、艰苦奋斗，在新时代创造新的历史伟业。

对百年奋斗历史最好的致敬，是书写新的奋斗历史。2022年是进入全面建设社会主义现代化国家、向第二个百年奋斗目标进军新征程的重要一年，下半年将召开党的二十大，总结过去五年的工作，谋划未来一个时期的发展蓝图，这是党和国家政治生活中的一件大事。我们要继续发扬历史主动精神，乘势而上，砥砺前行，走好新的赶考之路，并准备为之付出更为艰巨、更为艰苦的努力，着力保持平稳健康的经济环境、国泰民安的社会环境、风清气正的政治环境，以实际行动迎接党的二十大胜利召开。在中国传统文化中，虎是百兽之王，是力量、勇敢、无畏的象征。壬寅虎年，我们要以虎虎生威的雄风、生龙活虎的干劲、气吞万里如虎的精神，继续书写中国特色社会主义伟大事业的历史新篇章！

力量生于团结，幸福源自奋斗。今天，亿万人民胼手胝足、顽强拼搏、同心共济，汇聚成新时代中国昂扬奋进的洪流。新的伟大征程上，让我们更加紧密地团结在以习近平同志为核心的党中央周围，全面贯彻习近平新时代中国特色社会主义思想，深入领会“两个确立”的决定性意义，增强“四个意识”、坚定“四个自信”、做到“两个维护”，凝聚万众一心的伟力，保持勇毅笃行的坚定，踔厉奋发、攻坚克难，努力争取新的更加伟大的胜利和荣光！

（2022年01月31日　04版）

在党的二十大代表选举中进一步提高党内民主质量和实效

当前，全党正深入学习贯彻党的十九届六中全会精神，开展党的二十大代表选举工作。坚持党的领导与发扬民主相统一，严格按规定程序选好二十大代表，是增强代表先进性和广泛代表性的重要保证。各级党组织要坚持以习近平新时代中国特色社会主义思想为指导，认真按党章和党中央要求办事，坚持和加强党的全面领导，充分发扬党内民主，注重提高民主质量和实效，确保选出符合党中央要求、广大党员拥护的二十大代表。

党的领导和发扬民主是统一的，不是对立的，两者不能偏废。选举产生二十大代表，是广大党员按照民主集中制原则，正确行使民主权利，参与党内政治生活的重要途径和形式。要尊重党员主体地位，积极创造有利条件，保障党员的知情权、参与权、选择权和监督权，引导党员有序有效参加，让每个党员都能充分表达自己意愿。通过加强组织领导、学习宣传和党性党风党纪党史教育，引导各级党组织和广大党员干部尊崇党章、遵守党章，经受政治历练、党性锻炼，严守政治纪律、政治规矩，深化对“两个确立”决定性意义的认识，自觉增强“四个意识”、坚定“四个自信”、做到“两个维护”，在思想上政治上行动上始终同以习近平同志为核心的党中央保持高度一致。

严格代表产生程序。二十大代表的产生，采取自下而上、上下结合、反复酝酿、逐级遴选的办法进行，分为推荐提名、组织考察、确定代表候选人初步人选、确定代表候选人预备人选和会议选举等五个环节。各环节工作必须严谨细致、规范操作，不能搞变通简化，更不能走样变形。比如，推荐提名时，要走好群众路线，广泛进行组织发动，努力使所有基层党组织和党员都参加；组织考察时，实行差额考察和考察预告，多渠道多层次多侧面了解，严把人选政治关和廉洁关；确定代表候选人初步人选时，要通过适当方式公示，进一步征求党组织、党代会代表和党员的意见，防止出现党员群众对代表选举工作不知情、对代表人选不了解的情况。人选确定前，应征求同级纪检监察机关意见，对金融机构、企业等方面人选，有针对性地听取行政执法、行业监管等部门意见，对非公有制经济组织或社会组织人选，注意听取相关党建工作机构意见。

坚持逐级遴选择优。就是从基层党组织开始，到推荐单位党组织，再到选举单位党组织，逐级对代表人选进行比较遴选、好中选优。这既是充分发扬党内民主的过程，也是正确集中、强化党组织把关的过程。要注意把握关键节点，确定代表候选人推荐人选，推荐单位要遵循党委议事决策规则，充分发挥党委常委会会议、党委全体会议在遴选、确定人选中的把关作用；确定代表候选人初步人选，选举单位党组织要根据考察情况和代表结构要求等，集体研究提出人选名单；确定代表候选人预备人选，要在酝酿讨论基础上以投票方式确定，不能以传批、圈阅、电话征求意见等形式代替会议研究决定，不能搞个人说了算。

精心组织会议选举。这是搞好代表选举工作的关键环节，各选举单位必须按照党章等党内法规规定和党中央要求，严格工作程序，周密组织实施。要开好党代表大会或党代表会议，确定好出席党代表会议的代表。完善选举方式，实行差额选举，差额比例应多于15%；改进候选人介绍办法，丰富介绍内容，增进选举人对候选人的了解；营造良好选举环境，为选举人真实表达自己意愿、充分行使民主权利创造条件。党委要牢牢把握选举工作的领导权和主动权，制定科学合理的选举办法，认真做好人选名单说明，讲清楚党中央精神、代表条件、结构要求和人选产生过程，组织好酝酿讨论，引导代表正确行使民主权利，把发扬民主与贯彻组织意图统一起来；细化选举工作步骤和环节，制定应急预案，及时掌握选情动态并妥善应对，保证会议选举规范有序、圆满成功。要通过提高党内民主质量和实效，动员广大党员干部更加紧密地团结在以习近平同志为核心的党中央周围，不忘初心、牢记使命，攻坚克难、开拓奋进，扎实做好当前各项工作，以优异成绩迎接党的二十大胜利召开。

（2022年02月17日　01版）

让脱贫群众生活更上一层楼

2021年2月25日，在全国脱贫攻坚总结表彰大会上，习近平总书记庄严宣告“我国脱贫攻坚战取得了全面胜利”，深刻指出“脱贫摘帽不是终点，而是新生活、新奋斗的起点”，鼓舞和激励着全党全国各族人民为巩固拓展脱贫攻坚成果、全面推进乡村振兴而接续奋斗。

一年来，习近平总书记每到地方考察，关心的一个重要问题，就是乡亲们脱贫后的生活怎么样。在广西要求“弘扬伟大脱贫攻坚精神，加快推进乡村振兴，健全农村低收入人口常态化帮扶机制”，在青海强调“要推动巩固拓展脱贫攻坚成果同乡村振兴有效衔接，加强农畜产品标准化、绿色化生产，做大做强有机特色产业”，在山西指出“现代化离不开农业农村现代化，要把巩固脱贫攻坚成果和乡村振兴衔接好，使农村生活奔向现代化，越走越有奔头”……在以习近平同志为核心的党中央坚强领导下，我们克服新冠肺炎疫情、洪涝自然灾害等困难，守住不发生规模性返贫的底线，确保农村和谐稳定、农民幸福安康，脱贫攻坚成果得到巩固和拓展，全面推进乡村振兴实现良好开局。

脱贫攻坚战的全面胜利，标志着我们党在团结带领人民创造美好生活、实现共同富裕的道路上迈出了坚实的一大步。但也要清醒认识到，解决发展不平衡不充分问题、缩小城乡区域发展差距、实现人的全面发展和全体人民共同富裕仍然任重道远。全面建设社会主义现代化国家，实现中华民族伟大复兴，最艰巨最繁重的任务依然在农村，最广泛最深厚的基础依然在农村。农为邦本，本固邦宁。任何时候都不能忽视农业、忘记农民、淡漠农村。正如习近平总书记深刻指出的：“我们要坚持用大历史观来看待农业、农村、农民问题，只有深刻理解了‘三农’问题，才能更好理解我们这个党、这个国家、这个民族。”尽管脱贫攻坚战取得全面胜利后，“三农”工作重心历史性转移到全面推进乡村振兴上来，但脱贫基础还不够稳固。面对脱贫地区防止返贫任务，只有做好巩固拓展脱贫攻坚成果同乡村振兴有效衔接，做到工作不留空档、政策不留空白，让脱贫基础更加稳固、成效更可持续，才能确保脱贫攻坚成果经得起历史和人民检验。

习近平总书记强调：“乡村振兴的前提是巩固脱贫攻坚成果，要持续抓紧抓好，让脱贫群众生活更上一层楼。”只有巩固拓展脱贫攻坚成果，接续推进脱贫地区发展和群众生活改善，才能做好乡村振兴这篇大文章。要建立健全巩固拓展脱贫攻坚成果长效机制，保持主要帮扶政策总体稳定，健全防止返贫动态监测和帮扶机制，巩固“两不愁三保障”成果，做好易地扶贫搬迁后续扶持工作，确保不发生规模性返贫，切实维护和巩固脱贫攻坚战的伟大成就。要推动脱贫地区更多依靠发展来巩固拓展脱贫攻坚成果，巩固提升脱贫地区特色产业，重点支持帮扶产业补上技术、设施、营销等短板，强化龙头带动作用，促进产业提档升级，促进脱贫人口持续增收。要坚持把解决好“三农”问题作为全党工作重中之重，坚持农业农村优先发展，走中国特色社会主义乡村振兴道路，持续缩小城乡区域发展差距，让低收入人口和欠发达地区共享发展成果，在现代化进程中不掉队、赶上来。

在二〇二二年新年贺词中，习近平总书记强调：“全面小康、摆脱贫困是我们党给人民的交代，也是对世界的贡献。让大家过上更好生活，我们不能满足于眼前的成绩，还有很长的路要走。”立足新发展阶段、贯彻新发展理念、构建新发展格局、推动高质量发展，稳住农业基本盘、守好“三农”基础，更好发挥“压舱石”作用，巩固拓展脱贫攻坚成果，接续全面推进乡村振兴，确保农业稳产增产、农民稳步增收、农村稳定安宁，我们就一定能从容应对百年变局和世纪疫情，推动经济社会平稳健康发展，让人民群众获得感、幸福感、安全感更加充实、更有保障、更可持续。

《人民日报》（2022年02月28日　01版）

筑牢理想信念根基

——论学习贯彻习近平总书记在中青年干部培训班开班式上重要讲话

"年轻干部是党和国家事业发展的希望"，在2022年春季学期中央党校（国家行政学院）中青年干部培训班开班式上，习近平总书记从党和人民事业后继有人的战略高度，对年轻干部提出"筑牢理想信念根基，守住拒腐防变防线，树立和践行正确政绩观，练就过硬本领，发扬担当和斗争精神，贯彻党的群众路线"的明确要求，勉励年轻干部"锤炼对党忠诚的政治品格，树立不负人民的家国情怀，追求高尚纯粹的思想境界，为党和人民事业拼搏奉献"，激励和鼓舞着广大年轻干部踔厉奋发、笃行不怠，在新时代新征程上留下无悔的奋斗足迹。

理想信念是立党兴党之基，也是党员干部安身立命之本。历史和实践反复证明，一个政党有了远大理想和崇高追求，就会坚强有力，无坚不摧，无往不胜，就能经受一次次挫折而又一次次奋起；党员干部有了坚定理想信念，才能经得住各种考验，走得稳、走得远。马克思主义信仰、共产主义远大理想、中国特色社会主义共同理想，是中国共产党人的精神支柱和政治灵魂，也是保持党的团结统一的思想基础。年轻干部接好班，最重要的是接好坚持马克思主义信仰、为共产主义远大理想和中国特色社会主义共同理想而奋斗的班。对于党员干部来说，只有胸怀天下、志存高远，不忘初心使命，把人生理想融入党和人民事业之中，把为人民幸福而奋斗作为自己最大的幸福，才能拥有高尚的、充实的人生。

习近平总书记强调："坚定理想信念，必先知之而后信之，信之而后行之。"实现共产主义是我们共产党人的最高理想，需要一代又一代人接力奋斗。今天，在新长征路上，我们要战胜来自国内外的各种重大风险挑战，夺取中国特色社会主义新胜利，依然要靠全党全国人民坚定的理想信念和坚强的革命意志。年轻干部作为党和国家事业发展的生力军，必须深刻认识到理想信念不是拿来说、拿来唱的，更不是用来装点门面的，只有见诸行动才有说服力。坚定理想信念不是一阵子而是一辈子的事，要常修常炼、常悟常进，无论顺境逆境都坚贞不渝，经得起大浪淘沙的考验。

检验一个干部理想信念是否坚定，主要看干部是否能在重大政治考验面前有政治定力，是否能树立牢固的宗旨意识，是否能对工作极端负责，是否能做到吃苦在前、享受在后，是否能在急难险重任务面前勇挑重担，是否能经得起权力、金钱、美色的诱惑。年轻干部要成长为党和人民忠诚可靠的干部，必须扣好廉洁从政的"第一粒扣子"，守住守牢拒腐防变防线。要牢记清廉是福、贪欲是祸的道理，经常对照党的理论和路线方针政策、对照党章党规党纪、对照初心使命，看清一些事情该不该做、能不能干，时刻自重自省，严守纪法规矩。要从小事小节上守起，正心明道、怀德自重，勤掸"思想尘"、多思"贪欲害"、常破"心中贼"，以内无妄思保证外无妄动。要层层设防、处处设防，守住政治关、权力关、交往关、生活关、亲情关，在大是大非面前、在政治原则问题上做到头脑特别清醒、立场特别坚定，坚持公正用权、依法用权、为民用权、廉洁用权，不断净化社交圈、生活圈、朋友圈，严格家教家风，保持共产党人本色。

心中有信仰，脚下有力量。踏上全面建设社会主义现代化国家、向第二个百年奋斗目标进军的新征程，广大年轻干部要坚持不懈用习近平新时代中国特色社会主义思想武装头脑、指导实践、推动工作，深刻领会“两个确立”的决定性意义，增强“四个意识”、坚定“四个自信”、做到“两个维护”，不断筑牢信仰之基、补足精神之钙、把稳思想之舵，以坚定的理想信念砥砺对党的赤诚忠心，永远信党爱党为党，勇于担苦、担难、担重、担险，努力创造无愧于党、无愧于人民、无愧于时代的业绩。

（2022年03月03日　01版）

树立和践行正确政绩观

——论学习贯彻习近平总书记在中青年干部培训班开班式上重要讲话

“共产党人必须牢记，为民造福是最大政绩。”在2022年春季学期中央党校（国家行政学院）中青年干部培训班开班式上，习近平总书记对年轻干部提出树立和践行正确政绩观的明确要求，对于广大党员干部解决好为谁创造业绩、创造什么样的业绩、怎样创造业绩的问题，在新发展阶段更加突出实践实干实效，创造出经得起实践、人民、历史检验的实绩，具有重大指导意义。

树立和践行正确政绩观，起决定性作用的是党性。习近平总书记强调：“只有党性坚强、摒弃私心杂念，才能保证政绩观不出偏差。”党性是党员干部立身、立业、立言、立德的基石，说到底就是立场问题。共产党人特别是领导干部都应该心胸开阔、志存高远，始终心系党、心系人民、心系国家，自觉坚持党性原则。我们党除了人民利益之外没有自己的特殊利益，党的一切工作都是为了实现好、维护好、发展好最广大人民根本利益，坚持党性就是坚持人民性。我们党是为人民谋幸福、给人民办事的，把为民造福作为最大政绩，党的百年奋斗史就是一部不断为民造福的历史。我们谋划推进工作，一定要坚持全心全意为人民服务的根本宗旨，坚持以人民为中心的发展思想，坚持发展为了人民、发展依靠人民、发展成果由人民共享，把好事实事做到群众心坎上。

我们党把为老百姓做了多少好事实事作为检验政绩的重要标准。习近平总书记深刻指出："什么是好事实事，要从群众切身需要来考量，不能主观臆断，不能简单化、片面化。"哪里有人民需要，哪里就能做出好事实事，哪里就能创造业绩。业绩好不好，要看群众实际感受，由群众来评判。有些事情是不是好事实事，不能只看群众眼前的需求，还要看是否会有后遗症，是否会"解决一个问题，留下十个遗憾"。对党员干部来说，既要做让老百姓看得见、摸得着、得实惠的实事，也要做为后人作铺垫、打基础、利长远的好事，既要做显功，也要做潜功，不计较个人功名，追求人民群众的好口碑、历史沉淀之后真正的评价。不慕虚荣，不务虚功，不图虚名，"民之所好好之，民之所恶恶之"，才能真正做到为官一任、造福一方。

奋斗创造历史，实干成就未来。过去一百年，党向人民、向历史交出了一份优异的答卷。现在，党团结带领全国各族人民踏上了实现第二个百年奋斗目标新的赶考之路。实现第二个百年奋斗目标，我们要坚持党的基本路线，坚持以经济建设为中心，但在新形势下发展不能穿新鞋走老路，必须完整、准确、全面贯彻新发展理念，加快构建新发展格局，推动高质量发展。要清醒认识到，业绩都是干出来的，真干才能真出业绩、出真业绩。面对新形势新任务，党员干部一定要真抓实干，务实功、出实招、求实效，善作善成，坚决杜绝口号式、表态式、包装式落实的做法。对当务之急，要立说立行、紧抓快办，不能慢慢吞吞、拖拖拉拉。对长期任务，要保持战略定力和耐心，坚持一张蓝图绘到底，滴水穿石，久久为功。要强化精准思维，做到谋划时统揽大局、操作中细致精当，以绣花功夫把工作做扎实、做到位。有功成不必在我的精神境界、功成必定有我的历史担当，有真抓的实劲、敢抓的狠劲、善抓的巧劲、常抓的韧劲，一件事情接着一件事情办，一年接着一年干，才能把美好蓝图变为现实。

对中国共产党人来说，世界上最大的幸福莫过于为人民幸福而奋斗。心中装着百姓，手中握有真理，脚踏人间正道，我们信心十足、力量十足。新征程上，悟透以人民为中心的发展思想，树立和践行正确政绩观，始终把老百姓的安危冷暖放在心上，把造福人民作为最根本的职责，想群众之所想，急群众之所急，埋头苦干、勇毅前行，我们就一定能不断满足人民群众对美好生活的需要，让人民群众获得感、幸福感、安全感更加充实、更有保障、更可持续，创造新的更大奇迹。

（2022 年 03 月 04 日　01 版）

在新时代新征程上留下无悔的奋斗足迹

——论学习贯彻习近平总书记在中青年干部培训班开班式上重要讲话

青年有为，奋斗无悔。习近平总书记在2022年春季学期中央党校（国家行政学院）中青年干部培训班开班式上发表重要讲话，强调年轻干部是党和国家事业发展的希望，勉励年轻干部锤炼对党忠诚的政治品格，树立不负人民的家国情怀，追求高尚纯粹的思想境界，为党和人民事业拼搏奉献，在新时代新征程上留下无悔的奋斗足迹。

当前，世界百年未有之大变局加速演进，中华民族伟大复兴进入关键时期，我们已经实现了第一个百年奋斗目标，踏上了全面建设社会主义现代化国家、向第二个百年奋斗目标进军的新征程。一切伟大成就都是接续奋斗的结果，一切伟大事业都需要在继往开来中推进。处在前所未有的变革时代，干着前无古人的伟大事业，年轻干部作为党和国家事业发展的生力军，使命光荣、责任重大。唯有不断提高与时代发展和事业要求相适应的素质和能力，努力成为可堪大用、能担重任的栋梁之才，以强烈的历史主动精神奋进新征程、建功新时代，方能不负历史、不负时代、不负人民。

无论是干事创业还是攻坚克难，不仅需要宽肩膀，也需要铁肩膀；不仅需要政治过硬，也需要本领高强。年轻干部要胜任领导工作，需要掌握的本领是很多的。最根本的本领是理论素养。马克思主义立场、观点、方法是做好工作的看家本领，是指导我们认识世界、改造世界的强大思想武器。党员干部一定要加强理论学习、厚实理论功底，自觉用新时代党的创新理论观察新形势、研究新情况、解决新问题，使各项工作朝着正确方向、按照客观规律推进。要坚持理论和实践相结合，注重在实践中学真知、悟真谛，加强磨练、增长本领。在学习中增长知识、锤炼品格，在工作中增长才干、练就本领，才能使思想、能力、行动跟上党中央要求、跟上时代前进步伐、跟上事业发展需要，更好肩负起新时代的职责和使命。

中华民族伟大复兴绝不是轻轻松松、敲锣打鼓就能实现的，也绝不是一马平川、朝夕之间就能到达的。习近平总书记强调："只有全党继续发扬担当和斗争精神，才能实现中华民族伟大复兴的宏伟目标。"担当和斗争是一种精神，最需要的是无私的品格和无畏的勇气。无私者无畏，无畏者才能担当、能斗争。担当和斗争是一种责任，敢于负责才叫真担当、真斗争。党员干部特别是领导干部要发扬历史主动精神，在机遇面前主动出击，不犹豫、不观望；在困难面前迎难而上，不推诿、不逃避；在风险面前积极应对，不畏缩、不躲闪。担当和斗争是一种格局，坚持局部服从全局、自觉为大局担当更为可贵。要心怀"国之大者"，站在全局和战略的高度想问题、办事情，一切工作都要以贯彻落实党中央决策部署为前提，不能为了局部利益损害全局利益、为了暂时利益损害根本利益和长远利益。无数事实告诉我们，唯有以狭路相逢勇者胜的气概，敢于斗争、善于斗争，我们才能赢得尊严、赢得主动，切实维护国家主权、安全、发展利益。在各项工作中埋头苦干、攻坚克难，在风险挑战面前挺起脊梁、冲锋在前，在斗争中经风雨、见世面，我们就能"风雨不动安如山"，牢牢掌握发展主动权。

群众路线是我们党的生命线和根本工作路线。年轻干部无论是立身处世还是从政干事，首先要解决好“我是谁、为了谁、依靠谁”的问题。习近平总书记强调：“贯彻党的群众路线，首先要对群众有感情，真正把自己当作群众的一员、把群众的事当作自己的事。”要深入研究和准确把握新形势下群众工作的特点和规律，改进群众工作方法，提高群众工作水平。要通过信访渠道摸清群众愿望和诉求，在学网、懂网、用网中了解群众所思所愿，做好新就业群体的思想引导和凝聚服务工作。虚心向群众学习，真心对群众负责，热心为群众服务，诚心接受群众监督，就能始终保持党同人民的血肉联系，真正成为群众的贴心人。

今年是进入全面建设社会主义现代化国家、向第二个百年奋斗目标进军新征程的重要一年，我们党将召开二十大，这是党和国家政治生活中的一件大事。让我们更加紧密地团结在以习近平同志为核心的党中央周围，坚持以习近平新时代中国特色社会主义思想为指导，深刻领会“两个确立”的决定性意义，增强“四个意识”、坚定“四个自信”、做到“两个维护”，牢记“国之大者”，真抓实干、勇毅前行，以实际行动迎接党的二十大胜利召开，为实现中华民族伟大复兴的中国梦而努力奋斗、不懈奋斗！

（2022年03月05日　02版）

彰显中国推动残疾人事业发展的制度优势

残疾人体育是残疾人增强体质、康复身心、参与社会、实现全面发展的有效途径；是人们认识残疾人潜能与价值、促进社会和谐共进的独特渠道。3月3日，国务院新闻办公室发表《中国残疾人体育事业发展和权利保障》白皮书，全面介绍国家发展促进残疾人体育进步、残疾人群众性体育活动广泛开展、残疾人竞技体育水平不断提高、为世界残疾人体育运动作出贡献、残疾人体育展现中国人权事业发展进步等情况，充分展示了中国发展残疾人体育事业、保障残疾人权利的决心和行动。

发展残疾人体育，对于保障残疾人平等权利、促进残疾人融合发展、推动残疾人共享经济社会发展成果，具有重要意义。新中国成立以来，伴随着残疾人事业的发展，残疾人体育不断发展壮大，我们走出一条具有中国特色、符合时代潮流的残疾人体育发展之路。特别是党的十八大以来，在习近平新时代中国特色社会主义思想指引下，中国将残疾人事业纳入“五位一体”总体布局和“四个全面”战略布局，采取切实有效措施促进残疾人体育蓬勃发展。残疾人体育运动水平不断提高，残疾人运动员自强不息、顽强拼搏、为国争光、激励社会，残疾人体育事业取得历史性成就，彰显了中国推动残疾人事业发展的制度优势，展现了中国尊重和保障残疾人权益的显著成就。

随着中国残疾人体育走向世界，中国在国际残疾人体育事务中发挥着越来越重要的作用。从成功举办北京远南运动会、广州亚残运会，到圆满举办上海特奥会、高水平举办北京残奥会、全力筹办北京2022年冬残奥会……开放的中国积极承担国际义务，全面参与国际残疾人体育事务，有力促进了中国残疾人事业发展，为国际残疾人体育运动发展作出了突出贡献。3月4日北京2022年冬残奥会开幕，全世界的目光再次聚焦残疾人体育健儿，中国残疾人体育迎来新的发展机遇，必将推动国际残疾人体育运动“一起向未来”。

残疾人体育重在参与，这是残疾人的一项重要权利，是人权保障的重要内容。中国残疾人体育事业蓬勃发展，不仅体现出残疾人的体育精神与实力，更体现出中国式的人权与国家发展的成绩。中国坚持以人民为中心，将人民幸福生活作为最大的人权，促进人权事业全面发展，切实保障包括残疾人在内的特定群体的各项权益。中国残疾人体育事业发展，是中国人权事业发展进步的生动写照，弘扬了全人类共同价值，促进了各国人民的交往、了解和友谊，为构建公平公正合理包容的全球人权治理秩序、维护世界和平发展贡献了中国智慧。

习近平总书记指出：“让广大残疾人安居乐业、衣食无忧，过上幸福美好的生活，是我们党全心全意为人民服务宗旨的重要体现，是我国社会主义制度的必然要求。”关心残疾人，是社会文明的重要标志。在以习近平同志为核心的党中央坚强领导下，在全面建设社会主义现代化国家新征程中，中国共产党和中国政府坚持以人民为中心的发展思想，坚持弱有所扶，保障残疾人平等权利，增进残疾人民生福祉，提高残疾人自我发展能力，切实尊重和保障包括残疾人参与体育运动的权利在内的各项权益，推动残疾人事业向现代化迈进，不断满足广大残疾人对美好生活的向往。

（2022年03月04日　11版）

抓细抓实各项防疫工作

加强疫情防控必须慎终如始。3月17日，中共中央政治局常务委员会召开会议，分析新冠肺炎疫情形势，部署从严抓好疫情防控工作。习近平总书记主持会议并发表重要讲话，充分肯定常态化疫情防控以来我国疫情防控工作取得的成绩，深刻指出当前国内外疫情防控的复杂性、艰巨性、反复性，对抓细抓实各项防疫工作作出重要部署、提出明确要求，对于我们快速控制局部聚集性疫情、最大限度减少疫情对经济社会发展的影响具有重大指导作用。

做好疫情防控关系人民群众生命健康和公共安全，是经济社会发展的前提和基础。常态化疫情防控以来，习近平总书记亲自指挥部署疫情防控工作，确定了“外防输入、内防反弹”总策略和“动态清零”总方针，各地区各部门认真贯彻落实习近平总书记重要讲话重要指示精神和党中央决策部署，不断提升分区分级差异化精准防控水平，快速有效处置局部地区聚集性疫情。我国疫情防控坚持以最小成本取得最大成效，最大限度保护了人民生命安全和身体健康，经济发展和疫情防控保持全球领先地位，充分体现了我国防控疫情的坚实实力和强大能力，充分彰显了中国共产党领导和我国社会主义制度的显著优势。

当前，我国仍处于疫情防控常态化阶段，但疫情防控形势十分复杂。一方面，全球新冠肺炎新增确诊病例不断增长，病毒多次变异，我国“外防输入”压力持续增大；另一方面，近期全国本土聚集性疫情呈现点多、面广、频发的特点，“内防反弹”任务仍然艰巨。实践已经证明，常态化疫情防控总策略、总方针是正确的、有效的，关键是我们要继续坚持，不动摇、不放松。各地区各部门各方面要坚定不移贯彻落实党中央决策部署，进一步动员起来，统一思想，坚定信心，坚持不懈，抓细抓实各项防疫工作。

疫情就是命令，防控就是责任。各项防疫工作必须从严从实，抓细抓实。要始终坚持人民至上、生命至上，坚持科学精准、动态清零，尽快遏制疫情扩散蔓延势头；提高科学精准防控水平，不断优化疫情防控举措，加强疫苗、快速检测试剂和药物研发等科技攻关，使防控工作更有针对性；保持战略定力，坚持稳中求进，统筹好疫情防控和经济社会发展，采取更加有效措施，努力用最小的代价实现最大的防控效果。要把思想和行动统一到党中央决策部署上来，压实属地、部门、单位、个人四方责任，克服麻痹思想、厌战情绪、侥幸心理、松劲心态，坚持党政同责、齐抓共管，做到守土有责、守土尽责，以时不我待的精神抓实抓细疫情防控各项工作，保持群众正常生产生活平稳有序，守住不出现疫情规模性反弹的底线。疫情较为严重的地方，党政主要领导和各级领导干部要把防疫工作放在第一位，尽锐出战，决战决胜。

坚持就是胜利，坚持才能胜利。我们坚信，有以习近平同志为核心的党中央坚强领导，有中国特色社会主义制度的显著优势，有强大的动员能力和雄厚的综合实力，有全党全军全国各族人民的团结奋斗，落实好常态化疫情防控各项举措，完善常态化防控和突发疫情应急处置机制，切实提升阻断疫情传播的速度和力度，就一定能维护和巩固我国来之不易的疫情防控成果，有力有效保障人民群众生命健康和经济社会发展。

（2022年03月18日　01版）

民主改革是真正造福西藏各族人民的伟大壮举

——写在西藏民主改革六十三周年之际

民主改革是西藏历史上最伟大最深刻的社会变革，为西藏开辟了光明的发展前景。

今年是西藏民主改革和百万农奴解放63周年，也是“西藏百万农奴解放纪念日”设立13周年。民主改革彻底废除了政教合一的封建农奴制，使西藏社会制度发生了根本性变化，百万农奴成为国家和社会的主人。这一西藏社会进步和人权发展史上划时代的重大变革，实现了西藏由封建农奴制度向社会主义制度的伟大跨越，有效促进了西藏社会生产力的发展，为西藏的现代化建设开辟了正确道路。

63年来，在党中央坚强领导下，在全国人民大力支持下，西藏各族干部群众艰苦奋斗、顽强拼搏，经济社会实现全面发展，人民生活极大改善，城乡面貌今非昔比。特别是党的十八大以来，以习近平同志为核心的党中央高度重视西藏工作，习近平总书记亲自为西藏工作把舵定向、谋篇布局，西藏步入发展最好、变化最大、群众得实惠最多的新时代，各项事业取得全方位进步、历史性成就。今天的西藏，与全国一道如期全面建成小康社会，脱贫攻坚全面胜利，社会大局更加稳定、经济文化更加繁荣、生态环境更加良好、人民生活更加幸福，一个崭新的社会主义新西藏呈现在世人面前。

民主改革是真正造福西藏各族人民的伟大壮举。西藏63年的伟大跨越，充分说明民主改革顺应时代发展要求，符合西藏各族人民的根本愿望，契合西藏社会发展的实际需要，是历史的必然。正是有了民主改革，才有了西藏社会制度的历史性变迁，才有了西藏与时俱进的发展，才有了西藏各族人民幸福美好新生活，才有了西藏各族人民权利的充分保障。实践充分证明，只有坚持维护祖国统一、领土完整，才能保障西藏各族人民的根本利益；只有坚持中国共产党领导、中国特色社会主义制度、民族区域自治制度，才能为西藏长治久安和繁荣发展提供根本保证；只有坚持改革开放，才能推动西藏经济社会全面进步；只有坚持以人民为中心的发展思想，才能满足西藏各族群众对美好生活的向往；只有坚持新时代党的治藏方略，才能建设团结富裕文明和谐美丽的社会主义现代化新西藏。

当今世界正经历百年未有之大变局，我国正处于实现中华民族伟大复兴的关键时期，全面建设社会主义现代化国家新征程已经开启，西藏经济社会发展也站在新的历史起点上。奋进新征程、建功新时代，要坚持以习近平新时代中国特色社会主义思想为指导，深刻领会“两个确立”的决定性意义，增强“四个意识”、坚定“四个自信”、做到“两个维护”，全面贯彻新时代党的治藏方略，坚持稳中求进工作总基调，立足新发展阶段，完整、准确、全面贯彻新发展理念，服务和融入新发展格局，推动高质量发展，加强边境地区建设，抓好稳定、发展、生态、强边四件大事，在推动青藏高原生态保护和可持续发展上不断取得新成就，奋力谱写雪域高原长治久安和高质量发展新篇章。

63年沧桑巨变，雪域高原换新颜。前进道路上，在以习近平同志为核心的党中央坚强领导下，团结一心、锐意进取，为谱写中华民族伟大复兴中国梦西藏篇章而努力奋斗，西藏的明天必将更加辉煌灿烂，西藏人民的生活必将更加幸福美好！

（2022年03月28日　01版）

新时代信访工作的基本遵循

信访工作是党的群众工作的重要组成部分，是了解社情民意的重要窗口。4月7日，《信访工作条例》（以下简称《条例》）向社会公开，并将于5月1日起正式施行。通过制定《条例》，总结我们党长期以来领导和开展信访工作经验特别是党的十八大以来信访工作制度改革成果，对于坚持和加强党对信访工作的全面领导，理顺信访工作体制机制，进一步规范和加强新时代信访工作，具有重要意义。《条例》以习近平新时代中国特色社会主义思想为指导，深入贯彻习近平总书记关于加强和改进人民信访工作的重要思想，是新时代信访工作的基本遵循。

党的十八大以来，习近平总书记就加强和改进人民信访工作作出系列重要指示和重要论述，系统回答了信访工作是什么、信访形势怎么看、信访工作怎么干等重大理论和实践问题，充分体现了马克思主义人民观、辩证唯物主义方法论，为做好新时代信访工作提供了根本遵循。在以习近平同志为核心的党中央坚强领导下，全国信访系统扎实工作，广大信访干部付出大量艰辛努力，推动解决了一大批事关群众切身利益的问题，在维护改革发展稳定大局中发挥了重要作用。

信访工作的首义，在于时刻把自己看成人民中的一员，把心贴近人民。习近平总书记强调："信访是送上门来的群众工作，要通过信访渠道摸清群众愿望和诉求，找到工作差距和不足，举一反三，加以改进，更好为群众服务。"必须深刻认识到，信访工作是党和政府了解民情、集中民智、维护民利、凝聚民心的一项重要工作，是各级机关、单位及其领导干部、工作人员接受群众监督、改进工作作风的重要途径。各级党委和政府、各级领导干部必须进一步增强宗旨意识，千方百计为群众排忧解难，把群众合法诉求解决好，坚持和发展新时代“枫桥经验”，努力把矛盾化解在早、化解在小、化解在基层，努力让人民群众感到权益受到公平对待、利益得到有效维护，切实把信访工作做到群众心坎上，不断夯实党执政的群众基础。

一分部署，九分落实。各地区各部门要把握新时代信访工作原则和要求，坚持党的全面领导，坚持以人民为中心，坚持落实信访工作责任，坚持依法按政策解决问题，坚持源头治理化解矛盾，完善信访工作责任体系，把党中央关于信访工作的方针政策和决策部署落到实处。要遵照执行《条例》，切实依法及时就地解决群众合理诉求，注重源头预防，夯实基层基础，加强法治建设，健全化解机制，不断增强工作的前瞻性、系统性、针对性，真正把解决信访问题的过程作为践行党的群众路线、做好群众工作的过程。

奋进新征程，做好新时代信访工作责任重大。更加紧密地团结在以习近平同志为核心的党中央周围，增强“四个意识”、坚定“四个自信”、做到“两个维护”，牢记为民解难、为党分忧的政治责任，坚守人民情怀，坚持底线思维、法治思维，服务党和国家工作大局，维护群众合法权益，化解信访突出问题，促进社会和谐稳定，扎实做好信访各项工作，我们一定能不断开创新时代信访工作新局面，为实现第二个百年奋斗目标、实现中华民族伟大复兴的中国梦汇聚磅礴力量。

（2022年04月08日　01版）

大力弘扬北京冬奥精神

——论学习贯彻习近平总书记在北京冬奥会冬残奥会总结表彰大会上重要讲话

这是中国人民的成功，这是世界人民的成功！历经7年艰辛努力，北京冬奥会、冬残奥会胜利举办，中国人民同各国人民一道，克服各种困难挑战，再一次共创了一场载入史册的奥运盛会，再一次共享奥林匹克的荣光。

4月8日，北京冬奥会、冬残奥会总结表彰大会在北京隆重举行。习近平总书记在大会上发表重要讲话，充分肯定了北京冬奥会、冬残奥会的巨大成绩，全面回顾了7年筹办备赛的不平凡历程，深入总结了筹备举办的宝贵经验，深刻阐述了北京冬奥精神，对运用好冬奥遗产推动高质量发展提出明确要求。习近平总书记的重要讲话高屋建瓴、视野宏阔、内涵丰富，具有很强的政治性、思想性、指导性，鼓舞和激励全党全国各族人民奋进新征程、建功新时代，为全面建设社会主义现代化国家、实现中华民族伟大复兴的中国梦而团结奋斗。

北京冬奥会、冬残奥会是在我国全面建成小康社会、实现第一个百年奋斗目标、向第二个百年奋斗目标迈进的关键时期举办的重大标志性活动，具有里程碑意义。确保北京冬奥会、冬残奥会如期安全顺利举办，确保“两个奥运”同样精彩，是中国人民向国际社会作出的庄严承诺。

习近平总书记高瞻远瞩、掌舵领航，亲自谋划、亲自部署、亲自推动，作出一系列重要指示批示，为做好冬奥筹办工作和成功举办提供了根本遵循。在以习近平同志为核心的党中央坚强领导下，各有关部门、各省区市团结协作、攻坚克难，北京携手张家口作为主办城市尽锐出战、全力投入，同国际奥委会、国际残奥委会等国际体育组织紧密合作，克服新冠肺炎疫情等各种困难挑战，向世界奉献了一届简约、安全、精彩的奥运盛会，全面兑现了对国际社会的庄严承诺！

伟大的事业孕育伟大的精神。北京冬奥会、冬残奥会广大参与者珍惜伟大时代赋予的机遇，在冬奥申办、筹办、举办的过程中，共同创造了胸怀大局、自信开放、迎难而上、追求卓越、共创未来的北京冬奥精神。习近平总书记对北京冬奥精神的丰富内涵作出了精辟概括：胸怀大局，就是心系祖国、志存高远，把筹办举办北京冬奥会、冬残奥会作为“国之大者”，以为国争光为己任，以为国建功为光荣，勇于承担使命责任，为了祖国和人民团结一心、奋力拼搏；自信开放，就是雍容大度、开放包容，坚持中国特色社会主义道路自信、理论自信、制度自信、文化自信，以创造性转化、创新性发展传递深厚文化底蕴，以大道至简彰显悠久文明理念，以热情好客展现中国人民的真诚友善，以文明交流促进世界各国人民相互理解和友谊；迎难而上，就是苦干实干、坚韧不拔，保持知重负重、直面挑战的昂扬斗志，百折不挠克服困难、战胜风险，为了胜利勇往直前；追求卓越，就是执着专注、一丝不苟，坚持最高标准、最严要求，精心规划设计，精心雕琢打磨，精心磨合演练，不断突破和创造奇迹；共创未来，就是协同联动、紧密携手，坚持“一起向未来”和“更团结”相互呼应，面朝中国发展未来，面向人类发展未来，向世界发出携手构建人类命运共同体的热情呼唤。北京冬奥精神是中华民族宝贵的精神财富，是激励全党全国各族人民在新时代更好坚持和发展中国特色社会主义、实现中华民族伟大复兴的强大精神动力。

伟大的精神推进伟大的事业。当前，世界百年未有之大变局加速演进，踏上全面建设社会主义现代化国家、向第二个百年奋斗目标进军的新征程，摆在我们面前的使命更光荣、任务更艰巨、挑战更严峻、工作更伟大。我们要保持战略定力，掌握历史主动，大力弘扬北京冬奥精神，乘势而上、砥砺前行，走好新的赶考之路。要胸怀大局，牢记“国之大者”，增强为国争光的志气和勇气，立志为党分忧、为国尽责、为民奉献，勇于担苦、担难、担重、担险，激发万众一心、接续奋斗的昂扬激情，汇聚起实现中华民族伟大复兴的强大力量。要自信开放，坚持面向世界、面向未来、面向现代化，坚定历史自信、筑牢历史记忆，增强做中国人的骨气和底气，向世界张开热情的臂膀，展现出更为开放自信的风采，锚定既定奋斗目标、意气风发走向未来。要迎难而上，以“越是艰险越向前”的英雄气概和“狭路相逢勇者胜”的斗争精神，战胜一切可以预见和难以预见的风险挑战，努力创造无愧于党、无愧于人民、无愧于时代的业绩。要追求卓越，以勤学长知识、以苦练精技术、以创新求突破，在肩负时代重任时行胜于言，在真刀真枪的实干中成就一番事业，汇聚砥砺奋进的强劲动能。要共创未来，把握世界大势，顺应时代潮流，坚定不移站在历史正确的一边，站在人类进步的一边，坚守和平、发展、公平、正义、民主、自由的全人类共同价值，促进不同文明交流互鉴，团结合作、携手前行，为推动构建人类命运共同体作出新的更大贡献。

圆梦冬奥会，一起向未来。前进道路上，更加紧密地团结在以习近平同志为核心的党中央周围，坚持以习近平新时代中国特色社会主义思想为指导，深刻认识“两个确立”的决定性意义，增强“四个意识”、坚定“四个自信”、做到“两个维护”，倍加珍惜、发扬光大在奋斗中收获的宝贵经验，大力弘扬北京冬奥精神，踔厉奋发、笃行不怠，以实际行动迎接党的二十大胜利召开，向着实现第二个百年奋斗目标奋勇前进，向着实现中华民族伟大复兴的中国梦奋勇前进，我们一定能赢得新的更加伟大的胜利和荣光！

（2022 年 04 月 09 日　03 版）

向世界奉献了一届简约安全精彩的奥运盛会

——论学习贯彻习近平总书记在北京冬奥会冬残奥会总结表彰大会上重要讲话

“中国人历来言必信、行必果。”习近平总书记在北京冬奥会、冬残奥会总结表彰大会上发表重要讲话，充分肯定了北京冬奥会、冬残奥会的巨大成绩，全面回顾7年来不平凡的筹办举办历程，郑重宣示“向世界奉献了一届简约、安全、精彩的奥运盛会，全面兑现了对国际社会的庄严承诺”。

办好北京冬奥会、冬残奥会，是我们党和国家的一件大事，是一个欣欣向荣、开放自信的中国对国际社会的庄严承诺。7年来，习近平总书记高瞻远瞩、掌舵领航，亲自谋划、亲自部署、亲自推动，中央和国家机关有关部门、各省区市团结协作，筹办和备战单位、主办城市克服新冠肺炎疫情等困难挑战，精心组织、全力投入，全国各族人民和海内外中华儿女全情奉献、热情参与。在以习近平同志为核心的党中央坚强领导下，中国秉持绿色、共享、开放、廉洁的办奥理念，突出“简约、安全、精彩”的办赛要求，全力做好各项赛事组织、赛会服务、指挥调度等工作，确保北京冬奥会、冬残奥会如期安全顺利举办，确保“两个奥运”同样精彩，赢得了全世界的高度赞誉。

这是新冠肺炎疫情发生以来首次如期举办的全球综合性体育盛会，四场开闭幕式精彩纷呈，人类命运共同体的主题贯穿始终，中华文化和冰雪元素交相辉映，体现了自然之美、人文之美、运动之美，诠释了新时代中国可信、可爱、可敬的形象，三个赛区一流的场馆设施，严谨专业的赛事组织，温馨周到的服务，赢得参赛各方一致好评，中国人民同各国人民一道再一次共创了一场载入史册的奥运盛会，北京成为全球首个“双奥之城”。海内外中华儿女热情关注、大力支持这场在中国举办的冬奥盛会，纷纷为冬奥健儿加油喝彩、为伟大祖国加油喝彩，激发了万众一心、接续奋斗的昂扬激情，汇聚起实现中华民族伟大复兴的强大力量。北京冬奥会、冬残奥会的筹办举办推动了我国冰雪运动跨越式发展，开启了中国乃至全球冰雪运动新时代。冬奥遗产成果丰硕，实现成功办奥和区域发展双丰收。疫情防控精准有效，确保了冬奥安全顺利，中国的防疫政策再次经受住了考验，为全球抗疫和举办国际重大活动提供了有益经验。在世界百年变局加速演进、人类社会遭遇各种挑战的形势下，北京冬奥会、冬残奥会的成功举办，促进了不同文明交流互鉴，为推动全球团结合作、共克时艰发挥了重要作用，也为动荡不安的世界带来了信心和希望，向世界发出了“一起向未来”的时代强音！

冬奥7年艰辛，奋斗铸就辉煌。习近平总书记深刻指出：“北京冬奥会、冬残奥会的成功举办，凝结着各条战线人们的辛勤付出和智慧汗水。”北京冬奥会、冬残奥会筹办举办是在异常困难的情况下推进的，全部参与者坚持“一刻也不能停，一步也不能错，一天也误不起”，付出了艰苦卓绝的努力。我国广大运动员、教练员牢记党和人民嘱托，敢打敢拼、超越自我，创造了我国参加冬奥会、冬残奥会的历史最好成绩，为党和人民赢得了荣誉。广大冬奥会、冬残奥会的参与者们，用辛勤付出、坚强毅力、巨大勇气，以强烈的责任感、使命感、荣誉感，出色完成了各项工作任务，创造了无愧于祖国、无愧于人民、无愧于时代的光辉业绩。事实再次证明，中国人民有意愿、有决心为促进奥林匹克运动发展、促进世界人民团结友谊作出贡献，而且有能力、有热情继续作出新的更大的贡献。

习近平总书记强调："奥林匹克运动承载着人类对和平、团结、进步的美好追求。"在筹办举办过程中，国际奥委会、国际残奥委会以及奥林匹克大家庭、残奥大家庭成员对我们的工作给予了积极帮助，各国政府和人民、国际友好人士给予了大力支持，许多国家领导人、国际组织负责人亲自来华出席有关活动，团结友好的"朋友圈""伙伴群"越扩越大。来自世界各地的体育健儿在赛场上相互尊重、彼此激励、突破极限，在激情的比赛中完美演绎了"更快、更高、更强——更团结"的奥林匹克格言和"勇气、决心、激励、平等"的残奥价值观。实践充分证明，北京冬奥会、冬残奥会是一场和平友谊的盛会、一场团结合作的盛会、一场鼓舞世界的盛会。

当前，百年变局和世纪疫情叠加，世界进入新的动荡变革期。我们深知，在全面建设社会主义现代化国家新的赶考之路上，既面临着难得机遇，也面临着严峻挑战。事实充分证明，中国共产党是我们成就伟业最可靠的主心骨，只要始终不渝坚持党的领导，就一定能够战胜前进道路上的任何艰难险阻，就一定能够办成我们想办的任何事情！让我们更加紧密地团结在以习近平同志为核心的党中央周围，深刻认识"两个确立"的决定性意义，增强"四个意识"、坚定"四个自信"、做到"两个维护"，面朝中国发展未来，面向人类发展未来，以更加坚定的自信、更加坚决的勇气，为实现第二个百年奋斗目标、实现中华民族伟大复兴的中国梦而努力奋斗，为推动构建人类命运共同体作出新的更大贡献！

（2022 年 04 月 10 日　01 版）

在奋斗中收获了弥足珍贵的经验

——论学习贯彻习近平总书记在北京冬奥会冬残奥会总结表彰大会上重要讲话

“成就源于奋斗，胜利来之不易。”在北京冬奥会、冬残奥会总结表彰大会上，习近平总书记全面回顾7年来不平凡的筹办举办历程，强调“我们不仅在奋斗中收获了成功的喜悦，也在奋斗中收获了丰厚的精神财富，收获了弥足珍贵的经验，值得我们倍加珍惜、发扬光大”。

“坚持党的集中统一领导”“坚持集中力量办大事”“坚持主动防范应对各种风险挑战”“坚持办赛和服务人民、促进发展相结合”。习近平总书记精辟概括的这“四个坚持”，思想深邃，内涵丰富，是对我国成功筹办举办北京冬奥会、冬残奥会经验的深刻总结，是对筹办举办全球综合性体育盛会工作规律性认识的进一步深化，对于推动我国体育事业发展、加快建设体育强国步伐，激励全党全国各族人民为实现第二个百年奋斗目标、实现中华民族伟大复兴的中国梦而努力奋斗具有重大指导意义。

北京冬奥会、冬残奥会筹办举办是在异常困难的情况下推进的，特别是在世界百年未有之大变局叠加新冠肺炎世纪疫情背景下举办这场奥运盛会，面临的风险挑战前所未有。7年来，我们之所以能克服各种困难挑战，向世界奉献一届简约、安全、精彩的奥运盛会，全面兑现对国际社会的庄严承诺，关键就在于我们始终做到了“四个坚持”。北京冬奥会、冬残奥会成功举办的实践告诉我们：必须坚持党的集中统一领导，中国共产党是我们成就伟业最可靠的主心骨，只要始终不渝坚持党的领导，就一定能够战胜前进道路上的任何艰难险阻，就一定能够办成我们想办的任何事情；必须坚持集中力量办大事，我国社会主义制度非凡的组织动员能力、统筹协调能力、贯彻执行能力，我国坚实的经济实力、科技实力、综合国力，为成功办奥提供了强有力的底气和最坚实的保障；必须坚持主动防范应对各种风险挑战，坚持底线思维、问题导向，增强忧患意识，把防范化解风险挑战摆在突出位置，下好先手棋，打好主动仗；必须坚持办赛和服务人民、促进发展相结合，坚持冬奥成果人民共享，让人民身心更健康、就业更充分、生活更美好，实现共同参与、共同尽力、共同享有。

当前，国际形势继续发生深刻复杂变化，百年变局和世纪疫情相互交织，经济全球化遭遇逆流，大国博弈日趋激烈，世界进入新的动荡变革期，国内改革发展稳定任务艰巨繁重。走好全面建设社会主义现代化国家新的赶考之路，我们要善于用党的实践创造和历史经验启迪智慧、砥砺品格，保持战略定力，发扬历史主动精神，在机遇面前主动出击，在困难面前迎难而上，在风险面前积极应对。要坚定不移坚持党的全面领导、维护党中央权威和集中统一领导，确保全党全国拥有团结奋斗的强大政治凝聚力、发展自信心，集聚起守正创新、共克时艰的强大力量。要充分发挥我国社会主义制度能够集中力量办大事的显著优势，坚持全国一盘棋，调动各方面积极性，在集中力量办大事、办难事、办急事中赢得优势、赢得主动、赢得未来。要坚持统筹发展和安全，增强机遇意识和风险意识，把困难估计得更充分一些，把风险思考得更深入一些，注重堵漏洞、强弱项，既要打好防范和抵御风险的有准备之战，也要打好化险为夷、转危为机的战略主动战，激发信心和动力，风雨无阻，坚毅前行。要完整、准确、全面贯彻新发展理念，坚持以人民为中心的发展思想，坚持发展为了人民、发展依靠人民、发展成果由人民共享，努力实现更高质量、更有效率、更加公平、更可持续、更为安全的发展，在发展中使广大人民群众的获得感、幸福感、安全感更加充实、更有保障、更可持续。

成就载入史册，经验弥足珍贵。新的伟大征程上，更加紧密地团结在以习近平同志为核心的党中央周围，深刻认识“两个确立”的决定性意义，增强“四个意识”、坚定“四个自信”、做到“两个维护”，把北京冬奥会、冬残奥会筹办举办的宝贵经验传承好、发扬好，凝聚万众一心的伟力，保持勇毅笃行的坚定，展现虎虎生威的雄风，我们就一定能够战胜一切困难挑战，继续创造令人刮目相看的新的奇迹，继续把中华民族伟大复兴的历史伟业推向前进！

（2022年04月11日　01版）

管理好运用好北京冬奥遗产

——论学习贯彻习近平总书记在北京冬奥会冬残奥会总结表彰大会上重要讲话

7年磨一剑，砥砺再出发。在北京冬奥会、冬残奥会总结表彰大会上，习近平总书记充分肯定北京冬奥会、冬残奥会的巨大成绩，指出“冬奥遗产成果丰硕，实现成功办奥和区域发展双丰收”，强调“我们要积极谋划、接续奋斗，管理好、运用好北京冬奥遗产”。

作为第一届从申办、筹办到举办全过程践行《奥林匹克2020议程》的奥运会，北京冬奥会、冬残奥会不仅向世界奉献了一届简约、安全、精彩的奥运盛会，更在多个领域留下大量遗产成果。在筹办举办过程中，我们坚持冬奥成果人民共享，通过推广普及冰雪运动带动全民健身走向纵深，通过产业发展助力脱贫攻坚，通过提升公共服务水平改善人民生活品质，让人民身心更健康、就业更充分、生活更美好，实现共同参与、共同尽力、共同享有。7年来，冬奥筹办举办推动了我国冰雪运动跨越式发展，“三亿人参与冰雪运动”成为现实，冰天雪地成为群众致富、乡村振兴的“金山银山”。冬奥筹办举办全面促进了社会事业发展，残疾人人权得到更好保障，广大群众生活更加丰富多彩。冬奥筹办举办对国家发展特别是京津冀协同发展具有强有力的牵引作用，让我们的区域交通更加便捷，生态环境明显改善，产业联动更加紧密，公共服务更加均衡。

“冰丝带”“雪飞天”“雪游龙”“雪如意”等冬奥场馆精彩亮相，成为造福人民的优质资产。实践充分证明，北京冬奥会、冬残奥会的成功不仅在于赛事的成功，更在于通过筹办举办冬奥会、冬残奥会带动了各方面建设，为经济社会发展带来了深远的积极影响。

习近平总书记强调：“北京冬奥会、冬残奥会既有场馆设施等物质遗产，也有文化和人才遗产，这些都是宝贵财富，要充分运用好，让其成为推动发展的新动能，实现冬奥遗产利用效益最大化。”必须深刻认识到，举办北京冬奥会、冬残奥会不是一锤子买卖，不能办过之后就成了“寂静的山林”。管理好、运用好北京冬奥遗产，是坚持办赛和服务人民、促进发展相结合的必然要求，是完整、准确、全面贯彻新发展理念，加快构建新发展格局，推动高质量发展的必然要求。要继续推动冰雪运动普及发展，强化战略规划布局，建设利用好冰雪场地设施，发展冰雪产业，丰富群众冰雪赛事活动，把群众冰雪运动热情保持下去。要充分挖掘利用北京冬奥文化资源，坚定文化自信，更加自信从容传播中国声音、讲好中国故事。

回顾7年来不平凡的筹办举办历程，我们不仅在奋斗中收获了成功的喜悦，也在奋斗中收获了丰厚的精神财富。北京冬奥会、冬残奥会的成功举办，践行了“更快、更高、更强——更团结”的奥林匹克格言，弘扬了“勇气、决心、激励、平等”的残奥价值观，向世界发出了“一起向未来”的时代强音。要弘扬人道主义精神，尊重和保障人权，完善残疾人社会保障制度和关爱服务体系，促进残疾人事业全面发展，支持和鼓励残疾人自强不息。要在全社会广泛弘扬奉献、友爱、互助、进步的志愿精神，更好发挥志愿服务的积极作用，促进社会文明进步。要弘扬奥林匹克精神，发挥奥林匹克促进人类和平发展的重要作用，为人类文明进步贡献更多中国智慧和中国力量。

习近平总书记指出："成功筹办举办北京冬奥会、冬残奥会，极大激发了亿万人民的体育热情，极大推动了我国体育事业发展。"建设体育强国、健康中国，最根本的是增强人民体质、保障人民健康。这是全面建设社会主义现代化国家的一个重要方面。新的征程上，我们要坚持以增强人民体质、提高全民族身体素质和生活质量为目标，高度重视并充分发挥体育在促进人的全面发展中的重要作用，继续推进体育改革创新，加强体育科技研发，完善全民健身体系，增强广大人民群众特别是青少年体育健身意识，增强我国竞技体育的综合实力和国际竞争力，加快建设体育强国步伐。要充分利用举办北京冬奥会、冬残奥会形成的热潮，坚持竞技体育和群众体育一体推进，弘扬中华体育精神，弘扬体育道德风尚，推动新时代体育事业高质量发展。

北京冬奥会、冬残奥会是在全党全国各族人民向第二个百年奋斗目标迈进的关键时期举办的重大标志性活动，进一步增强了海内外中华儿女的民族自信心和自豪感，进一步增强了中华民族的凝聚力和向心力，进一步激发了亿万人民奋进新征程、建功新时代的昂扬激情。面向未来，更加紧密地团结在以习近平同志为核心的党中央周围，把思想和行动统一到习近平总书记重要讲话精神上来，大力弘扬北京冬奥精神，汇聚起实现中华民族伟大复兴的强大力量，踔厉奋发、笃行不怠，我们一定能够在全面建设社会主义现代化国家新征程上创造新的时代辉煌、铸就新的历史伟业！

（2022年04月12日　01版）

坚持就是胜利

“统筹疫情防控和经济社会发展，统筹发展和安全”，在海南考察时，习近平总书记再次强调“坚持就是胜利”，明确要求“坚持人民至上、生命至上，坚持外防输入、内防反弹，坚持科学精准、动态清零，抓细抓实疫情防控各项举措”，对于我们严格落实常态化防控措施、最大限度减少疫情对经济社会发展的影响具有重大指导意义。

我国是一个有着14亿多人口的大国，防范化解重大疫情和重大突发公共卫生风险、确保人民群众生命安全和身体健康，始终是我们党治国理政的一项重大任务和须臾不可放松的大事。常态化疫情防控以来，在以习近平同志为核心的党中央坚强领导下，我国坚持人民至上、生命至上理念，坚持“外防输入、内防反弹”总策略和“动态清零”总方针，快速有效处置数十起局部地区聚集性疫情，最大限度保护了人民生命安全和身体健康，我国疫情防控以最小成本取得了最大成效，经济发展和疫情防控保持全球领先地位。我国的抗疫实践充分证明，“动态清零”符合国情、符合科学、有效可行，是对人民至上、生命至上理念最好的践行。

近期，我国多省份面临同时段多地发生以奥密克戎变异株为主的疫情防控局面，防控形势严峻复杂。越是在这样的时候，越要坚持“动态清零”总方针不犹豫不动摇。从奥密克戎变异株的特性看，虽然其本身的致病性不及其他毒株强，但具有传染性强、传播速度快、隐匿性高等特点，无症状和轻症感染者较多，更容易造成大范围的传播。如不及时从严防控，势必令易感人群的感染风险加大，造成医疗资源挤兑，后果不堪设想。从我国现实国情看，60岁及以上人口达2.67亿，还有超5000万老人未完成新冠疫苗全程接种。以我国庞大的总人口基数、庞大的老年人群体规模，如果“躺平”，不管“防”，只管“治”，不仅会让高龄患者、合并严重基础病患者等特殊人群面临病毒的严重威胁，还可能形成规模性反弹，让来之不易的疫情防控成果大打折扣，甚至付之东流。可以说，坚持“动态清零”，是坚持人民至上、生命至上理念的必然选择，是14亿多人口大国当前务必守住的疫情防线。

疫情防控关系每个人的生命安全和身体健康，没有人是旁观者，每个人都是责任人。应当看到，常态化疫情防控是一项艰巨繁重又需要持久坚持的工作。坚持意味着十分艰辛的付出、极度疲累的坚守、咬紧牙关的挺住，特别是疫情形势严峻的地方采取有关封控、管控等举措，给人们的工作、学习和生活带来一些不便，但这是病毒逼迫我们作出的不得已的应对之举，也是实践证明行之有效的应对之策。从长远看，一时的不便，是为了更长久的方便；局部的坚守，是为了更大范围、更广泛的百姓正常生产生活。依法支持和配合疫情防控工作，既是在保护自己，也是在保护他人，既能减少交叉感染风险，也是在为疫情防控大局做贡献。

当前，疫情仍在高位运行，波及范围进一步扩大，防控正处于关键紧要时期。各地区各部门各方面必须继续坚持“动态清零”总方针不犹豫不动摇，坚定必胜信心，更加坚决果断，把各项防控措施落实到每一个环节。“动态清零”的精髓，一是快速，二是精准。要比病毒跑得更快，以快制快，真正把防控措施落细、落小、落实。要针对病毒变异的新特点，提高科学精准防控本领，完善各种应急预案，严格落实常态化防控措施。要保持群众正常生产生活平稳有序，做好生活必需品生产供应，保障好群众就医需求。各地区各部门各方面要坚决把思想和行动统一到党中央决策部署上来，党政同责，齐抓共管，做到守土有责、守土尽责。疫情较为严重的地方，党政主要领导和各级领导干部要坚持把防疫工作放在第一位，尽锐出战，决战决胜。各级党组织和广大党员、干部要继续积极发挥作用，坚持深入防控一线，深入群众，用心用情用力帮助群众排忧解难。

坚持就是胜利，坚持才会胜利，坚持定能胜利。经过45天的艰苦鏖战，吉林省各市州均实现了疫情防控社会面清零目标。这再次证明，我们完全有基础、有条件、有能力实现“动态清零”。在以习近平同志为核心的党中央坚强领导下，保持战略定力，以“咬定青山不放松”的韧劲、“越是艰险越向前”的拼劲，继续攻坚克难、顽强奋战，积小胜为大胜，我们一定能打赢常态化疫情防控这场攻坚战持久战，有力有效保障人民群众生命健康和经济社会发展。

（2022年04月15日　01版）

坚持科学精准、动态清零

近日，习近平总书记在海南考察时再次强调要坚持科学精准、动态清零，为我们进一步从严从实抓好疫情防控工作指明了努力方向、提供了重要遵循。

与病毒赛跑，方向正确、跑得越快，就越能掌握战“疫”的主动权。“动态清零”的精髓，一是快速，二是精准，立足抓早、抓小、抓基础，发现一起就扑灭一起，守住不出现疫情规模性反弹的底线。常态化疫情防控以来，正是因为始终坚持“人民至上、生命至上”理念，坚持“外防输入、内防反弹”总策略和“动态清零”总方针，我们顶住了一轮又一轮疫情的冲击，快速有效处置数十起局部地区聚集性疫情，最大限度保护了人民生命安全和身体健康，有力保障了我国经济发展和疫情防控处于全球领先地位。事实充分证明，快速和精准的“动态清零”，正是我国控制疫情的有效法宝；“动态清零”体现的是尊重科学、尊重规律，路子是对的，效果是好的。

“动态清零”是由我国基本国情所决定的，是我们党坚持把人民生命安全和身体健康放在第一位的必然要求。新冠肺炎疫情发生后，一些西方国家虽然医疗技术全球领先，但却因采取所谓“群体免疫”“自然免疫”的消极应对处置方式，导致感染和病亡人数居高不下。有的国家宣布“与新冠病毒共存”计划以来，住院人数和死亡病例激增，感染人数持续保持高位。我国拥有特殊的人口国情，这就决定了积极应对疫情、实现“动态清零”十分必要。必须清醒认识到，奥密克戎变异株绝不是“大号流感”，其危害性决不能低估。我国地域广阔、人口众多，各地医疗卫生条件存在差异，疫苗接种在不同人群之间存在不平衡性，加上老年人口基数大，如不及时从严防控，势必令易感人群感染风险加大，最终将形成规模性反弹，后果不堪设想！

确定抗击疫情最佳方案，关键在于如何用更小成本在更短时间内控制住疫情，减少疫情带来的不利影响，以良好的防控成效保障经济社会持续健康稳定发展。我国坚持“动态清零”，为的是尽一切努力来维护人民生命安全和身体健康，尽一切可能有效精准平衡疫情防控和正常生产生活及经济社会发展。为了实现“动态清零”，对疫情严重的地方采取封控、管控等措施，势必会给人们生产生活带来不便，但只要快速控制住疫情，就可以也能够换取更长时间的正常生产生活和更大范围甚至全国的正常生产生活。可以说，“动态清零”是现阶段基于我国当前疫情形势的最佳选择，坚决果断采取有力防控措施、力争在短时间内做到“动态清零”，依然是最经济、最有效的疫情防控策略。

目前我国新增本土感染者数量仍处于高位，部分地区社区疫情传播仍未阻断，波及影响范围依然很大，防控正处于关键紧要时期。疫情形势越是严峻，越要保持战略定力，越要继续坚持“动态清零”总方针不犹豫不动摇，以时不我待的精神抓实抓细疫情防控各项工作。要看到奥密克戎变异株具有传播速度快、隐性感染和轻症病例比例高等特点，更容易造成大范围的传播。如果错失抗疫的最佳时机，导致疫情传播面扩大，付出的代价会更高，对经济社会和人民健康造成的损失会更大。只有做到“动态清零”，才能消除疫情隐患，避免大规模人群感染可能造成的医疗资源挤兑，预防老人、有基础疾病者等可能出现的死亡。只有快字当头，以快制快，加紧推进应检尽检、应收尽收、应隔尽隔、应治尽治，落实早发现、早报告、早隔离、早治疗要求，才能快速控制局部聚集性疫情，保持经济社会正常运行，用最小的代价实现最大的防控效果。

当此疫情防控的关键时期和胶着状态，尤须坚定信心迎难而上，发扬苦干实干、连续作战的精神，以更坚决更果断的措施，在与病毒赛跑中赢得主动。在以习近平同志为核心的党中央坚强领导下，亿万人民团结一心，将疫情防控工作抓实抓细，我们完全有能力实现“动态清零”，一定能尽快打赢抗击疫情这场大仗硬仗！

（2022年04月16日　01版）

提高科学精准防控本领

疫情防控是惊心动魄的大战，也是艰苦卓绝的大考。习近平总书记在海南考察时强调，“针对病毒变异的新特点，提高科学精准防控本领”。面对世纪疫情传播跌宕反复，我们必须勇于担苦、担难、担重、担险，坚持科学防治、精准施策，以过硬防控本领展现作为、不辱使命。

把握点多、面广、频发的近期疫情传播特点，巩固来之不易的抗疫成果，最大限度减少疫情对经济社会发展的影响，迫切需要我们提高科学精准防控本领。疫情防控中，从党员、干部到医务工作者、疾控工作人员、人民解放军指战员、武警部队官兵、科技工作者、社区工作者、公安民警、应急救援人员、志愿者，从严从实开展防控工作，顶住了一轮又一轮疫情的冲击，最大限度保护了人民生命安全和身体健康。当前，国内外疫情防控具有复杂性、艰巨性、反复性的特点，本轮疫情中主要流行的奥密克戎变异株传播速度特别快、隐匿性极其强、无症状感染者和轻症病例占比非常高，对高龄患者、合并严重基础病患者等特殊人群具有潜在严重威胁，给疫情防控工作带来了新的挑战。越是在这个时候，越要保持头脑清醒，疫情发现要更早，疫情处置要更快，落实防控措施要更实，服务群众要更到位。只有坚持“动态清零”总方针不犹豫不动摇，态度更坚决、更果断，行动更迅速、更有力，才能尽快打赢这场大仗硬仗。

同疫情作斗争，是物质的角力，也是精神的对垒。面对疫情反复冲击，有的人心生“松口气、歇歇脚、等等看”的想法，容易对常态化防控和应急处置在思想上放松要求、在行动上放宽尺度，我们要高度重视和警惕。与奥密克戎变异株这种病毒搏斗，必须坚决采取果断措施，快字当头、以快制快，才能尽快遏制疫情扩散蔓延势头，否则就可能“一篙松劲退千寻”，丧失已有防控成果。必须认识到，“人民至上、生命至上”是我国疫情防控的根本出发点和落脚点，在与传播力强的变异株多次殊死较量后，我们要更加坚定坚持“动态清零”总方针。当前疫情形势依然严峻复杂，必须慎终如始，时刻绷紧疫情防控这根弦，始终保持定力、保持斗志，对疫情传播的警惕性不能降低，对疫情防控的措施要求不能降低，坚决克服麻痹思想、厌战情绪、侥幸心理、松劲心态，铸就起团结一心、众志成城的强大精神防线。

提高科学精准防控本领，必须主动担当、积极作为，抓细抓实疫情防控各项举措。当前，吉林省各市州均已实现疫情防控社会面清零目标，事实证明，我们不仅有“动态清零”的经验，而且具备“动态清零”的能力。各地区各部门各方面要坚决把思想和行动统一到党中央决策部署上来，党政同责，齐抓共管，切实做到守土有责、守土尽责。要加快核酸检测、方舱医院建设、感染者收治，尽快阻断社会面疫情传播。要强化风险管控，快速筛查，找出潜在传染源，及时转运隔离。对于疫情较为严重的地方，党政主要领导和各级领导干部要把防疫工作放在第一位，尽锐出战，决战决胜。要把初心落在行动上、把使命担在肩膀上，从紧从严、从早从快、从细从实落实各项防控措施，筑牢疫情防控的坚固屏障。

基层是联防联控、群防群治的第一线，是确保各项措施落实到位的关键所在。一段时间以来，各条战线坚守岗位、连续作战，十分辛苦、极为不易，为遏制疫情扩散蔓延作出了重要贡献。各级党委和政府要多关心关爱，及时帮助他们解决遇到的实际困难和问题。要坚决纠正形式主义、官僚主义做法，坚持一切从实际出发，减轻基层负担。要推动防控资源和力量下沉，时刻关注社区防控工作缺什么、难在哪，多解决问题、多提供支持，做好工作、生活、安全等各方面保障。要充分调动各方面积极性主动性，工作上支持、待遇上保障、心理上关怀，进一步激发干劲和斗志，让大家把更多精力投入到疫情防控第一线，把更多时间用在抓工作落实上来。

统筹疫情防控和经济社会发展，坚持科学精准、动态清零，任务十分繁重，不仅需要宽肩膀，也需要铁肩膀。坚决贯彻落实习近平总书记关于疫情防控工作的重要指示精神和党中央决策部署，坚持“外防输入、内防反弹”总策略和“动态清零”总方针，不断提高科学精准防控本领，以科学之策应对非常之事，以精准之措应对非常之难，在大战中践行初心使命，在大考中交出合格答卷，我们一定能打赢常态化疫情防控这场攻坚战持久战，切实守护人民群众生命安全和身体健康。

（2022年04月17日　01版）

严格落实常态化疫情防控措施

常态化疫情防控是一项艰巨繁重又需要持久坚持的工作，各地区各部门各方面必须有充分的思想准备和工作准备。近日，习近平总书记在海南考察时强调，要“完善各种应急预案，严格落实常态化防控措施，最大限度减少疫情对经济社会发展的影响”，这对于我们扎实做好常态化疫情防控工作、更好统筹疫情防控和经济社会发展具有重大指导作用。

当前疫情防控面临复杂性、艰巨性、反复性的严峻形势。从病毒特性来看，奥密克戎变异株具有传播速度快、隐性感染和轻症病例比例高等特点，更容易造成大范围的传播。如不及时从严防控，势必令易感人群感染风险加大，最终将形成规模性反弹。两年多来的实践已经证明，常态化疫情防控总策略、总方针是正确的、有效的。虽然奥密克戎变异株具有极强的传播力，但只要做到早发现、早管控、早治疗，切断传播途径，保护好易感人群，仍然能够及时有效控制疫情。这就要求我们坚持“外防输入、内防反弹”总策略和“动态清零”总方针不动摇、不放松，以时不我待的精神抓实抓细常态化疫情防控各项工作，以更早、更快、更严、更实的防控措施阻断疫情传播，有力有效保障人民群众生命健康和经济社会发展。

面对疫情反复冲击，有的人认为奥密克戎变异株症状轻，思想上容易松懈麻痹，对常态化疫情防控和应急处置放松了要求。必须深刻认识到，如果不管“防”，只管“治”，我国医疗体系将面临击穿危险。要坚持常态化精准防控和局部应急处置有机结合，在做好常态化疫情防控工作的同时，对可能出现的局部疫情做好应急准备和有效处置，把困难估计得更多一些，把问题想得更严重一些，宁可备而不用，也绝不打无准备之仗。要严格口岸和边境地区防控，坚持人、物、环境同防，突出人员闭环管理，压实防控责任，充实防控力量，健全常态化防控机制，补齐短板弱项，筑牢外防输入防线。要加强重点场所常态化防控，督促学校、养老院以及机场、火车站等人员密集场所和单位压实责任，强化日常监测和防控要求，做实做细防控措施和应急预案。要扩大重点人群监测覆盖面，加强药店、诊所、教育机构、农贸市场等服务人员健康监测，发挥医疗机构等“哨点”作用，完善多渠道监测预警机制，推广“抗原筛查、核酸诊断”监测模式，全面提升疫情监测预警和应急反应能力。要统筹区域核酸检测力量的调配使用，备足隔离点并建立储备清单和梯次启用机制，做好方舱医院建设的方案和准备工作，提升应急处置能力。要严格落实验码、测温、戴口罩、保持社交距离等常态化防控措施，继续有序推进老年人疫苗加强免疫接种，筑牢群防群控防线。

做好疫情防控工作，直接关系经济社会大局稳定；保持经济平稳运行和社会和谐稳定，才能为坚持常态化疫情防控提供坚实支撑。必须深刻认识到，常态化疫情防控不是孤立的政策，而是一套复杂的运行体系，既不能对不同地区采取“一刀切”的做法、阻碍正常的经济社会秩序，又不能不当放松防控、导致前功尽弃。各级党委和政府要把思想和行动统一到党中央决策部署上来，进一步磨砺责任担当之勇、科学防控之智、统筹兼顾之谋、组织实施之能，切实提升阻断疫情传播的速度和力度，坚决守住不出现疫情规模性反弹底线。要继续做好“六稳”“六保”工作，持续改善民生，着力稳定宏观经济大盘，保持经济运行在合理区间，保持社会大局稳定。要全力保障货运物流特别是医疗防控物资、生活必需品、政府储备物资、邮政快递等民生物资和农业、能源、原材料等重要生产物资的运输畅通，切实维护人民群众正常生产生活秩序。疫情形势越是严峻，越要保持战略定力，一手抓战“疫”，一手抓发展。统筹好疫情防控和经济社会发展，采取更加有效措施，努力用最小的代价实现最大的防控效果，我们就一定能最大限度减少疫情对经济社会发展的影响。

实践已经证明，我们完全有基础、有条件、有能力实现“动态清零”。当前正是疫情防控最吃劲的关键时期，尤需坚定信心、迎难而上，严格落实好常态化疫情防控各项举措，决不能让来之不易的疫情防控成果付之东流。让我们更加紧密地团结在以习近平同志为核心的党中央周围，凝心聚力，攻坚克难，完善常态化疫情防控和突发疫情应急处置机制，尽快遏制疫情扩散蔓延势头，坚决打赢常态化疫情防控这场攻坚战持久战，实现疫情防控和经济社会发展双胜利。

（2022 年 04 月 18 日　01 版）

汇聚起合作共赢的伟力

——论习近平主席在博鳌亚洲论坛2022年年会开幕式上的主旨演讲

冲出迷雾走向光明，最强大的力量是同心合力，最有效的方法是和衷共济。

“只要我们携手同心、行而不辍，就一定能汇聚起合作共赢的伟力，战胜前进道路上的各种挑战，迎来人类更加光明美好的未来。”在博鳌亚洲论坛2022年年会开幕式上，习近平主席以视频方式发表主旨演讲，郑重宣示了我们要共同守护人类生命健康、共同促进经济复苏、共同维护世界和平安宁、共同应对全球治理挑战等4点主张，明确提出了促进世界安危与共的全球安全倡议。习近平主席的主旨演讲高瞻远瞩、思想深邃、内涵丰富，为全球团结合作、共克时艰贡献了中国智慧、指明了努力方向，引发会场内外的热烈反响和广泛共鸣。

博鳌亚洲论坛2022年年会以“疫情与世界：共促全球发展，构建共同未来”为主题，具有重要意义。当下，世界之变、时代之变、历史之变正以前所未有的方式展开，给人类提出了必须严肃对待的挑战。应当看到，人类还未走出世纪疫情阴霾，又面临新的传统安全风险；全球经济复苏仍脆弱乏力，又叠加发展鸿沟加剧的矛盾；气候变化等治理赤字尚未填补，数字治理等新课题又摆在我们面前。纵观历史，人类正是在战胜一次次考验中成长、在克服一场场危机中发展，任何艰难曲折都不能阻挡历史前进的车轮。越是困难时刻，我们越要坚定信心、激流勇进，走和平发展、合作共赢的人间正道，向着构建人类命运共同体的正确方向不断迈进。

过去两年多来，国际社会为应对新冠肺炎疫情挑战、推动世界经济复苏发展作出了艰苦努力。困难和挑战进一步告诉我们，人类是休戚与共的命运共同体，各国要顺应和平、发展、合作、共赢的时代潮流，勇敢战胜前进道路上各种险阻。必须清醒认识到，人民生命安全和身体健康是人类发展进步的前提，各国只有相互支持，加强防疫措施协调，完善全球公共卫生治理，形成应对疫情的强大国际合力，人类才能彻底战胜疫情；新冠肺炎疫情对过去10年全球减贫成果造成重大冲击，只有坚持建设开放型世界经济，把握经济全球化发展大势，促进全球平衡、协调、包容发展，才能推动世界经济复苏；安全是发展的前提，人类是不可分割的安全共同体，只有稳步推进全球安全倡议落地落实，才能促进世界安危与共；世界各国乘坐在一条命运与共的大船上，只有同舟共济，共同应对全球治理挑战，才能穿越惊涛骇浪、驶向光明未来。习近平主席在主旨演讲中提出的4点主张，为世界各国携手迎接挑战、合作开创未来提供了重要认识论和方法论，充分展现了中国维护世界和平、促进共同发展、推动构建人类命运共同体的坚定决心和勇毅担当。

当前，百年变局和世纪疫情交织叠加，世界进入新的动荡变革期，人类社会面临的治理赤字、信任赤字、发展赤字、和平赤字有增无减，实现普遍安全、促进共同发展依然任重道远。同时，世界多极化趋势没有根本改变，经济全球化展现出新的韧性，维护多边主义、加强沟通协作的呼声更加强烈。国际社会发展到今天已经成为一部复杂精巧、有机一体的机器，拆掉一个零部件就会使整个机器运转面临严重困难，被拆的人会受损，拆的人也会受损。习近平主席深刻指出：“当今世界，任何单边主义、极端利己主义都是根本行不通的，任何脱钩、断供、极限施压的行径都是根本行不通的，任何搞‘小圈子’、以意识形态划线挑动对立对抗也都是根本行不通的。”我们要践行共商共建共享的全球治理观，弘扬和平、发展、公平、正义、民主、自由的全人类共同价值，倡导不同文明交流互鉴。要坚持真正的多边主义，坚持拆墙而不筑墙、开放而不隔绝、融合而不脱钩，推动经济全球化朝着更加开放、包容、普惠、平衡、共赢的方向发展，让世界经济活力充分迸发出来。要坚定维护以联合国为核心的国际体系、以国际法为基础的国际秩序、以联合国宪章宗旨和原则为基础的国际关系基本准则，努力推动全球治理体系朝着更加公正合理的方向发展。大国尤其要作出表率，带头讲平等、讲合作、讲诚信、讲法治，展现大国的样子。

面对各种紧迫全球性挑战，加强团结合作，共同坐上新时代的“诺亚方舟”，人类才会有更加美好的明天。站在历史正确的一边，站在人类进步的一边，在历史前进的逻辑中前进、在时代发展的潮流中发展，我们对汇聚起合作共赢的伟力充满信心，对战胜前进道路上的各种挑战充满信心，对迎来人类更加光明美好的未来充满信心！

（2022年04月22日　01版）

落实全球安全倡议，促进世界安危与共

——论习近平主席在博鳌亚洲论坛2022年年会开幕式上的主旨演讲

“治国常富，而乱国常贫。”安全是发展的前提，人类是不可分割的安全共同体。

“坚持共同、综合、合作、可持续的安全观”“坚持尊重各国主权、领土完整”“坚持遵守联合国宪章宗旨和原则”“坚持重视各国合理安全关切”“坚持通过对话协商以和平方式解决国家间的分歧和争端”“坚持统筹维护传统领域和非传统领域安全”，在博鳌亚洲论坛2022年年会开幕式上的主旨演讲中，习近平主席着眼应对全球共同挑战、促进世界安危与共，鲜明提出了全球安全倡议，为共同营造和平稳定的发展环境、共同构建人类命运共同体提供了行动指引、注入了思想动力。

当今世界正经历百年未有之大变局，这场变局不限于一时一事、一国一域，而是深刻而宏阔的时代之变。时代之变和世纪疫情相互叠加，世界进入新的动荡变革期，不稳定性不确定性显著上升。实现各国共同安全，是构建人类命运共同体的题中应有之义。安全问题是事关人类前途命运的重大问题，如果解决不好，人类和平与发展的崇高事业就难以顺利推进。习近平主席深刻把握人类前途命运和世界发展大势提出的全球安全倡议，明确了维护和实现全球安全的核心理念、根本遵循、重要原则、长远目标和可行思路，符合各国对加强全球安全合作的期待，为解决当今世界面临的安全挑战贡献了中国智慧、中国方案，必将为推动全球安全治理体系改革、破解人类安全困境、推动构建人类命运共同体提供重要理念指引。

人类生存在同一个地球上，普遍安全才是真正的安全。世上没有绝对安全的世外桃源，一国的安全不能建立在别国的动荡之上，他国的威胁也可能成为本国的挑战。面对日益复杂化、综合化的安全威胁，单打独斗不行，迷信武力更不行。当今世界并不太平，煽动仇恨、偏见的言论不绝于耳，由此产生的种种围堵、打压甚至对抗对世界和平安全有百害而无一利。正如习近平主席在主旨演讲中强调的："事实再次证明，冷战思维只会破坏全球和平框架，霸权主义和强权政治只会危害世界和平，集团对抗只会加剧21世纪安全挑战。"安全利益你中有我、我中有你，各国都有平等参与国际和地区安全事务的权利，也都有维护国际和地区安全的责任。坚定奉行双赢、多赢、共赢理念，在谋求自身安全时兼顾他国安全，才能努力走出一条互利共赢的安全之路，共同维护世界和平安宁。

当前，安全问题的联动性、跨国性、多样性更加突出，各国应该树立合作应对安全挑战的意识。我们要坚持共同、综合、合作、可持续的安全观，共同维护世界和平和安全；坚持尊重各国主权、领土完整，不干涉别国内政，尊重各国人民自主选择的发展道路和社会制度；坚持遵守联合国宪章宗旨和原则，摒弃冷战思维，反对单边主义，不搞集团政治和阵营对抗；坚持重视各国合理安全关切，秉持安全不可分割原则，构建均衡、有效、可持续的安全架构，反对把本国安全建立在他国不安全的基础之上；坚持通过对话协商以和平方式解决国家间的分歧和争端，支持一切有利于和平解决危机的努力，不能搞双重标准，反对滥用单边制裁和"长臂管辖"；坚持统筹维护传统领域和非传统领域安全，共同应对地区争端和恐怖主义、气候变化、网络安全、生物安全等全球性问题。全球安全倡议着眼构建人类命运共同体，秉持真正的多边主义，面向全球开放，欢迎各国共同参与。中国不仅是这一重大倡议的提出者，也将是推进落实倡议的行动派。中国愿通过联合国平台以及多双边渠道，同各方就这一倡议深入交流，相互启发，凝聚全球合力，推进倡议落地，为推动政治解决各种国际和地区热点问题、维护世界和平与安宁贡献智慧和力量。

促进和平与发展，首先要维护安全稳定；没有安全稳定，就谈不上和平与发展。面对各国人民对和平发展更加殷切的期盼、对公平正义更加强烈的呼声、对合作共赢更加坚定的追求，用全球安全倡议凝聚共识、促进行动，以合作谋安全、谋稳定，以安全促和平、促发展，各国一定能共同创造持久的安全稳定环境，建设一个持久和平、普遍安全的世界，迎来人类更加光明美好的未来。

（2022年04月23日　01版）

打造世界的和平稳定锚、增长动力源、合作新高地

——论习近平主席在博鳌亚洲论坛2022年年会开幕式上的主旨演讲

“亚洲好世界才能更好。”4月21日，在博鳌亚洲论坛2022年年会开幕式上的主旨演讲中，习近平主席着眼世界之变、时代之变、历史之变，把握亚洲的历史与现实，强调“我们要继续把亚洲发展好、建设好，展现亚洲的韧性、智慧、力量，打造世界的和平稳定锚、增长动力源、合作新高地”，提出“坚定维护亚洲和平”“积极推动亚洲合作”“共同促进亚洲团结”3点主张，为亚洲各国携手迎接挑战、共促全球发展、构建共同未来进一步增强了信心和力量。

亚洲人民历经热战冷战，饱经沧桑忧患，深知和平弥足珍贵，发展来之不易。过去几十年，亚洲国家深入推动区域经济一体化，地区总体保持稳定，经济持续快速增长，成就了“亚洲奇迹”，为推动人类进步事业作出了重要贡献。当前，国际形势继续发生深刻复杂变化，百年变局和世纪疫情相互交织，经济全球化遭遇逆流，大国博弈日趋激烈，世界进入新的动荡变革期。面对显著上升的不稳定性不确定性，只有顺应历史大势、回应时代呼唤，坚定信心、激流勇进，团结合作、共克时艰，努力建设一个和平安宁、共同繁荣、开放融通的亚洲，才能让亚洲成为世界的和平稳定锚、增长动力源、合作新高地。

和平是各国人民的共同企盼。没有和平，冲突不断甚至战火纷飞，

经济增长、民生改善、社会稳定、人民往来等都会沦为空谈。国家无论大小、强弱、贫富，都应该做和平的维护者和促进者。习近平主席强调：“地区和平稳定不是天上掉下来的，也不是哪个国家的施舍，而是地区国家共同努力的成果。”当今世界并不太平，化解纷争和矛盾、消弭战乱和冲突，亚洲首倡的和平共处五项原则和“万隆精神”更加具有现实意义。秉持相互尊重、平等互利、和平共处等原则，奉行睦邻友好政策，以真诚沟通增进理解和信任，以求同存异妥处分歧和问题，共同维护和弘扬亚洲价值观，定能共同为亚洲安全和发展撑起一片蓝天，维护比金子还珍贵的和平时光。

亚洲是当今世界最具发展活力和潜力的地区之一，是拉动世界经济复苏和增长的重要引擎，同世界其他地区的区域次区域合作展现出勃勃生机和美好前景。建设发展繁荣的亚洲是亚洲人民的共同愿景。必须认识到，开放是发展进步的必由之路，也是促进疫后经济复苏的关键。亚洲近几十年快速发展，一条十分重要的经验就是敞开大门，主动融入世界经济发展潮流。亚洲各国要坚持走开放融通、互利共赢之路，推动贸易和投资自由化便利化，巩固供应链、产业链、数据链、人才链，构建开放型世界经济，引导经济全球化朝着更加开放、包容、普惠、平衡、共赢的方向发展。要加强发展战略对接，促进全方位互联互通，共同打造新技术、新产业、新业态、新模式，推动各国经济高质量发展，在实现自身发展的同时有力促进世界发展。

人类是休戚与共的命运共同体，合作共赢是大势所趋，共赢合作是亚洲发展的必由之路。《区域全面经济伙伴关系协定》正式生效，中老铁路建成通车，有效提升了地区硬联通、软联通水平。我们要以此为契机，推动亚洲形成更加开放的大市场，促进亚洲共赢合作迈出新步伐。习近平主席强调："用对话合作取代零和博弈，用开放包容取代封闭排他，用交流互鉴取代唯我独尊，这是亚洲应有的襟怀和气度。"我们要巩固东盟在地区架构中的中心地位，维护兼顾各方诉求、包容各方利益的区域秩序。要推进政策沟通、设施联通、贸易畅通、资金融通、民心相通，最大程度增强合作机制、理念、政策的开放性和包容性，共同构建人类命运共同体。

拥抱世界，才能拥抱明天；携手共进，才能行稳致远。国家无论大小强弱，无论域内域外，都应该为亚洲添彩而不添乱，都要共走和平发展大道，共谋合作共赢大计，共创团结进步的亚洲大家庭。我们深信，坚定维护亚洲和平，积极推动亚洲合作，共同促进亚洲团结，把亚洲打造成世界的和平稳定锚、增长动力源、合作新高地，亚洲的未来一定会更加光明，也必然更加光明。

（2022年04月24日　01版）

中国经济长期向好的基本面不会改变

——论习近平主席在博鳌亚洲论坛2022年年会开幕式上的主旨演讲

“中国经济韧性强、潜力足、回旋余地广、长期向好的基本面不会改变，将为世界经济企稳复苏提供强大动能，为各国提供更广阔的市场机会。”4月21日，习近平主席在博鳌亚洲论坛2022年年会开幕式上发表主旨演讲，倡导各国携手迎接挑战、合作开创未来，强调“中国将始终不渝坚持走和平发展道路，始终做世界和平的建设者、全球发展的贡献者、国际秩序的维护者”。

当前，百年变局和世纪疫情相互叠加，世界进入新的动荡变革期，不稳定性不确定性显著上升。各方对促进疫后经济加快复苏、建设更美好世界有着共同期盼，但又面对诸多新的困难和挑战。作为世界经济增长的主要稳定器和动力源，中国的经济发展备受关注。2021年，中国国内生产总值达114.4万亿元，占全球经济比重预计超18%。2022年一季度，中国国内生产总值同比增长4.8%，主要宏观指标保持在合理区间，实现“开门稳”。在以习近平同志为核心的党中央坚强领导下，各地区各部门统筹做好疫情防控和经济社会发展，坚持稳字当头、稳中求进，着力稳定宏观经济大盘，有效应对风险挑战，国民经济延续恢复发展态势，经济运行总体平稳。实践充分证明，我国经济稳中向好、长期向好的基本面没有变，我国经济潜力足、韧性大、活力强、回旋空间大、政策工具多的基本特点没有变，我国发展具有的多方面优势和条件没有变。我们对中国经济发展前途充满信心！

习近平主席强调："中国将全面贯彻新发展理念，加快构建新发展格局，着力推动高质量发展。"我们深刻认识到，贯彻新发展理念是新时代中国发展壮大的必由之路。中国提出构建新发展格局，是要扩充国内市场，在更大范围、更大规模上形成国内国际双循环，打造更加市场化、法治化、国际化的营商环境。在新发展格局下，中国市场潜力将充分激发，为世界各国创造更多需求；中国开放的大门将进一步敞开，同世界各国分享发展机遇；中国的对外合作将不断深化，同世界各国实现互利共赢。中国的发展与世界命运密切相关，更有效率地实现内外市场联通、要素资源共享，让中国市场成为世界的市场、共享的市场、大家的市场，中国必将给世界经济复苏带来重大利好，为国际社会注入更多正能量。

中国经济是一片大海，世界经济也是一片大海，世界大海大洋都是相通的。不论世界发生什么样的变化，中国改革开放的信心和意志都不会动摇。习近平主席在主旨演讲中宣示：中国将扩大高水平对外开放，深入实施外资准入负面清单，扩大鼓励外商投资范围，优化外资促进服务，增设服务业扩大开放综合试点；中国将扎实推进自由贸易试验区、海南自由贸易港建设，对接国际高标准经贸规则，推动制度型开放；中国将全面实施《区域全面经济伙伴关系协定》，推动同更多国家和地区商签高标准自由贸易协定，积极推进加入《全面与进步跨太平洋伙伴关系协定》和《数字经济伙伴关系协定》；中国将坚持高标准、可持续、惠民生的目标，积极推进高质量共建"一带一路"。这些务实举措和行动充分表明，中国扩大高水平开放的决心不会变，同世界分享发展机遇的决心不会变，推动经济全球化朝着更加开放、包容、普惠、平衡、共赢方向发展的决心也不会变。秉持开放、合作、团结、共赢的信念，坚定不移全面扩大开放，中国发展将为各国带来更多新机遇，为世界经济注入更多新动能。

两个多月前，中国向世界奉献了简约、安全、精彩的北京冬奥会、冬残奥会，为各国人民带来了温暖和希望。下半年，中国共产党将召开第二十次全国代表大会，擘画中国未来发展蓝图。面向未来，中国将一如既往展现大格局、大担当，同各国一道深化交流、共谋合作，在开放中创造机遇，在合作中破解难题，为维护世界和平与发展、构建人类命运共同体作出新贡献，共同创造人类更加美好的明天。

（2022年04月25日　01版）

新时代塑造新青年

青年是标志时代的最灵敏的晴雨表，时代的责任赋予青年，时代的光荣属于青年。无论过去、现在还是未来，中国青年始终是实现中华民族伟大复兴的先锋力量。

党的十八大以来，以习近平同志为核心的党中央从确保党和人民事业薪火相传的战略全局出发，高度重视青年、亲切关心青年、充分信任青年，推动青年发展事业实现全方位进步、取得历史性成就。习近平总书记关于青年工作的重要思想，阐明了新形势下青年工作的重大理论和实践问题，为做好新时代青年工作指明了前进方向。在这个伟大的新时代，中国青年展现了亮丽的青春风采、迸发出豪迈的青春激情。

国务院新闻办公室发布《新时代的中国青年》白皮书，这是我国首次专门就青年群体发布白皮书。白皮书以详实数据和大量事实，全面展示了新时代中国青年享有的良好发展条件，展示了新时代中国青年昂扬向上的精神风貌和担当作为，展示了新时代中国青年胸怀祖国、放眼世界的自信从容和人类关怀。在中国共产主义青年团成立100周年之际，中国政府发布这一白皮书，郑重宣示了关心青年成长、支持青年发展的政策导向，彰显了新时代中国青年坚定不移跟党走中国特色社会主义道路的信念、努力按照党的要求成为堪当民族复兴重任的时代新人的决心。

时代是青年发展的最宝贵沃土。时间之河川流不息，每一代青年都有自己的际遇和机缘，都要在自己所处的时代条件下谋划人生、创造历史。回想百年之前，在风雨如晦的旧中国，囿于日益深重的民族危机，不少青年空有一身本领却难以施展、空有一腔抱负却难以实现。国家好，青年才会好。新时代的中国青年生逢盛世，他们的物质生活条件显著改善，受教育水平大幅提升，身心素质向好向强，就业创业机会充分多样，精神文化生活丰富多彩，发展流动畅通自由，保障支持更加全面，拥有更优越的发展环境、更广阔的成长空间。时代造就青年，盛世成就青年。中国特色社会主义新时代必将为青年搭建高质量发展的快车道、插上腾飞的翅膀，必将成为青年大有可为、大有作为的伟大时代。

青年是时代发展的最蓬勃动力。时代呼唤担当，民族振兴是青年的责任。今天，我们比历史上任何时期都更接近、更有信心和能力实现中华民族伟大复兴的目标，同时，中华民族伟大复兴绝不是轻轻松松、敲锣打鼓就能实现的。习近平总书记深情寄语："新时代的中国青年要以实现中华民族伟大复兴为己任，增强做中国人的志气、骨气、底气，不负时代，不负韶华，不负党和人民的殷切期望！"时代呼唤青年坚定理想、努力拼搏、奋勇争先，在平凡岗位上奋斗奉献，在急难险重任务中冲锋在前，在基层一线经受磨砺，在创新创业中走在前列，在社会文明建设中引风气之先，勇做走在时代前列的奋进者、开拓者、奉献者。少年负壮气，奋烈自有时。新时代中国青年必将以蓬勃的青春朝气，努力跨越一个个"雪山""草地"，征服一个个"娄山关""腊子口"，为实现第二个百年奋斗目标、实现中华民族伟大复兴的中国梦注入强大青春动力。

中国梦是历史的、现实的，也是未来的；是广大人民的，更是青年一代的。我们坚信，新时代中国青年在习近平新时代中国特色社会主义思想科学指引下，一定能够秉承以实现中华民族伟大复兴为己任的光荣传统，担当起党和人民赋予的历史重任，以永不懈怠的精神状态、永不停滞的前进姿态，在激扬青春、开拓人生、奉献社会的进程中接续奋斗、永久奋斗，书写无愧于时代、无愧于历史的青春篇章！

（2022年04月22日　04版）

争做堪当民族复兴重任的时代新人

“立足新时代新征程，中国青年的奋斗目标和前行方向归结到一点，就是坚定不移听党话、跟党走，努力成长为堪当民族复兴重任的时代新人。”在五四青年节即将到来之际，习近平总书记来到中国人民大学考察调研，对全国广大青年提出殷切希望：“牢记党的教诲，立志民族复兴，不负韶华，不负时代，不负人民，在青春的赛道上奋力奔跑，争取跑出当代青年的最好成绩！”

青年是整个社会力量中最积极、最有生气的力量，国家的希望在青年，民族的未来在青年。今年是中国共产主义青年团成立100周年。回首百年，无论风云变幻、沧海桑田，中国青年爱党、爱国、爱人民的赤诚追求始终未改，坚定不移听党话、跟党走的忠贞初心始终未变。一代代中国青年在中国共产党的旗帜下，满怀对祖国和人民的赤子之心，把青春奋斗融入党和人民事业，为人民战斗、为祖国献身、为幸福生活奋斗，谱写了一曲又一曲壮丽的青春之歌。正是因为始终坚定不移听党话、跟党走，新时代的中国青年在平凡岗位上奋斗奉献、在急难险重任务中冲锋在前、在基层一线经受磨砺、在创新创业中走在前列、在社会文明建设中引风气之先，创造了无愧于祖国、无愧于人民、无愧于时代的光辉业绩。历史和实践充分表明：中国青年始终是实现中华民族伟大复兴的先锋力量。

时代呼唤担当，民族振兴是青年的责任。当前，世界百年未有之大变局加速演进，中华民族伟大复兴进入关键时期。在新的伟大征程上，我们比历史上任何时期都更接近、更有信心和能力实现中华民族伟大复兴的目标，同时也必须准备付出更为艰巨、更为艰苦的努力。当代中国青年是与新时代同向同行、共同前进的一代，生逢盛世，肩负重任。处在中华民族发展的最好时期，既面临着难得的建功立业的人生际遇，也面临着“天将降大任于斯人”的时代使命。广大青年要珍惜这个时代、担负时代使命，在担当中历练，在尽责中成长，在实现中国梦的生动实践中放飞青春梦想，努力成为德智体美劳全面发展的社会主义建设者和接班人。

新时代是追梦者的时代，也是广大青年成就梦想的时代。习近平总书记强调：“广大青年要做社会主义核心价值观的坚定信仰者、积极传播者、模范践行者，向英雄学习、向前辈学习、向榜样学习，争做堪当民族复兴重任的时代新人，在实现中华民族伟大复兴的时代洪流中踔厉奋发、勇毅前进。”广大青年要按照习近平总书记提出的明确要求，以实现中华民族伟大复兴为己任，立大志、明大德、成大才、担大任，不断增强做中国人的志气、骨气、底气。要坚定中国特色社会主义道路自信、理论自信、制度自信、文化自信，在全面建设社会主义现代化国家新征程中勇当开路先锋、争当事业闯将。要把听党话、跟党走的信念变成自觉追求，赓续红色血脉、传承红色基因，用脚步丈量祖国大地，用眼睛发现中国精神，用耳朵倾听人民呼声，用内心感应时代脉搏，把对祖国血浓于水、与人民同呼吸共命运的情感贯穿学业全过程、融汇在事业追求中。

一代人有一代人的长征，一代人有一代人的担当。建成社会主义现代化强国，实现中华民族伟大复兴，是一场接力跑，每一代人都要跑出好成绩。奋进新征程、建功新时代，更加紧密地团结在以习近平同志为核心的党中央周围，以青春之我、奋斗之我，为民族复兴铺路架桥，为祖国建设添砖加瓦，让青春在为祖国、为人民、为民族、为人类的奉献中焕发出更加绚丽的光彩，广大青年定能用青春和汗水创造出让世界刮目相看的新奇迹，不辜负党的期望、人民期待、民族重托，不辜负我们这个伟大时代！

（2022年04月26日　02版）

扎根中国大地办大学

"'为谁培养人、培养什么人、怎样培养人'始终是教育的根本问题。"4月25日，习近平总书记在中国人民大学考察调研时强调："要坚持党的领导，坚持马克思主义指导地位，坚持为党和人民事业服务，落实立德树人根本任务，传承红色基因，扎根中国大地办大学，走出一条建设中国特色、世界一流大学的新路。"

我国有独特的历史、独特的文化、独特的国情，决定了我国必须走自己的高等教育发展道路，扎实办好中国特色社会主义高校。中国人民大学是中国共产党创办的第一所新型正规大学，在抗日烽火中诞生，在党的关怀下发展壮大，始终坚持"为党育人、为国育才"，展现了"党办的大学让党放心、人民的大学不负人民"的精神品格。中国人民大学的发展历程，是我国高等教育发展的一个生动缩影。新中国成立以来，我国高等教育走过了从小到大、从弱到强的极不平凡历程，办学规模、培养质量、服务能力实现历史性跃升。特别是党的十八大以来，在以习近平同志为核心的党中央坚强领导下，我国高等教育与祖国共进、与时代同行，创造了举世瞩目的发展成就。实践告诉我们，我国高等教育发展方向必须同我国发展的现实目标和未来方向紧密联系在一起，为人民服务，为中国共产党治国理政服务，为巩固和发展中国特色社会主义制度服务，为改革开放和社会主义现代化建设服务。正如习近平总书记强调的："建设中国特色、世界一流大学不能跟在别人后面依样画葫芦，简单以国外大学作为标准和模式，而是要扎根中国大地，走出一条建设中国特色、世界一流大学的新路。”

教育是国之大计、党之大计。当前，世界百年未有之大变局加速演进，中华民族伟大复兴进入关键时期，中国人民正意气风发向着全面建成社会主义现代化强国的第二个百年奋斗目标迈进。党和国家事业发展对高等教育的需要，对科学知识和优秀人才的需要，比以往任何时候都更为迫切。我国高等教育肩负着培养德智体美劳全面发展的社会主义建设者和接班人的重大任务，必须坚持正确政治方向。要坚持党的领导，坚持以马克思主义为指导，全面贯彻党的教育方针，坚持社会主义办学方向，努力培养担当民族复兴大任的时代新人。新的征程上，立足中华民族伟大复兴战略全局和世界百年未有之大变局，心怀“国之大者”，把握大势，敢于担当，善于作为，我国高等教育一定能为服务国家富强、民族复兴、人民幸福贡献力量。

高校立身之本在于立德树人。办好我国高校，办出世界一流大学，必须牢牢抓住人才培养这个关键，把立德树人融入思想道德教育、文化知识教育、社会实践教育各环节，体现到学科体系、教学体系、教材体系、管理体系建设各方面。思想政治理论课能否在立德树人中发挥应有作用，关键看重视不重视、适应不适应、做得好不好。思政课的本质是讲道理，要注重方式方法，把道理讲深、讲透、讲活，老师要用心教，学生要用心悟，达到沟通心灵、启智润心、激扬斗志。高校是我国哲学社会科学“五路大军”中的重要力量，要坚持把马克思主义基本原理同中国具体实际相结合、同中华优秀传统文化相结合，不断推进马克思主义中国化时代化，加快构建中国特色哲学社会科学，建构中国自主的知识体系，使中国特色哲学社会科学真正屹立于世界学术之林。高校哲学社会科学有重要的育人功能，要帮助学生形成正确的世界观、人生观、价值观，提高道德修养和精神境界，养成科学思维习惯，促进身心和人格健康发展。广大教师要严爱相济、润己泽人，以人格魅力呵护学生心灵，以学术造诣开启学生智慧，把自己的温暖和情感倾注到每一个学生身上，让每一个学生都健康成长，让每一个孩子都有人生出彩的机会。

教育兴则国家兴，教育强则国家强。高等教育是一个国家发展水平和发展潜力的重要标志。实现中华民族伟大复兴，教育的地位和作用不可忽视。坚持中国特色社会主义教育发展道路，把立德树人作为根本任务，把服务国家作为最高追求，把学科建设作为发展根基，把深化改革作为强大动力，把加强党的建设作为坚强保证，我国高等教育一定能走出一条建设中国特色、世界一流大学的新路，为实现第二个百年奋斗目标、实现中华民族伟大复兴的中国梦作出新的更大的贡献。

（2022年04月27日　01版）

我国经济运行总体实现平稳开局

——论做好当前经济工作

4月29日，中共中央政治局召开会议，分析研究当前经济形势和经济工作，习近平总书记主持会议。会议充分肯定今年以来我国经济取得来之不易的成绩，深入分析做好当前经济工作面临的挑战，明确提出“疫情要防住、经济要稳住、发展要安全”的重要要求并作出重点部署，对于各地区各部门统筹疫情防控和经济社会发展，努力实现全年经济社会发展预期目标，具有重大指导意义。

今年以来，面对百年变局和世纪疫情相互叠加的复杂局面，在以习近平同志为核心的党中央坚强领导下，各地区各部门有力统筹疫情防控和经济社会发展，我国经济运行总体实现平稳开局，成功举办北京冬奥会、冬残奥会。一季度，我国国内生产总值同比增长4.8%，高于市场预期，主要宏观指标保持在合理区间，国民经济延续恢复发展态势。在国际环境更趋复杂严峻和国内疫情频发带来的多重考验下，我国经济一季度实现“开门稳”，可以说极为不易、难能可贵，充分彰显了以习近平同志为核心的党中央引领中国经济巨轮破浪前行的高超智慧，充分展现出我国经济具有强大的韧性和活力，具有“稳”和“进”的鲜明特征，同时“稳”的基础在不断加固，“进”的动能在不断集聚。

近年来，党中央坚持统筹国内国际两个大局，坚持稳中求进工作总基调，沉着应对百年变局和世纪疫情，加快构建新发展格局，强化宏观政策跨周期调节，着力促进经济持续健康发展，推动我国经济发展和疫情防控保持全球领先地位。在全球经济充满不确定性的条件下，宏观稳定成为稀缺的资源。疾风知劲草，烈火见真金。实践充分表明，尽管国际国内形势发生了深刻复杂变化，但我国经济稳中向好、长期向好的基本面没有变，我国经济潜力足、韧性大、活力强、回旋空间大、政策工具多的基本特点没有变，我国发展具有的多方面优势和条件没有变。时与势在我们一边，这是我们定力和底气所在，也是我们的决心和信心所在。

察势者智，驭势者赢。观察我国经济，既要看数据升降之“形”、市场变化之“态”，又要看百姓获得之“实”，更要把握长期发展之“势”。往深层看，我国经济不仅大盘稳定、总量扩大，而且结构优化、效益提升，高质量发展不断取得实效。一季度，高技术制造业增加值同比增长明显快于全部规模以上工业增长，产业升级带动作用明显；信息传输、软件和信息技术服务业增加值保持较快增长，创新发展态势持续；最终消费支出对经济增长贡献率比上年同期大幅提升，经济结构调整优化；清洁能源消费占比继续提升，绿色转型稳步推进；居民收入持续增长，民生改善继续加强……从“有没有”转向“好不好”，从“旧动能”转向“新动能”，从“积累量”转向“提升质”，新发展理念贯穿发展全过程和各领域，我国经济正在向形态更高级、分工更复杂、结构更合理的阶段演化，不断实现创新成为第一动力、协调成为内生特点、绿色成为普遍形态、开放成为必由之路、共享成为根本目的的高质量发展。

习近平总书记强调：“中国经济是一片大海，而不是一个小池塘”“狂风骤雨可以掀翻小池塘，但不能掀翻大海。经历了无数次狂风骤雨，大海依旧在那儿！”要看到，我国经济发展有韧性，产业体系全，超大规模市场空间广，改革开放红利多，经济治理能力强。尽管新冠肺炎疫情和乌克兰危机导致风险挑战增多，我国经济发展环境的复杂性、严峻性、不确定性上升，稳增长、稳就业、稳物价面临新的挑战，但只要我们高效统筹疫情防控和经济社会发展，坚定不移坚持人民至上、生命至上，坚持外防输入、内防反弹，坚持动态清零，一定能够最大程度保护人民生命安全和身体健康，最大限度减少疫情对经济社会发展的影响；只要我们加大宏观政策调节力度，扎实稳住经济，有效管控重点风险，我们能够保持经济运行在合理区间，守住不发生系统性风险底线。可以说，我们有足够强的韧性、有足够大的回旋余地、有足够多的政策工具来应对冲击；我们有坚强决心、坚定意志、坚实国力应对挑战，有足够的底气、能力、智慧战胜各种风险考验，保持经济持续健康发展。

回顾一路走来的奋斗历程，我们一直是在克服困难中发展进步，在应对挑战中超越自我。中国具有迎难而上、爬坡过坎的能力，没有什么能阻挡中国前进的坚定步伐。让我们更加紧密地团结在以习近平同志为核心的党中央周围，坚持以习近平经济思想为指导，坚定信心、攻坚克难，稳字当头、稳中求进，确保党中央大政方针落实到位，保持平稳健康的经济环境、国泰民安的社会环境、风清气正的政治环境，以实际行动迎接党的二十大胜利召开。

（2022年04月30日　01版）

疫情要防住 经济要稳住 发展要安全

——论做好当前经济工作

当前，新冠肺炎疫情和乌克兰危机导致风险挑战增多，我国经济发展环境的复杂性、严峻性、不确定性上升，稳增长、稳就业、稳物价面临新的挑战。做好经济工作、切实保障和改善民生至关重要。

4月29日，习近平总书记主持召开中共中央政治局会议。会议分析研究当前经济形势和经济工作，强调“疫情要防住、经济要稳住、发展要安全，这是党中央的明确要求”。各地区各部门要坚决把思想和行动统一到党中央决策部署上来，高效统筹疫情防控和经济社会发展，坚持统筹发展和安全，坚定信心、攻坚克难，不断做强经济基础，保持宏观大局稳定，确保党中央大政方针落实到位。

疫情要防住。全球新冠肺炎疫情仍然十分严重，我国疫情点多、面广、频发，防控工作经历严峻考验。在以习近平同志为核心的党中央坚强领导下，经过各方面共同努力，目前吉林及其他多地聚集性疫情得到有效控制，上海疫情清零攻坚战初见成效，全国疫情传播呈波动下降趋势。坚持就是胜利，坚持才能胜利。要坚定不移坚持人民至上、生命至上，坚持外防输入、内防反弹，坚持动态清零，努力用最小的代价实现最大的防控效果。要根据奥密克戎变异株传染性强、传播速度快、隐匿性高、无症状感染者占比大等特点，因时因势不断优化升级疫情防控措施，进一步提高疫情防控的科学精准水平，完善各种应急预案，严格落实常态化防控措施，最大程度保护人民生命安全和身体健康，最大限度减少疫情对经济社会发展的影响，坚决打赢这场攻坚战持久战。

经济要稳住。今年一季度，我国经济运行总体实现平稳开局，生产继续稳步恢复，内需拉动作用提升，创新驱动成效显著，发展质量不断提升。同时受多种因素影响，我国经济发展面临的困难和挑战增多。保持平稳健康的经济环境，推动经济实现质的稳步提升和量的合理增长，我们要正视困难，更要坚定必胜信心。要坚决贯彻落实党中央决策部署，坚持稳字当头、稳中求进，着力稳定宏观经济大盘，保持经济运行在合理区间。要加大宏观政策调节力度，加快落实已经确定的政策，抓紧谋划增量政策工具，全力扩大国内需求，发挥有效投资的关键作用，发挥消费对经济循环的牵引带动作用，稳住市场主体，做好能源资源保供稳价工作，切实保障和改善民生，确保交通物流畅通，确保重点产业链供应链、抗疫保供企业、关键基础设施正常运转，扎实稳住经济，努力实现全年经济社会发展预期目标。

发展要安全。坚持统筹发展和安全，要增强机遇意识和风险意识，树立底线思维，把困难估计得更充分一些，把风险思考得更深入一些，注重堵漏洞、强弱项，下好先手棋、打好主动仗，有效防范化解各类风险挑战。面对百年变局和世纪疫情相互叠加的复杂局面，要实现更高质量、更有效率、更加公平、更可持续、更为安全的发展，必须有效管控重点风险，守住不发生系统性风险底线。要认真落实会议提出的各项要求，坚持房子是用来住的、不是用来炒的定位，支持各地从当地实际出发完善房地产政策，支持刚性和改善性住房需求，优化商品房预售资金监管，促进房地产市场平稳健康发展；及时回应市场关切，稳步推进股票发行注册制改革，积极引入长期投资者，保持资本市场平稳运行；促进平台经济健康发展，完成平台经济专项整改，实施常态化监管，出台支持平台经济规范健康发展的具体措施。

越是困难时刻，越要坚定信心，越要沉着勇毅。必须看到，我国经济韧性强、潜力足、回旋余地广、长期向好的基本面不会改变，我国发展仍具有诸多战略性的有利条件。更加紧密地团结在以习近平同志为核心的党中央周围，保持战略定力，用好有利条件，齐心协力、顽强拼搏，我们一定能战胜困难和挑战，推动经济高质量发展取得新进展，中国号巨轮一定能劈波斩浪、行稳致远。

《人民日报》（2022年05月01日 02版）

坚持办好自己的事

——论做好当前经济工作

增强信心、保持定力、坚定底气，集中精力办好自己的事情，是我们战胜各种风险挑战的关键。4月29日，习近平总书记主持召开中共中央政治局会议。会议分析研究当前经济形势和经济工作，要求“加大宏观政策调节力度，扎实稳住经济，努力实现全年经济社会发展预期目标，保持经济运行在合理区间”，指出“要坚持办好自己的事”，强调“各级党委和政府要团结带领广大干部群众齐心协力、顽强拼搏，以实际行动迎接党的二十大胜利召开”。

习近平总书记强调：“无论国际风云如何变幻，我们都要坚定不移做好自己的事情，不断做强经济基础，增强科技创新能力，提升综合国力。”去年以来，面对复杂严峻的国际形势和艰巨繁重的国内改革发展稳定任务，以习近平同志为核心的党中央团结带领全党全国各族人民沉着应对百年变局和世纪疫情，构建新发展格局迈出新步伐，高质量发展取得新成效，我国经济发展和疫情防控保持全球领先地位，实现“十四五”良好开局。特别是在多重考验下，今年一季度我国国内生产总值同比增长4.8%，主要宏观指标保持在合理区间，实现“开门稳”。实践充分表明，无论面对多少风险挑战，无论发展环境多么复杂，只要我们坚定信心、攻坚克难，坚持办好自己的事，确保党中央大政方针落实到位，就一定能战胜各种风险挑战，中国号巨轮就一定能劈波斩浪、行稳致远。

坚持办好自己的事，就要深刻认识和准确把握稳中求进工作总基调。稳中求进工作总基调是治国理政的重要原则，也是做好经济工作的方法论。经济稳，人心稳、大局稳；稳是主基调，稳是大局。要看到，高质量发展是宏观经济稳定性增强的发展，特别是在全球经济充满不确定性的条件下，宏观稳定成为稀缺的资源。实践证明，坚持稳中求进工作总基调，以稳求进、以进固稳，充分彰显了我们党把方向、谋大局、定政策、促改革的能力和定力，充分展现了我们党善于在危机中育先机、于变局中开新局的智慧和魄力。各地区各部门要把思想和行动统一到党中央决策部署上来，坚持稳字当头、稳中求进，担负起稳定宏观经济的责任，加快落实已经确定的政策，积极推出有利于经济稳定的政策，着力稳定宏观经济大盘，让“稳”的基础更牢固、“进”的动能更充足。

坚持办好自己的事，就要深入贯彻新发展理念，加快构建新发展格局。回顾新时代党和人民奋进历程，我们更加深刻认识到，贯彻新发展理念是新时代我国发展壮大的必由之路。只要完整、准确、全面贯彻新发展理念，加快构建新发展格局，推动高质量发展，加快实现科技自立自强，我们就一定能够不断提高我国发展的竞争力和持续力，在日趋激烈的国际竞争中把握主动、赢得未来。要坚定不移深化供给侧结构性改革，用改革的办法解决发展中的问题，着力畅通国内大循环，着力突破供给约束堵点，着力打通生产、分配、流通、消费各环节，建设强大而有韧性的国民经济循环体系。

坚持办好自己的事，就要全面深化改革开放。不论世界发生什么样的变化，中国改革开放的信心和意志都不会动摇。要坚持以深化改革贯彻新发展理念、构建新发展格局、推动高质量发展，把推动改革同落实

“十四五”规划结合起来，同做好党中央部署的各领域各方面重点工作结合起来，加快推动重要领域和关键环节改革攻坚突破、落地见效，注重防范化解重大风险，激发全党全社会改革创新活力和潜能，为保持平稳健康的经济环境、国泰民安的社会环境、风清气正的政治环境创造良好制度条件。要坚持扩大高水平对外开放，推动制度型开放，深入实施外资准入负面清单，扩大鼓励外商投资范围，优化外资促进服务，增设服务业扩大开放综合试点，积极回应外资企业来华营商便利等诉求，稳住外贸外资基本盘。

“不管风吹浪打，胜似闲庭信步”。最强的力量就是说到做到，最好的落实就是一抓到底。让我们更加紧密地团结在以习近平同志为核心的党中央周围，坚持以习近平经济思想为指导，保持战略定力，掌握历史主动，坚持办好自己的事，以“越是艰险越向前”的英雄气概和“狭路相逢勇者胜”的斗争精神，有效应对前进道路上各种可以预料和难以预料的风险挑战，推动中国经济高质量发展不断迈上新台阶，奋力夺取全面建设社会主义现代化国家新胜利。

（2022年05月02日　01版）

依法规范和引导我国资本健康发展

4月29日下午，中共中央政治局就依法规范和引导我国资本健康发展进行第三十八次集体学习。习近平总书记在主持学习时发表了重要讲话，为在社会主义市场经济条件下规范和引导资本发展提供了根本遵循。

资本是社会主义市场经济的重要生产要素，是带动各类生产要素集聚配置的重要纽带，是促进社会生产力发展的重要力量。社会主义市场经济是一个伟大创造，社会主义市场经济中必然会有各种形态的资本。改革开放40多年来，资本同土地、劳动力、技术、数据等生产要素共同为社会主义市场经济繁荣发展作出了贡献，各类资本的积极作用必须充分肯定。

社会主义市场经济是法治经济，资本活动要依法进行。必须认识到，资本具有逐利本性，既要支持和引导资本健康发展，也要依法加强对资本的规范和约束，趋利避害。从国际经验看，规范资本发展是世界各国普遍做法，市场经济和资本越发展，越需要强有力的法律和监管，维护市场机制有效运转。

在社会主义市场经济条件下规范和引导资本发展，既是一个重大经济问题、也是一个重大政治问题，既是一个重大实践问题、也是一个重大理论问题，关系坚持社会主义基本经济制度，关系改革开放基本国策，关系高质量发展和共同富裕，关系国家安全和社会稳定。必须深化对新的时代条件下我国各类资本及其作用的认识，规范和引导资本健康发展，发挥其作为重要生产要素的积极作用。

党的十八大以来，在以习近平同志为核心的党中央坚强领导下，我们坚持和完善社会主义基本经济制度，并把“两个毫不动摇”写入新时代坚持和发展中国特色社会主义的基本方略，作为党和国家一项大政方针进一步确定下来。我们全面深化改革，强调使市场在资源配置中起决定性作用、更好发挥政府作用，为各类资本发展营造更加有利的市场环境和法治环境。我们强化反垄断，防止资本无序扩张，有效防范风险，维护市场公平竞争。我们着力防范和化解金融风险，持续扩大对外开放，着力构建新发展格局，建设更高水平开放型经济新体制。我们对资本性质的理解逐步深化，对资本作用的认识更趋全面，对资本规律的把握更加深入，对资本运行的治理能力不断提高。

我国仍处于并将长期处于社会主义初级阶段，依法规范和引导资本健康发展，必须坚持党的领导和我国社会主义制度，牢牢把握正确政治方向，坚持问题导向、系统思维，立足当前、着眼长远，坚持疏堵结合、分类施策，统筹发展和安全、效率和公平、活力和秩序、国内和国际，注重激发包括非公有资本在内的各类资本活力，发挥其促进科技进步、繁荣市场经济、便利人民生活、参与国际竞争的积极作用，使之始终服从和服务于人民和国家利益。

现阶段，我国存在国有资本、集体资本、民营资本、外国资本、混合资本等各种形态资本，并呈现出规模显著增加、主体更加多元、运行速度加快、国际资本大量进入等明显特征。要加强新的时代条件下资本理论研究，深入总结新中国成立以来特别是改革开放以来对待和处理资本的正反两方面经验，深化社会主义市场经济条件下资本理论研究，用科学理论指导实践，促进各类资本良性发展、共同发展，发挥其发展生产力、创造社会财富、增进人民福祉的作用。同时，要历史地、发展地、辩证地认识和把握我国社会存在的各类资本及其作用，正确处理不同形态资本之间的关系，在性质上要区分，在定位上要明确，规范和引导各类资本健康发展。要正确处理资本和利益分配问题，坚持发展为了人民、发展依靠人民、发展成果由人民共享，坚定不移走全体人民共同富裕的道路。

依法规范和引导我国资本健康发展，要坚持市场化法治化原则，坚持毫不动摇巩固和发展公有制经济，毫不动摇鼓励、支持、引导非公有制经济发展。要设立“红绿灯”，健全资本发展的法律制度，形成框架完整、逻辑清晰、制度完备的规则体系。要以保护产权、维护契约、统一市场、平等交换、公平竞争、有效监管为导向，针对存在的突出问题，做好相关法律法规的立改废释。要严把资本市场入口关，完善市场准入制度，提升市场准入清单的科学性和精准性。要完善资本行为制度规则。要加强反垄断和反不正当竞争监管执法，依法打击滥用市场支配地位等垄断和不正当竞争行为。要培育文明健康、向上向善的诚信文化，教育引导资本主体践行社会主义核心价值观。

规范发展、加强监管，是为了促进更加健康、更可持续、更为长远的发展。依法规范和引导我国资本健康发展有利于稳预期强信心。我们要深入贯彻落实习近平总书记重要讲话和重要指示批示精神，把思想和行动统一到党中央决策部署上来，不断提升资本治理本领，促进我国资本健康发展，为全面建设社会主义现代化国家、实现中华民族伟大复兴贡献力量。

（2022年05月01日　01版）

毫不动摇坚持“动态清零”总方针

“我们打赢了武汉保卫战，也一定能够打赢大上海保卫战。”5月5日，习近平总书记主持召开中共中央政治局常务委员会会议。会议充分肯定我国疫情防控取得的成绩，深刻分析当前新冠肺炎疫情防控形势，研究部署抓紧抓实疫情防控重点工作，对坚决筑牢疫情防控屏障、坚决巩固住来之不易的疫情防控成果提出明确要求。

新冠肺炎疫情发生以来，在以习近平同志为核心的党中央坚强领导下，我们坚持人民至上、生命至上，坚持外防输入、内防反弹，坚持动态清零，因时因势不断调整防控措施，疫情防控取得重大战略成果。今年3月以来，具有传染性强、传播速度快、隐匿性高等特点的奥密克戎变异株流行，我国疫情呈现点多、面广、频发的特点，疫情防控面临复杂性、艰巨性、反复性的严峻形势。经过全国上下勠力同心、并肩作战，我们经受住了武汉保卫战以来最为严峻的防控考验，取得了阶段性成效。实践证明，我们的防控方针是由党的性质和宗旨决定的，我们的防控政策是经得起历史检验的，我们的防控措施是科学有效的。

目前全球疫情仍处于高位，病毒还在不断变异，疫情的最终走向还存在很大不确定性，远没有到可以松口气、歇歇脚的时候。必须清醒认识到，我国是人口大国，老龄人口多，地区发展不平衡，医疗资源总量不足，放松防控势必造成大规模人群感染、出现大量重症和病亡，经济社会发展和人民生命安全、身体健康将受到严重影响。坚持动态清零，是坚持人民至上、生命至上的必然要求，是尊重科学、尊重规律的有力体现，是14亿多人口大国当前务必守住的疫情防控底线。只有坚持动态清零，立足抓早、抓小、抓基础，发现一起就扑灭一起，才能以最低的社会成本、在最短的时间内控制住疫情，以良好的防控成效保障经济社会持续健康稳定发展。

越是疫情防控任务艰巨、形势复杂，越要增强战略定力。要深刻、完整、全面认识党中央确定的疫情防控方针政策，坚决克服认识不足、准备不足、工作不足等问题，坚决克服轻视、无所谓、自以为是等思想，始终保持清醒头脑，毫不动摇坚持“动态清零”总方针，坚决同一切歪曲、怀疑、否定我国防疫方针政策的言行作斗争。各级党委、政府和社会各方面要把思想和行动统一到党中央决策部署上来，自觉在思想上政治上行动上同党中央保持高度一致，克服麻痹思想、厌战情绪、侥幸心理、松劲心态，全面动员、全面部署，以时不我待的精神、分秒必争的行动抓实抓细疫情防控各项工作。

当前，疫情防控工作正处于“逆水行舟、不进则退”的关键时期和吃劲阶段，各级党委、政府和社会各方面要坚定信心，深刻认识抗疫斗争的复杂性和艰巨性，以“时时放心不下”的责任感，坚决落实党中央决策部署，充分发扬斗争精神，做到守土有责、守土尽责。“动态清零”的精髓，一是快速，二是精准。要比病毒跑得更快，以快制快，真正把防控措施落细、落小、落实。要按照会议提出的明确要求，加快局部聚集性疫情处置，应检尽检、应隔尽隔、应收尽收、应治尽治；加强防控能力建设，强化区域协防、省内统筹；及时完善防控措施，加大对病毒变异的研究和防范力度，不搞简单化、一刀切；从严落实常态化疫情防控举措，压实行业责任和单位责任；紧紧依靠人民群众打好人民战争，筑牢群防群控防线。各级党组织和广大党员、干部要继续冲锋在前、顽强拼搏，发挥战斗堡垒和先锋模范作用，让党旗在防控疫情斗争第一线高高飘扬。

同疫情作斗争，是物质的角力，也是精神的对垒。坚持就是胜利，坚持才会胜利，坚持定能胜利。目前吉林及其他多地聚集性疫情得到有效控制，上海疫情防控取得阶段性成效，全国疫情呈波动下降趋势。实践再次证明，我们完全有基础、有条件、有能力实现动态清零。在以习近平同志为核心的党中央坚强领导下，坚定信心、同舟共济、团结一心做好抗疫工作，我们一定能够打赢疫情防控这场大仗硬仗，守护好人民群众生命安全和身体健康。

（2022年05月06日　02版）

勠力同心巩固抗疫成果　因时因势做好精准防控

“坚持就是胜利。”5月5日，习近平总书记主持召开中共中央政治局常务委员会会议。会议深刻分析当前新冠肺炎疫情防控形势，强调“各级党委和政府要坚定信心，深刻认识抗疫斗争的复杂性和艰巨性，坚决落实党中央决策部署，充分发扬斗争精神，坚决筑牢疫情防控屏障，坚决巩固住来之不易的疫情防控成果，做到守土有责、守土尽责。”

今年3月以来，来势汹汹的奥密克戎变异株席卷全球，我国本土聚集性疫情呈现点多、面广、频发的特点。面对复杂严峻的疫情防控形势，以习近平同志为核心的党中央坚持“人民至上、生命至上”，坚持“外防输入、内防反弹”总策略和“动态清零”总方针，不断提升分区分级差异化精准防控水平，团结带领全国上下勠力同心、并肩作战，经受住了武汉保卫战以来最为严峻的疫情防控考验。深圳市经历7天“慢生活”后实现了社会面动态清零，深圳速度加快“返场”；上海市疫情近期每日新增感染者数持续下降，疫情防控形势持续趋稳；吉林省疫情仍处于扫尾阶段，隔离点和封控区以外的风险已经基本控制；北京市疫情通过区域核酸筛查和密接排查管控，扩散风险已有所降低……疫情防控取得的阶段性成效充分证明，党中央确定的疫情防控方针政策是完全正确的，采取的各项防控措施是科学有效的。

常态化疫情防控是一项艰巨繁重又需要持久坚持的工作，必须深刻认识抗疫斗争的复杂性和艰巨性。从外部来看，目前全球疫情仍处于高位，病毒还在不断变异，疫情的最终走向还存在很大不确定性，远没有到可以松口气、歇歇脚的时候。从内部来看，我国持续面临较大的外防输入压力，发生本土疫情的风险仍然较高，国内疫情多点散发与局部性聚集性疫情并存，地区间交叉输入的风险较高，疫情防控形势依然严峻复杂。从病毒特性来看，奥密克戎变异株具有传染性强、传播速度快、隐匿性高等特点，无症状和轻症感染者较多，更容易造成大范围的传播。当此“逆水行舟、不进则退”的关键时期和吃劲阶段，必须坚决落实党中央决策部署，坚持“动态清零”总方针不犹豫不动摇，坚定必胜信心，以更大决心、更大魄力，乘势而上、一鼓作气，尽快打赢这场疫情防控攻坚战。

越是接近目标，越要较劲爬坡，统一思想、加大力度、真抓实干。要深刻认识到，“动态清零”是由我国基本国情所决定的，是我们党坚持把人民生命安全和身体健康放在第一位的必然要求。与奥密克戎变异株这种病毒搏斗，“躺平”不可取，“躺赢”不可能。以我国庞大的总人口基数、庞大的老年人群体规模，如果“躺平”，不管“防”，只管“治”，就可能“一篙松劲退千寻”，形成规模性反弹、丧失已有防控成果。我们要保持战略定力，严格落实好常态化疫情防控各项举措，提高科学精准防控本领，决不能让来之不易的疫情防控成果付之东流。要发扬斗争精神，以“咬定青山不放松”的韧劲、“越是艰险越向前”的拼劲，继续攻坚克难、迎难而上、顽强奋战。要坚决克服麻痹思想、厌战情绪、侥幸心理、松劲心态，铸就起团结一心、众志成城抗击疫情的强大精神防线。

疫情防控是惊心动魄的大战，也是艰苦卓绝的大考。各级党组织和广大党员、干部要继续冲锋在前、顽强拼搏，发挥战斗堡垒和先锋模范作用，做到守土有责、守土尽责。让我们更加紧密地团结在以习近平同志为核心的党中央周围，进一步磨砺责任担当之勇、科学防控之智、统筹兼顾之谋、组织实施之能，勠力同心巩固抗疫成果，因时因势做好精准防控，在大战中践行初心使命，在大考中交出合格答卷，努力实现疫情防控和经济社会发展双胜利。

（2022年05月07日　01版）

以时不我待的精神、分秒必争的行动抓实抓细疫情防控各项工作

“当前，疫情防控工作正处于‘逆水行舟、不进则退’的关键时期和吃劲阶段”。5月5日，习近平总书记主持召开中共中央政治局常务委员会会议，会议强调：“各级党委、政府和社会各方面要把思想和行动统一到党中央决策部署上来，自觉在思想上政治上行动上同党中央保持高度一致，克服麻痹思想、厌战情绪、侥幸心理、松劲心态，全面动员、全面部署，以时不我待的精神、分秒必争的行动抓实抓细疫情防控各项工作”。

4月中旬以来，我国疫情整体呈持续波动下降态势，“五一”假期全国疫情形势总体平稳。在以习近平同志为核心的党中央坚强领导下，经过全国上下共同努力，我们经受住了武汉保卫战以来最为严峻的疫情防控考验。我国疫情防控之所以取得阶段性成效，很重要的一个原因，就在于我们坚持快字当头，从紧从严、从早从快、从细从实落实各项防控措施，有力有效筑牢疫情防控屏障。实践充分表明，坚持“动态清零”总方针不犹豫不动摇，态度坚决果断，行动迅速有力，把党中央决策部署落到实处，我们就一定能打赢疫情防控这场大仗硬仗。

目前，全国疫情整体形势有所好转但仍复杂严峻，存在反弹风险，必须坚决筑牢疫情防控屏障，坚决巩固住来之不易的疫情防控成果。“逆水行舟、不进则退”，当此关键时期和吃劲阶段，我们尤须保持清醒头

脑，要有时不我待的精神，有“时时放心不下”的责任感。必须深刻认识到，目前全球疫情仍处于高位，病毒还在不断变异，疫情的最终走向还存在很大不确定性。我国是人口大国，老龄人口多，地区发展不平衡，医疗资源总量不足，资源配置不平衡，一旦放松防控，医疗资源将面临严重挤兑风险，大量有基础病的患者、老年人、儿童、孕妇等人群的身体健康将会受到威胁，对经济社会发展也会产生严重冲击。人民至上、生命至上，尽快遏制疫情才是真正敬佑每一个生命。只有疫情被有效控制住，经济发展和正常生活才能具备有利条件；疫情越早得到控制，经济发展所受影响就越小。要加快局部聚集性疫情处置，及时完善防控措施，全力做好疫情应对准备，切实做到守土有责、守土尽责。

两年多来我们积累了和新冠肺炎病毒斗争的经验，应急体系、救治体系、民众参与、联防联控机制已经形成了一个最基本的经验，就是以快制快。虽然奥密克戎变异株具有极强的传播力，但只要做到早发现、早报告、早隔离、早治疗，切断传播途径，保护好易感人群，仍然能够及时有效控制疫情。总体上看，疫情发现得越早，传播链条就越清楚。如果发现得晚，尤其在不清楚传染源以及感染者的波及范围和接触人群的情况下，就有必要适当扩大管控范围，加强核酸检测，加强相应的管控措施。现在，我国疫情防控进入到全方位综合防控“科学精准、动态清零”的第四阶段。这一阶段除了要做到快速精准外，还要注重综合性。要采取一些综合性的防控措施，包括对传染源的管理、传播途径的快速阻断、保护易感人群，对这些措施要进行有效组合和叠加，实行尽锐出击，采取最严格、最彻底、最坚决果断措施，阻止疫情社会面传播。

与病毒赛跑，就是与时间竞速，跑得越快，就越能掌握战疫主动权。实践已经证明，我们的防控方针是由党的性质和宗旨决定的，我们的防控政策是经得起历史检验的，我们的防控措施是科学有效的。坚持动态清零，立足抓早、抓小、抓基础，发现一起、扑灭一起，我们就一定能筑起牢固的安全屏障，用最小的代价实现最大的防控效果。

（2022年05月08日　01版）

坚定信心、同舟共济、团结一心做好抗疫工作

“实践证明，我们的防控方针是由党的性质和宗旨决定的，我们的防控政策是经得起历史检验的，我们的防控措施是科学有效的。”5月5日，习近平总书记主持召开中共中央政治局常务委员会会议，会议深刻分析当前新冠肺炎疫情防控形势，研究部署抓紧抓实疫情防控重点工作，为广大干部群众坚定信心、同舟共济、团结一心做好抗疫工作，早日打赢疫情防控这场大仗硬仗鼓舞了斗志、凝聚了共识。

抗击疫情，坚定信心很重要。当前，全球疫情仍处于高位，病毒还在不断变异，疫情的最终走向还存在很大不确定性，全国疫情整体形势有所好转，但仍复杂严峻，存在反弹风险。办法总比困难多，决心总比挑战大。从武汉保卫战，到常态化疫情防控，再到迎战德尔塔、奥密克戎的全链条精准防控，我们始终坚持“动态清零”总方针，第一时间统筹调配检测、流调、转运、隔离、收治等力量，发现一起、扑灭一起，有效遏制了疫情大面积蔓延，有力扭转了病毒传播的危险势头。两年多的疫情防控实践证明，“动态清零”最大限度保护了人民群众的生命安全和身体健康，最大限度减少了疫情对于国家整体经济社会发展的影响，路子是对的，效果是好的。把思想行动再统一，防控要求再落实，疫情防线再加固，能力水平再提升，四方责任再压紧，我们有能力、有基础、有条件战胜奥密克戎变异株所造成的流行和传播，在最短时间内扑灭疫情，以最小的成本实现最大的防控效果。

疫情防控是一场总体战，必须坚持全国一盘棋。只有疫情被有序地控制，才能为人民生命健康提供坚实的保障，才能为正常的生产生活创造有利的条件。要看到，疫情发生以来，以习近平同志为核心的党中央准确把握疫情形势变化，立足全局、着眼大局，全面加强对疫情防控的集中统一领导，因时因势制定重大战略策略，全国迅速形成了统一指挥、全面部署、立体防控的战略布局，汇聚起抗击病魔的强大合力。当此"逆水行舟、不进则退"的关键时期和吃劲阶段，我们要把思想和行动统一到党中央决策部署上来，自觉在思想上政治上行动上同党中央保持高度一致，以宏观视角、群体视角、动态视角来看待问题，处理好短期和长期的关系、局部和整体的关系、个体和群体的关系，既考虑本地区本领域防控需要，也考虑对重点地区、对全国防控的影响，坚定有力、毫不懈怠做好抗疫工作，以最快速度最高效率切断传染源，尽最大可能控制疫情波及范围，努力赢得全国疫情防控的全面胜利。

习近平总书记强调："团结是铁，团结是钢，团结就是力量。团结是中国人民和中华民族战胜前进道路上一切风险挑战、不断从胜利走向新的胜利的重要保证。"在疫情防控工作中，各级党组织和广大党员、干部守土有责、守土尽责，各地区各部门紧急行动、紧抓落实、相互支持，各行各业众志成城、团结一心、奋战一线……事实证明，打赢疫情防控这场人民战争，必须万众一心攻坚克难。人心齐，泰山移。要深刻认识抗疫斗争的复杂性和艰巨性，始终保持清醒头脑，毫不动摇坚持"动态清零"总方针，坚决克服认识不足、准备不足、工作不足等问题，坚决克服轻视、无所谓、自以为是等思想，坚决同一切歪曲、怀疑、否定我国防疫方针政策的言行作斗争，克服麻痹思想、厌战情绪、侥幸心理、松劲心态，疫情发现要更早，疫情处置要更快，落实防控措施要更实，服务群众要更到位。要紧紧依靠人民群众打好人民战争，加强信息发布，主动回应社会关切，引导广大群众增强责任意识、自我防护意识，自觉承担防控责任和义务，落实个人、家庭等日常防护措施，推进加强免疫接种工作，筑牢群防群控防线。

上下同欲者胜。坚决落实党中央决策部署，保持战略定力，坚定必胜信念，发扬斗争精神，把各项防疫工作抓实、抓细、抓落地，心往一处想、劲往一处使，凝聚同心战疫、共克时艰的强大力量，我们就一定能战胜这场疫情，巩固住来之不易的疫情防控成果。

（2022年05月09日　01版）

“爱国者治港”新实践　选贤举能开新篇

2022年5月8日，香港特别行政区第六任行政长官选举顺利举行，李家超高票当选。这是完善香港特别行政区选举制度后首次举行的行政长官选举，是全面贯彻落实“爱国者治港”原则新的生动实践，有利于香港巩固由乱到治局面，有利于香港实现良政善治，有利于“一国两制”实践行稳致远，对维护香港长期繁荣稳定意义重大。

第六任行政长官选举严格按照香港特区基本法、全国人大及其常委会有关决定和香港特区有关选举制度进行，选举过程依法依规、公开公正、平稳有序。完善香港选举制度后的首次选举委员会选举、立法会选举、行政长官选举均顺利完成，新选举制度全面落实，展现了香港民主实践新气象。

一些反中乱港分子曾通过各类选举进入香港特区管治架构，不择手段干扰、阻挠、破坏特区政府施政，破坏香港正常政治秩序。2021年，中央依法完善香港选举制度，从制度机制上全面落实“爱国者治港”原则。这是依法治港、拨乱反正的必要之举，是维护国家安全和特区法治秩序的治本之策，也是确保香港的民主发展始终在正确轨道上前进的固本之基，体现了中央坚持和完善“一国两制”制度体系、维护香港长期繁荣稳定的历史担当。

根据新的选举制度，选举委员会由原来1200人扩大到1500人，由四大界别扩大到五大界别，覆盖面更广、代表性更强、社会各界参与更加均衡。新的提名规定使行政长官候选人能得到选委会各界别的认可，其参选政纲和当选后的施政更能兼顾各方利益和诉求。

回应关切、凝聚共识，第六任行政长官选举充分彰显新选制的进步性和优越性。候选人李家超在参选过程中，广泛拜会社会团体、探访基层市民，听取意见、完善政纲。香港社会各界对行政长官选举热烈关注，积极参与，以各种方式踊跃向候选人团队建言。上百个青年团体也为香港发展献策，反映青年一代对新的管治团队的期待。候选人政纲的形成过程是香港社会民主咨询、民主协商的过程，公布的政纲是各界共同参与的结果，也是对香港未来期许的集中体现。

新选制选贤与能，新选制开启新局。第六任行政长官选举充分证明，完善后的香港特区选举制度，全面准确贯彻“一国两制”方针和香港特区基本法，符合香港特区实际情况，能切实维护香港社会整体利益和各界别各阶层利益，是香港民主制度的优化提升和与时俱进。香港社会各界普遍认为，新选制使得竞选活动更加理性、公平、有序，更加注重民生和发展，更加注重参选人的能力和素质，有利于选出管治能力强的爱国者、“一国两制”的守护者、良政善治的推动者、融入国家发展大局的促进者。新选制真正体现选举本意，真正为香港人谋实惠、谋福祉。

历经风雨，洗去尘霾，香港“一国两制”实践迈上新的台阶。实践已经证明并将继续证明，完善后的香港特区选举制度是一套好制度。

今年是香港回归祖国25周年。我们坚信，贯彻落实习近平总书记和党中央治港方略，坚定走符合香港实际的民主发展道路，落实“爱国者治港”原则，就一定能凝聚香港社会各方面力量，推动香港经济、政治、社会、文化等协调发展，不断开创香港更加美好的未来！“一国两制”在香港的实践必将取得更大的成功！

（2022年05月09日　01版）

坚守为了人民　坚持就是胜利

当前全球疫情仍处于高位，我国疫情防控工作正处于“逆水行舟、不进则退”的关键时期和吃劲阶段。5月5日，习近平总书记主持召开中共中央政治局常务委员会会议，会议深入分析当前新冠肺炎疫情防控形势，深刻指出“我们的防控方针是由党的性质和宗旨决定的”，强调“坚持就是胜利”，要求“深刻认识抗疫斗争的复杂性和艰巨性”“克服麻痹思想、厌战情绪、侥幸心理、松劲心态，全面动员、全面部署，以时不我待的精神、分秒必争的行动抓实抓细疫情防控各项工作”。

我们党来自人民、扎根人民、造福人民，全心全意为人民服务是党的根本宗旨，必须以最广大人民根本利益为我们一切工作的根本出发点和落脚点。常态化疫情防控以来，以习近平同志为核心的党中央始终坚持“人民至上、生命至上”理念，坚持“外防输入、内防反弹”总策略和“动态清零”总方针，顶住了一轮又一轮疫情冲击，最大限度保护了人民生命安全和身体健康。特别是今年3月以来，经过全国上下勠力同心、并肩作战，我们经受住了武汉保卫战以来最为严峻的疫情防控考验，取得了阶段性成效。实践再次证明，坚持“动态清零”既是尊重科学、尊重规律的有力体现，更是坚持人民至上、生命至上的必然要求。在保护人民生命安全面前，我们必须不惜一切代价，我们也能够做到不惜一切代价！人的生命是最宝贵的，生命只有一次，失去不会再来，为了保护人民生命安全，我们什么都可以豁得出来！

尽快遏制疫情才是真正敬佑每一个生命，坚持“动态清零”实质就是坚持人民至上、生命至上。从公共卫生角度看，全人群都是奥密克戎变异株的易感人群，在没有任何防护措施的情况下，平均一个感染者可以传播9.5个人。奥密克戎变异株绝不是“大号流感”，其平均病死率是普通流感的7到8倍，老年人群特别是80岁以上的老年人群病死率超过10%，是普通流感的近百倍。从全球疫情传播情况看，目前病毒还在不断变异，疫情的最终走向还存在很大不确定性。国际公共卫生专家指出，疫情尚未结束，仍需保持警惕，一些“躺平”的国家已经并还在付出惨重代价。从我国实际情况看，老年人口数量巨大，加上相当数量的儿童和有禁忌症无法接种疫苗的人群，疫苗接种率尚未形成足以抵抗重症和病亡的屏障。一旦放松疫情防控，放任病毒快速传播，势必造成大规模人群感染、出现大量重症和病亡，后果不堪设想。坚持“动态清零”，这是14亿多人口大国当前务必守住的疫情防控底线，是对人民至上、生命至上理念最好的践行。

一段时间以来，在全国各地，各条战线坚守岗位、连续作战，广大党员干部、医护人员、社区工作者、志愿者等勇挑重担、冲锋在前，付出了极其艰苦的努力，为遏制疫情扩散蔓延作出了重要贡献。当前，全国疫情整体形势有所好转但仍复杂严峻，存在疫情反弹风险，必须加快局部聚集性疫情处置，及时完善防控措施，做好疫情应对准备。坚持才能胜利，当此关键时期和吃劲阶段，我们尤其不能松懈、尤需持续用力，一鼓作气、乘势而上，决不能让来之不易的疫情防控成果前功尽弃。要毫不动摇坚持“动态清零”总方针，不麻痹、不厌战、不侥幸、不松劲，从做到应检尽检、应隔尽隔、应收尽收、应治尽治，到同步做好群众基本生活保障和生活物资供应，再到从严落实常态化疫情防控举措，都要始终发扬苦干实干、连续作战的精神，以更严作风、更实举措把党中央决策部署落实落地，在与病毒赛跑中赢得主动。

坚持就是胜利，曙光就在前方。越是在最吃劲的时候，越要有慎终如始的决心，越要有攻坚克难的毅力。在以习近平同志为核心的党中央坚强领导下，坚定信心、同舟共济、团结一心，以“咬定青山不放松”的韧劲、“越是艰险越向前”的拼劲，抓实抓细疫情防控各项工作，积小胜为大胜，我们就一定能筑牢守护人民生命安全和身体健康的坚实防线，一定能尽早打赢这场疫情防控大仗硬仗。

（2022年05月10日　01版）

谱写了中华民族伟大复兴进程中激昂的青春乐章

——论学习贯彻习近平总书记在庆祝中国共产主义青年团成立一百周年大会上重要讲话

青春孕育无限希望，青年创造美好明天。一个民族只有寄望青春、永葆青春，才能兴旺发达。

5月10日，庆祝中国共产主义青年团成立100周年大会在北京隆重举行。习近平总书记在会上发表重要讲话，全面回顾100年来共青团坚定不移听党话、跟党走的青春历程，充分肯定共青团在党的领导下、团结带领一代代团员青年为实现中华民族伟大复兴中国梦所作出的重要贡献，深刻阐明共青团和青年工作的历史经验，对当代青年寄予殷切期望，对做好新时代共青团工作提出明确要求。习近平总书记的重要讲话，饱含着党中央对青年一代的亲切关怀和对共青团事业的高度重视，具有很强的政治性、思想性、战略性、指导性，为新时代中国青年运动和青年工作指明了前进方向、提供了根本遵循。

青年的命运，从来都同时代紧密相连。1840年鸦片战争以后，中国逐步成为半殖民地半封建社会，国家蒙辱、人民蒙难、文明蒙尘，中华民族遭受了前所未有的劫难。从那时起，实现中华民族伟大复兴，就成为中国人民和中华民族最伟大的梦想。1919年爆发的五四运动，是一场彻底的反帝反封建的伟大爱国革命运动，促进了马克思主义在中国的传播，拉开了新民主主义革命的序幕，也标志着中国青年成为推动中国社会变革的急先锋。中国共产党一经诞生，就把为中国人民谋幸福、为中华民族谋复兴确立为自己的初心使命，就把关注的目光投向青年，把革命的希望寄予青年，始终把青年工作作为党的一项重要工作。1922年5月5日，在中国共产党直接关怀和领导下，中国共产主义青年团宣告成立。这在中国革命史和青年运动史上具有里程碑意义！

百年接续奋斗，百年凯歌前行；时代各有不同，青春一脉相承。从新民主主义革命时期不怕牺牲、浴血斗争，到社会主义革命和建设时期敢于拼搏、辛勤劳动，到改革开放和社会主义现代化建设新时期敢闯敢干、引领风尚，再到中国特色社会主义新时代自信自强、刚健有为，一百年来，中国共青团始终与党同心、跟党奋斗，团结带领广大团员青年把忠诚书写在党和人民事业中，把青春播撒在民族复兴的征程上，把光荣镌刻在历史行进的史册里。正如习近平总书记深刻指出的："坚定不移跟党走，为党和人民奋斗，是共青团的初心使命。一百年来，在党的坚强领导下，共青团不忘初心、牢记使命，走在青年前列，组织引导一代又一代青年坚定信念、紧跟党走，为争取民族独立、人民解放和实现国家富强、人民幸福而贡献力量，谱写了中华民族伟大复兴进程中激昂的青春乐章。"

党的十八大以来，习近平总书记立足中华民族伟大复兴战略全局和世界百年未有之大变局，亲自谋划、亲身指导、亲切关怀新时代共青团和青年工作，推动共青团和青年工作取得新的成绩。举旗定向，掌舵领航，习近平总书记关于青年工作的重要思想，深刻回答了新时代培养什么样的青年、怎样培养青年，建设什么样的共青团、怎样建设共青团等方向性、全局性、战略性重大课题，为做好新时代青年工作、为党培养一批又一批社会主义建设者和接班人提供了根本遵循。"清澈的爱，只为中国”，成为当代中国青年发自内心的最强音。广大团员青年自觉担当重任，深入基层一线，让青春在实现中华民族伟大复兴的中国梦中绽放异彩，为党和国家事业取得历史性成就、发生历史性变革贡献了青春力量。

历史和实践充分证明，中国共产党是领导我们事业的核心力量，不愧为中国人民和中华民族的主心骨，代表广大青年、赢得广大青年、依靠广大青年是我们党不断从胜利走向胜利的重要保证。坚持党的领导是共青团的立身之本，只有坚持党的领导，共青团才能团结带领青年前进，推动中国青年运动沿着正确政治方向前行。无论过去、现在还是未来，中国青年始终是实现中华民族伟大复兴的先锋力量。新时代的中国青年，生逢其时、重任在肩，施展才干的舞台无比广阔，实现梦想的前景无比光明。在新的征程上，共青团要增强引领力、组织力、服务力，团结带领广大团员青年成长为有理想、敢担当、能吃苦、肯奋斗的新时代好青年，用青春的能动力和创造力激荡起民族复兴的澎湃春潮，用青春的智慧和汗水打拼出一个更加美好的中国！

国家的希望在青年，民族的未来在青年。中华民族伟大复兴的中国梦终将在一代代青年的接力奋斗中变为现实。让我们更加紧密地团结在以习近平同志为核心的党中央周围，以习近平新时代中国特色社会主义思想为指导，深刻领会“两个确立”的决定性意义，增强“四个意识”、坚定“四个自信”、做到“两个维护”，始终牢记习近平总书记的殷殷嘱托，砥砺奋进、永久奋斗，以实际行动迎接党的二十大胜利召开，在全面建设社会主义现代化国家、实现中华民族伟大复兴的宏伟征程中书写新时代中国青年的光辉篇章。

（2022年05月11日　02版）

塑造了共青团的立身之本、政治之魂、奋进之力、活力之源

——论学习贯彻习近平总书记在庆祝中国共产主义青年团成立一百周年大会上重要讲话

百年征程，塑造了共青团坚持党的领导的立身之本，塑造了共青团坚守理想信念的政治之魂，塑造了共青团投身民族复兴的奋进之力，塑造了共青团扎根广大青年的活力之源。在庆祝中国共产主义青年团成立100周年大会上，习近平总书记精辟概括一百年来共青团坚定理想、矢志不渝形成的4条宝贵经验，深刻指出“这是共青团面向未来、再立新功的重要遵循”。

没有中国共产党，就没有中国共青团。共青团从诞生之日起，就以党的旗帜为旗帜、以党的意志为意志、以党的使命为使命，把坚持党的领导深深融入血脉之中，形成了区别于其他青年组织的根本特质和鲜明优势。坚持党的领导是共青团的立身之本，听党话、跟党走始终是共青团坚守的政治生命，党有号召、团有行动始终是一代代共青团员的政治信念。一百年来，在党的坚强领导下，共青团牢记坚定不移跟党走、为党和人民奋斗的初心使命，发扬党有号召、团有行动的优良传统，始终坚持党旗所指就是团旗所向，组织引导一代又一代青年坚定信念、紧跟党走，为党争取青年人心、汇聚青年力量，谱写了中华民族伟大复兴进

程中激昂的青春乐章。历史充分证明，只有坚持党的领导，共青团才能团结带领青年前进，推动中国青年运动沿着正确政治方向前行。

百年接续奋斗、凯歌前行，中国共青团始终与党同心、跟党奋斗，团结带领广大团员青年用青春之我创造青春之中国、青春之民族。一百年来的壮阔征程中，坚守理想信念是共青团的政治之魂，团的一大就明确提出了建设共产主义社会的远大理想，亮出了社会主义的鲜明旗帜，在一代又一代青年心中点亮理想之灯、发出信念之光，这是共青团最根本、最持久的凝聚力；投身民族复兴是共青团的奋进之力，共青团紧扣党在不同历史时期的中心任务，团结带领广大团员青年积极投身人民群众的壮阔实践，在民族复兴征程上勇当先锋、倾情奉献，发挥生力军和突击队作用，使实现民族复兴成为中国青年运动一以贯之的恢弘主流；扎根广大青年是共青团的活力之源，共青团历经百年沧桑而青春焕发，依靠的就是始终扎根广大青年，始终把工作重点聚焦在最广大的工农青年和普通青年群体，把心紧紧同青年连在一起，把青年人的心紧紧同党贴在一起。历史充分证明，只有始终高举共产主义、社会主义旗帜，共青团才能形成最为牢固的团结、锻造最有战斗力的组织，始终把青年凝聚在党的理想信念旗帜之下；只有牢牢扭住为中华民族伟大复兴而奋斗这一主题，共青团才能团结起一切可以团结的青春力量，唱响壮丽的青春之歌；只有不断从广大青年这片沃土中汲取养分、获取力量，共青团才能成为广大青年信得过、靠得住、离不开的贴心人。

当前，世界百年未有之大变局加速演进，中华民族伟大复兴进入关键时期，中国人民正意气风发向着全面建成社会主义现代化强国的第二个百年奋斗目标迈进。习近平总书记强调：“共青团要增强引领力、组织力、服务力，团结带领广大团员青年成长为有理想、敢担当、能吃苦、肯奋斗的新时代好青年，用青春的能动力和创造力激荡起民族复兴的澎湃春潮，用青春的智慧和汗水打拼出一个更加美好的中国！”越是往前走、向上攀，越是要善于从走过的路中汲取智慧、提振信心、增添力量。共青团要把百年奋斗形成的宝贵经验传承好、发扬好，坚持党的领导，坚守理想信念，投身民族复兴，扎根广大青年，牢牢把握为实现中国梦而奋斗的时代主题，不断保持和增强政治性、先进性、群众性，坚持把培养社会主义建设者和接班人作为根本任务，最广泛地为党的事业团结凝聚青年，为党做好新时代的青年工作，始终成为引领中国青年思想进步的政治学校，始终成为组织中国青年永久奋斗的先锋力量，始终成为党联系青年最为牢固的桥梁纽带，始终成为紧跟党走在时代前列的先进组织。

建成社会主义现代化强国，实现中华民族伟大复兴，是一场接力跑。在实现民族复兴的赛道上奋勇争先，是时代赋予当代青年的光荣责任。在新的征程上，毫不动摇坚持党的领导，把巩固和扩大党执政的青年群众基础作为政治责任，把围绕中心、服务大局作为工作主线，认真履行引领凝聚青年、组织动员青年、联系服务青年的职责，增强对青年的凝聚力、组织力、号召力，共青团就一定能更好把青年团结起来、组织起来、动员起来，为实现第二个百年奋斗目标、实现中华民族伟大复兴的中国梦而奋斗！

（2022年05月12日　03版）

当代青年要在实现民族复兴的赛道上奋勇争先

——论学习贯彻习近平总书记在庆祝中国共产主义青年团成立一百周年大会上重要讲话

“实现中国梦是一场历史接力赛，当代青年要在实现民族复兴的赛道上奋勇争先。”在庆祝中国共产主义青年团成立100周年大会上，习近平总书记指出“新时代的中国青年，生逢其时、重任在肩，施展才干的舞台无比广阔，实现梦想的前景无比光明”，强调：“党和国家的希望寄托在青年身上！”

时代总是把历史责任赋予青年。五四运动以来，中国青年满怀对祖国和人民的赤子之心，积极投身党领导的革命、建设、改革伟大事业，为人民战斗、为祖国献身、为幸福生活奋斗，把最美好的青春献给祖国和人民，谱写了中华民族伟大复兴进程中激昂的青春乐章。特别是广大团员青年，以爱党、爱国、爱人民的赤诚追求，以坚定不移听党话、跟党走的忠贞初心，在民族复兴征程上勇当先锋、倾情奉献，发挥生力军和突击队作用，为中国革命胜利，为祖国建设，为改革开放和社会主义现代化建设，为党和国家事业取得历史性成就、发生历史性变革贡献了青春、建立了重要功勋，使实现民族复兴成为中国青年运动一以贯之的恢弘主流。实践充分证明，中国青年是有远大理想抱负的青年，是有深厚家国情怀的青年，是有伟大创造力的青年。无论过去、现在还是未来，中国青年始终是实现中华民族伟大复兴的先锋力量。

每一代青年都有自己的际遇和机缘，都要在自己所处的时代条件下谋划人生、创造历史。当代中国青年是与新时代同向同行、共同前进的一代，生逢盛世，肩负重任。今天，我们胜利实现了第一个百年奋斗目标，踏上了全面建设社会主义现代化国家、向第二个百年奋斗目标进军的新征程，实现中华民族伟大复兴进入了不可逆转的历史进程。一切伟大成就都是接续奋斗的结果，一切伟大事业都需要在继往开来中推进。新时代中国青年运动的主题，新时代中国青年运动的方向，新时代中国青年的使命，就是坚持中国共产党领导，同人民一道，为实现第二个百年奋斗目标、实现中华民族伟大复兴的中国梦而奋斗。处在中华民族发展的最好时期，拥有更优越的发展环境、更广阔的成长空间，迎来实现抱负、施展才华的难得机遇，广大青年要牢记党的教诲，立志民族复兴，不负韶华，不负时代，不负人民，让青春在为祖国、为民族、为人民、为人类的不懈奋斗中绽放绚丽之花。

“人生万事须自为，跬步江山即寥廓。”习近平总书记指出：“追求进步，是青年最宝贵的特质，也是党和人民最殷切的希望。”新的伟大征程上，广大青年要肩负历史使命，坚定前进信心，立大志、明大德、成大才、担大任，在实现中华民族伟大复兴的时代洪流中踔厉奋发、勇毅前进。要用脚步丈量祖国大地，用眼睛发现中国精神，用耳朵倾听人民呼声，用内心感应时代脉搏，把对祖国血浓于水、与人民同呼吸共命运的情感贯穿学业全过程、融汇在事业追求中，争做堪当民族复兴重任的时代新人，在劈波斩浪中开拓前进，在披荆斩棘中开辟天地，在攻坚克难中创造业绩。新时代的广大共青团员，要做理想远大、信念坚定的模范，做刻苦学习、锐意创新的模范，做敢于斗争、善于斗争的模范，做艰苦奋斗、无私奉献的模范，做崇德向善、严守纪律的模范，努力成长为有理想、敢担当、能吃苦、肯奋斗的新时代好青年，用青春的能动力和创造力激荡起民族复兴的澎湃春潮。

“请党放心、强国有我”，在庆祝中国共产党成立100周年大会上，共青团员、少先队员喊出响亮的青春誓言，这是新时代中国青少年应该有的样子。未来属于青年，希望寄予青年。中华民族伟大复兴的中国梦终将在一代代青年的接力奋斗中变为现实。以实现中华民族伟大复兴为己任，保持永不懈怠的精神状态、永不停滞的前进姿态，勇立时代潮头，争做时代先锋，新时代的中国青年一定能为实现中华民族伟大复兴注入源源不断的青春力量，用青春和汗水创造出让世界刮目相看的新奇迹！

（2022年05月13日　01版）

用青春的智慧和汗水打拼出一个更加美好的中国

——论学习贯彻习近平总书记在庆祝中国共产主义青年团成立一百周年大会上重要讲话

在新的征程上，如何更好把青年团结起来、组织起来、动员起来，为实现第二个百年奋斗目标、实现中华民族伟大复兴的中国梦而奋斗，是新时代中国青年运动和青年工作必须回答的重大课题。

“坚持为党育人，始终成为引领中国青年思想进步的政治学校”“自觉担当尽责，始终成为组织中国青年永久奋斗的先锋力量”“心系广大青年，始终成为党联系青年最为牢固的桥梁纽带”“勇于自我革命，始终成为紧跟党走在时代前列的先进组织”。在庆祝中国共产主义青年团成立100周年大会上，习近平总书记从党和国家事业发展全局出发，给共青团明确提出了4点希望，强调：“共青团要增强引领力、组织力、服务力，团结带领广大团员青年成长为有理想、敢担当、能吃苦、肯奋斗的新时代好青年，用青春的能动力和创造力激荡起民族复兴的澎湃春潮，用青春的智慧和汗水打拼出一个更加美好的中国！”

在中国共产党坚强领导下，我们胜利实现了第一个百年奋斗目标，正在意气风发向着全面建成社会主义现代化强国的第二个百年奋斗目标迈进。共青团要牢牢扭住为中华民族伟大复兴而奋斗这一主题，团结起一切可以团结的青春力量，唱响壮丽的青春之歌。必须深刻认识到，只有坚持为党育人，始终成为引领中国青年思想进步的政治学校，才能帮助广大青年早立志、立大志，从内心深处厚植对党的信赖、对中国特色社会主义的信心、对马克思主义的信仰；只有自觉担当尽责，始终成为组织中国青年永久奋斗的先锋力量，才能让青春同党和人民事业高度契合，让一代又一代有志青年为党和人民事业拼搏奉献；只有心系广大青年，始终成为党联系青年最为牢固的桥梁纽带，才能履行好巩固和扩大党执政的青年群众基础这一政治责任；只有勇于自我革命，始终成为紧跟党走在时代前列的先进组织，才能跟上时代前进、青年发展、实践创新的步伐。习近平总书记提出的4点希望，饱含深情、催人奋进，为做好新时代共青团工作指明了努力方向、提供了重要遵循。

共青团素有“党有号召、团有行动”的光荣传统，党和国家中心工作是共青团发挥作用、体现价值的舞台。新征程上，共青团要立足党的事业后继有人这一根本大计，牢牢把握培养社会主义建设者和接班人这个根本任务，从政治上着眼、从思想上入手、从青年特点出发，引导广大青年在思想洗礼、在实践锻造中不断增强做中国人的志气、骨气、底气，让革命薪火代代相传。要团结带领广大团员青年勇做新时代的弄潮儿，自觉听从党和人民召唤，胸怀“国之大者”，担当使命任务，让青春在祖国和人民最需要的地方绽放绚丽之花。要紧扣服务青年的工作生命线，千方百计为青年办实事、解难事，主动想青年之所想、急青年之所急，让广大青年真切感受到党的关爱就在身边、关怀就在眼前。要把党的全面领导落实到工作的全过程各领域，推动共青团改革向纵深发展，探索团的基层组织建设新思路新模式，严于管团治团，在全方位、高标准锻造中焕发出共青团昂扬向上的时代风貌。

习近平总书记强调：“历史和现实都证明，中国共产党是始终保持青春特质的党，是永远值得青年人信赖和追随的党。”在实现中华民族伟大复兴的征程上，中国共产党是先锋队，共青团是突击队，少先队是预备队。入队、入团、入党，是青年追求政治进步的“人生三部曲”。中国共产党始终向青年敞开大门，热情欢迎青年源源不断成为党的新鲜血液。共青团要履行好全团带队政治责任，着力推动党、团、队育人链条相衔接、相贯通；各级党组织要高度重视培养和发展青年党员，确保红色江山永不变色。中国共产党立志于中华民族千秋伟业，必须始终代表广大青年、赢得广大青年、依靠广大青年，用极大力量做好青年工作，确保党的事业薪火相传，确保中华民族永续发展。各级党委（党组）要倾注极大热忱研究青年成长规律和时代特点，做青年朋友的知心人、青年工作的热心人、青年群众的引路人；各级党组织要落实党建带团建制度机制，支持共青团按照群团工作特点和规律创造性地开展工作。

建成社会主义现代化强国，实现中华民族伟大复兴，是一场接力跑。广大青年坚定不移听党话、跟党走，保持初生牛犊不怕虎、越是艰险越向前的刚健勇毅，到新时代新天地中去施展抱负、建功立业，在青春的赛道上奋力奔跑，争当伟大理想的追梦人，争做伟大事业的生力军，一定能跑出当代青年的最好成绩。让我们更加紧密地团结在以习近平同志为核心的党中央周围，坚持以习近平新时代中国特色社会主义思想为指导，深刻领会“两个确立”的决定性意义，增强“四个意识”、坚定“四个自信”、做到“两个维护”，担当起党和人民赋予的历史重任，踔厉奋发、勇毅前进，用青春的能动力和创造力激荡起民族复兴的澎湃春潮，用青春的智慧和汗水打拼出一个更加美好的中国！

（2022 年 05 月 14 日　01 版）

做好新时代政治协商工作的基本遵循

《中国共产党政治协商工作条例》日前发布，这是党中央专门规范政治协商工作的第一部党内法规。《条例》坚持以习近平新时代中国特色社会主义思想为指导，深入贯彻习近平总书记关于加强和改进统一战线工作的重要思想、关于加强和改进人民政协工作的重要思想，对政治协商工作作出全面规范，是做好新时代政治协商工作的基本遵循。《条例》的制定，对于加强党对政治协商工作的领导，提高政治协商工作的科学化制度化规范化水平，坚持和完善我国新型政党制度，巩固和发展爱国统一战线，具有重要意义。

政治协商作为中国共产党领导的多党合作和政治协商制度的重要组成部分，是社会主义协商民主的重要形式。党的十八大以来，以习近平同志为核心的党中央把政治协商工作摆在治国理政的重要位置，习近平总书记亲自主持政治协商重要会议活动，就政治协商重大问题作出一系列重要指示批示，政治协商扎实有效开展，在推进党和国家事业中的重要作用得到充分发挥，已经成为凝聚智慧、增进共识、促进科学民主决策的重要途径。制定出台《条例》，目的就是贯彻习近平总书记重要指示批示精神，把长期以来特别是党的十八大以来，政治协商工作的丰富实践和成功经验总结好，把党领导下的政治协商工作的制度体系和工作机制用党内法规的形式固定下来，进一步提升政治协商效能。

贯彻落实《条例》，要坚持和加强党对政治协商工作的全面领导。党的领导是政治协商最本质的特征，是第一位的要求。要以习近平新时代中国特色社会主义思想为指导，增强“四个意识”、坚定“四个自信”、做到“两个维护”，始终从政治和全局高度统筹谋划政治协商工作，将党的领导贯穿政治协商工作全过程各方面，确保政治协商正确的政治方向。

贯彻落实《条例》，要聚焦凝聚和增进共识。历史和实践反复证明，共识越多，团结的程度就越深，形成的力量就越大。当前，百年变局和世纪疫情相互交织，改革发展稳定任务之重、矛盾风险挑战之多、治国理政考验之大前所未有，更加需要通过开展政治协商工作，落实发展全过程人民民主的要求，求同存异、聚同化异，在根本问题、重大问题上统一认识，巩固共同思想政治基础，把党的主张和路线方针政策转化为社会各界的共同意志和自觉行动，把各方面力量紧密团结在我们党的周围。

各级党委（党组）要把学习贯彻《条例》作为一项重要政治任务，深刻领会《条例》的精髓要义和精神实质，准确把握政治协商的职能定位，切实把党中央关于政治协商工作的方针政策和决策部署落实到位，为全面建设社会主义现代化国家、实现中华民族伟大复兴凝聚起共同奋斗的磅礴力量！

（2022年06月21日　01版）

向着构建人类命运共同体的目标勇毅前行

——论习近平主席金砖国家工商论坛开幕式主旨演讲

“我们要不畏浮云遮望眼，准确认识历史发展规律，不为一时一事所惑，不为风险所惧，勇敢面对挑战，向着构建人类命运共同体的目标勇毅前行。”6月22日晚，习近平主席以视频方式出席金砖国家工商论坛开幕式并发表主旨演讲，深入把握历史大势，明确提出我们要“团结协作，共同维护世界和平稳定”“守望相助，共同促进全球可持续发展”“同舟共济，共同实现合作共赢”“包容并蓄，共同扩大开放融合”4点主张。习近平主席的主旨演讲，深刻回答了“世界向何处去？和平还是战争？发展还是衰退？开放还是封闭？合作还是对抗？”的时代之问，充分彰显了坚定不移推动构建人类命运共同体的使命担当，赢得与会嘉宾高度认同，引发国际社会广泛关注。

志合者，不以山海为远。作为2022年金砖国家主席国，中国携手金砖伙伴共绘高质量发展新蓝图。面对深刻复杂演变的国际形势，世界期待更多“金砖方案”。

当前，世界百年变局和世纪疫情相互交织，各种安全挑战层出不穷，世界经济复苏步履维艰，全球发展遭遇严重挫折。世界之变、时代之变、历史之变正以前所未有的方式展开，给人类提出了必须严肃对待的挑战。应当看到，尽管国际形势中不稳定、不确定、不安全因素日益突出，但和平与发展的时代主题没有变，各国人民对美好生活的追求没有变，国际社会同舟共济、合作共赢的历史使命也没有变。困难和挑战进一步告诉我们，人类是休戚与共的命运共同体，顺应和平、发展、合作、共赢的时代潮流，朝着构建人类命运共同体方向不断迈进，才能共同创造更加美好的未来。

冲出迷雾走向光明，最强大的力量是同心合力，最有效的方法是和衷共济。越是困难时刻，越要坚定信心、激流勇进，向着构建人类命运共同体的目标勇毅前行。习近平主席在主旨演讲中提出的4点主张，为各国把握时代潮流、缔造光明未来贡献了中国智慧，为实现全球共同发展、推动构建人类命运共同体注入了中国力量。必须清醒认识到，霸权主义、集团政治、阵营对抗不会带来和平安全，只会导致战争冲突，只有团结协作，共同维护世界和平稳定，才能让和平的阳光照亮世界；发展是破解各种难题、实现人民幸福的关键，只有守望相助，共同促进全球可持续发展，才能推动全球发展迈向新时代，造福各国人民；把世界经济政治化、工具化、武器化，终将损人害己，使世界人民遭殃，只有同舟共济，共同实现合作共赢，才能战胜经济危机；经济全球化是生产力发展的客观要求和不可阻挡的历史潮流，只有包容并蓄，共同扩大开放融合，才能给各国带来更广阔的发展空间，给人类带来更繁荣的未来。

金砖合作机制是新兴市场国家和发展中国家合作的重要平台。作为国际社会积极、向上、建设性力量，金砖国家应该坚定信念，直面风浪，以实际行动促进和平发展，维护公平正义，倡导民主自由，为处于动荡变革期的国际关系注入稳定性和正能量。要不忘成立初心，牢记合作使命，同广大发展中国家一道推动国际社会同心合力、迎难而上，让合作的蛋糕越做越大，让进步的力量越聚越强，携手开辟更加光明美好的发展前景。当前，金砖合作进入高质量发展新阶段。习近平主席郑重宣示："中国将继续提高对外开放水平，建设更高水平开放型经济新体制，持续打造市场化、法治化、国际化营商环境。热忱欢迎大家在中国投资兴业，加强经贸合作，共享发展机遇。"工商界是促进金砖务实合作的生力军，企业家们要发扬坚韧不拔、勇立潮头的精神，做开放发展的推动者、创新发展的领军者、共享发展的践行者，给金砖合作加油加力。

历史长河时而风平浪静，时而波涛汹涌，但总会奔涌向前。站在历史正确的一边，站在人类进步的一边，携手同心、行而不辍，世界各国一定能够战胜前进道路上的各种挑战，迎来人类更加光明美好的未来。

（2022年06月24日　01版）

团结协作，共同维护世界和平稳定

——论习近平主席金砖国家工商论坛开幕式主旨演讲

“面对动荡不安的世界，我们要不忘联合国宪章初心，牢记守护和平使命。”在金砖国家工商论坛开幕式上的主旨演讲中，习近平主席着眼摆在人类面前的时代之问，鲜明提出了把握时代潮流、缔造光明未来的4点主张，第一点就是“我们要团结协作，共同维护世界和平稳定”。

当今世界正在经历百年未有之大变局。这场变局不限于一时一事、一国一域，而是深刻而宏阔的时代之变。时代之变和世纪疫情相互叠加，各种安全挑战层出不穷，世界进入新的动荡变革期。“前事不忘，后事之师。”上世纪，人类先后经历了两次世界大战的浩劫和冷战对抗的阴霾。惨痛的历史表明，霸权主义、集团政治、阵营对抗不会带来和平安全，只会导致战争冲突。一些国家力图扩大军事同盟谋求绝对安全，胁迫别国选边站队制造阵营对抗，漠视别国权益大搞唯我独尊。如果任由这种危险势头发展下去，世界会更加动荡不安。没有和平，冲突不断甚至战火纷飞，经济增长、民生改善、社会稳定、人民往来等都会沦为空谈。历史和现实深刻表明，安全问题是事关人类前途命运的重大问题。促进和平与发展，首先要维护安全稳定；没有安全稳定，就谈不上和平与发展。

人类是不可分割的安全共同体。为了促进世界安危与共，习近平主席在博鳌亚洲论坛2022年年会开幕式上首次提出了全球安全倡议，倡导各国坚持共同、综合、合作、可持续的安全观；坚持尊重各国主权、领土完整；坚持遵守联合国宪章宗旨和原则；坚持重视各国合理安全关切；坚持通过对话协商以和平方式解决国家间的分歧与争端；坚持统筹维护传统领域和非传统领域安全。这一重大倡议，明确回答了“世界需要什么样的安全理念、各国怎样实现共同安全”的时代课题，充分彰显了习近平主席心系世界和平发展事业的国际主义情怀和大国领袖风范，为弥补人类和平赤字贡献了中国智慧，为应对国际安全挑战提供了中国方案，引发国际社会广泛关注。全球安全倡议体系完整，内涵丰富，既有顶层设计的宏观思维，又有解决实际问题的方法路径，必将为推动全球安全治理体系改革、破解人类安全困境、推动构建人类命运共同体提供重要理念指引。

习近平主席强调：“历史告诉我们，和平是人类共同事业，需要各方共同争取和维护。只有人人都珍爱和平、维护和平，只有人人都记取战争的惨痛教训，和平才有希望。”没有和平就没有发展，没有稳定就没有繁荣。和平是各国人民最大的共同期盼。国家无论大小、强弱、贫富，都应该做和平的维护者和促进者。国际社会要摒弃零和博弈，共同反对霸权主义和强权政治，构建相互尊重、公平正义、合作共赢的新型国际关系，树立休戚相关、安危与共的共同体意识，让和平的阳光照亮世界。全球安全倡议着眼构建人类命运共同体，秉持真正的多边主义，面向全球开放，欢迎各国共同参与，走出一条对话而不对抗、结伴而不结盟、共赢而非零和的新型安全之路。中国是全球安全倡议的提出者，更是落实这一重大倡议的行动派。中国愿通过联合国平台以及多双边渠道，同各方就这一倡议深入交流，相互启发，凝聚全球合力，推进倡议落地，为推动政治解决各种国际和地区热点问题、维护世界和平与安宁贡献智慧和力量。金砖国家要加强政治互信和安全合作，就重大国际和地区问题密切沟通协调，照顾彼此核心利益和重大关切，相互尊重主权、安全、发展利益，反对霸权主义和强权政治，抵制冷战思维和集团对抗，共建人类安全共同体。

尽管国际形势风云变幻，但开放发展的历史大势不会变，携手合作、共迎挑战的愿望也不会变。今天，各国人民对和平发展的期盼更加殷切，对公平正义的呼声更加强烈，对合作共赢的追求更加坚定。用全球安全倡议凝聚共识、促进行动，以合作谋安全、谋稳定，以安全促和平、促发展，各国一定能携手开辟出迈向持久和平和普遍安全的康庄大道，汇聚起构建人类命运共同体的强大合力，让和平的薪火代代相传，让平安的钟声响彻人间。

（2022年06月25日　01版）

守望相助，共同促进全球可持续发展

——论习近平主席金砖国家工商论坛开幕式主旨演讲

“发展是破解各种难题、实现人民幸福的关键。”在金砖国家工商论坛开幕式上的主旨演讲中，习近平主席着眼摆在人类面前的时代之问，鲜明提出了把握时代潮流、缔造光明未来的4点主张，“我们要守望相助，共同促进全球可持续发展”是其中之一，为实现全球共同发展、开创全球发展事业更加光明的前景凝聚了共识、指明了方向。

当前，全球发展进程遭受严重冲击，国际发展合作动能减弱，南北发展差距进一步扩大，联合国2030年可持续发展议程的全球落实受到重创。全球将近70个国家的12亿人口面临疫情、粮食、能源、债务危机，全球过去数十年减贫成果可能付诸东流。面对重重挑战和道道难关，我们必须攥紧发展这把钥匙。无论是消除疫情影响、重回生活正轨，还是平息冲突动乱、解决人道主义危机，根本上都要靠以人民为中心的发展。不论遇到什么困难，只有坚持以人民为中心的发展思想，把促进发展、保障民生置于全球宏观政策的突出位置，落实联合国2030年可持续发展议程，促进现有发展合作机制协同增效，促进全球均衡发展，才能共同推动全球发展迈向平衡协调包容新阶段。

2021年9月，习近平主席在第七十六届联合国大会上提出全球发展倡议：坚持发展优先，坚持以人民为中心，坚持普惠包容，坚持创新驱动，坚持人与自然和谐共生，坚持行动导向。这一倡议呼吁国际社会关注发展中国家面临的紧迫问题，旨在推动联合国2030年可持续发展议程再出发，推动实现更加强劲、绿色、健康的全球发展，构建全球发展共同体。这一倡议是向全世界开放的公共产品，顺应了和平与发展的时代主题，蕴含着中国全面建成小康社会的宝贵经验，完全符合各国人民追求更美好生活的强烈愿望。倡议自提出以来，已获得联合国等国际组织和100多个国家的热烈响应和普遍支持，50多个国家加入中国在联合国平台成立的“全球发展倡议之友小组”。事实充分证明，全球发展倡议顺应历史潮流，契合各国需求，是大势所趋、人心所向，吹响了深化发展的“集结号”，铺设了促进发展的“快车道”，为各国聚焦发展、团结发展、共同发展提供了行动指南，注入了思想动力。

大家一起发展才是真发展，可持续发展才是好发展。只有破解发展不平衡不充分问题，提高发展的平衡性、协调性、包容性，才能够为人类共同发展开辟更加广阔的前景。习近平主席强调：“我们要坚持以人民之心为心、以天下之利为利，推动全球发展迈向新时代，造福各国人民。”要直面贫富差距、发展鸿沟等重大现实问题，关注欠发达国家和地区，关爱贫困民众，让每一片土地都孕育希望。要稳步推进全球发展倡议落地落实，共同构建全球发展共同体，共创发展前景，共享增长机遇，跨越发展鸿沟，重振全球发展事业，努力实现更高质量、更有效率、更加公平、更可持续、更为安全的发展，形成人人参与、人人享有的发展环境，创造发展成果更多更公平惠及每一个国家每一个人的发展局面。要推动构建团结、平等、均衡、普惠的全球发展伙伴关系，全面推进减贫、卫生、教育、数字互联互通、工业化等领域合作；加强粮食、能源合作，提高粮食和能源安全保障水平；抓住新一轮科技革命和产业变革的机遇，促进创新要素全球流动，帮助发展中国家加快数字经济发展和绿色转型；积极开展抗疫合作，向发展中国家提供更多抗疫药物，争取早日战胜疫情。

在人类追求幸福的道路上，一个国家、一个民族都不能少。世界上所有国家、所有民族都应该享有平等的发展机会和权利。把握机遇、直面挑战，推动全球发展倡议走深走实，推动各国加强发展合作、各国人民共享发展成果，提升全球发展的公平性、有效性、协同性，就一定能推动构建人类命运共同体，共同开创人类美好未来。

（2022年06月26日　01版）

同舟共济，共同实现合作共赢

——论习近平主席金砖国家工商论坛开幕式主旨演讲

“只有坚持同舟共济、团结合作，才能战胜经济危机”，在金砖国家工商论坛开幕式上，习近平主席发表主旨演讲，鲜明提出了把握时代潮流、缔造光明未来的4点主张，“我们要同舟共济，共同实现合作共赢”是其中之一，为国际社会携手合作、共迎挑战增添了信心和动力，为推动世界经济走出危机、实现复苏注入了强大正能量。

当前，一些重要产业链供应链遭到人为干扰，大宗商品价格高位波动，全球通货膨胀居高不下，国际金融市场持续动荡，世界经济复苏势头不断走弱。越是困难时刻，越要坚定信心、激流勇进，走和平发展、合作共赢的人间正道。过去两年多来，国际社会为应对新冠肺炎疫情挑战、推动世界经济复苏发展作出了艰苦努力。实践充分证明，世界各国乘坐在一条命运与共的大船上，要穿越惊涛骇浪、驶向光明未来，必须同舟共济。困难和挑战进一步告诉我们，各国要顺应和平、发展、合作、共赢的时代潮流，向着构建人类命运共同体的正确方向，携手迎接挑战、合作开创未来。

危机会带来失序，也会催生变革，关键取决于如何应对。习近平主席强调：“我们要心往一处想、劲往一处使，加强宏观经济政策协调，防止全球复苏进程放缓甚至中断。”必须看到，全球低通胀环境发生明显变化，复合型通胀风险正在显现。如果主要经济体货币政策“急刹车”或“急转弯”，将产生严重负面外溢效应，给世界经济和金融稳定带来挑战，广大发展中国家将首当其冲。要探索常态化疫情防控条件下的经济增长新动能、社会生活新模式、人员往来新路径，推进跨境贸易便利化，保障产业链供应链安全畅通，推动世界经济复苏进程走稳走实。主要经济体要树立共同体意识，强化系统观念，加强政策信息透明和共享，协调好财政、货币政策目标、力度、节奏，防止世界经济再次探底。主要发达国家要采取负责任的经济政策，避免政策负面效应外溢，避免给发展中国家造成严重冲击。国际经济金融机构要发挥建设性作用，凝聚国际共识，增强政策协同，防范系统性风险。实践告诉我们，加强宏观政策协调，坚持合作发展，共同应对风险和挑战，才能推动世界经济早日走出危机阴影、走上长期健康稳定发展轨道。

必须深刻认识到，国际社会发展到今天已经成为一部复杂精巧、有机一体的机器，拆掉一个零部件就会使整个机器运转面临严重困难，被拆的人会受损，拆的人也会受损。当今世界，任何单边主义、极端利己主义都是根本行不通的，任何脱钩、断供、极限施压的行径都是根本行不通的，任何搞“小圈子”、以意识形态划线挑动对立对抗也都是根本行不通的。事实一再证明，制裁是“回旋镖”、“双刃剑”，把世界经济政治化、工具化、武器化，利用国际金融货币体系的主导地位肆意制裁，终将损人害己，使世界人民遭殃。我们要顺应历史大势，致力于稳定国际秩序，弘扬全人类共同价值，推动构建人类命运共同体。要坚持对话而不对抗、包容而不排他，反对一切形式的单边主义、保护主义，反对一切形式的霸权主义和强权政治。不同国家、不同文明要在彼此尊重中共同发展、在求同存异中合作共赢。

人类生活在同一个地球村，命运紧密相连。面对各种紧迫全球性挑战，加强团结合作，共同坐上新时代的“诺亚方舟”，人类才会有更加美好的明天。始终站在历史正确的一边，站在人类进步的一边，在历史前进的逻辑中前进、在时代发展的潮流中发展，世界各国携手同心、行而不辍，就一定能汇聚起合作共赢的磅礴伟力，战胜前进道路上的各种挑战，迎来人类更加光明美好的未来。

（2022年06月27日　01版）

包容并蓄，共同扩大开放融合

——论习近平主席金砖国家工商论坛开幕式主旨演讲

“一个更加开放包容的世界，能给各国带来更广阔的发展空间，给人类带来更繁荣的未来。”习近平主席在金砖国家工商论坛开幕式上发表主旨演讲，鲜明提出了把握时代潮流、缔造光明未来的4点主张，“我们要包容并蓄，共同扩大开放融合”是其中之一，为推动建设开放型世界经济、共同构建人类命运共同体提供了正确指引。

开放带来进步，封闭必然落后。冷战结束后，经济全球化迅猛发展，极大促进了商品和资本流动、科技和文明进步。过去数十年，经济全球化为世界经济发展提供了强劲动力，产业链、价值链、供应链不断延伸和拓展，带动了生产要素全球流动，助力各国各地区经济发展。国际贸易和投资等经贸往来，植根于各国优势互补、互通有无的需要，拓展了互利合作空间。实践充分证明，经济全球化是人类社会发展必由之路，是推动世界经济增长的引擎；开放合作是增强国际经贸活力的重要动力，是推动世界经济稳定复苏的现实要求，是促进人类社会不断进步的时代要求。只要我们顺应历史大势，推动经济全球化朝着更加开放、包容、普惠、平衡、共赢的方向发展，让世界经济活力充分迸发出来，就能让经济全球化更好造福世界各国人民。

习近平主席深刻指出：“经济全球化是生产力发展的客观要求和不

可阻挡的历史潮流。开历史倒车，企图堵别人的路，最终只会堵死自己的路。”一段时间以来，经济全球化遭遇“逆风逆流”。一些国家想实行“脱钩断链”，构筑“小院高墙”。国际社会普遍担忧，这样下去，世界经济势必分裂为相互隔绝的区域。必须清醒认识到，经济全球化是历史潮流。大江奔腾向海，总会遇到逆流，但任何逆流都阻挡不了大江东去。尽管出现了很多逆流、险滩，但经济全球化方向从未改变、也不会改变。历史反复证明，对抗不仅于事无补，而且会带来灾难性后果。搞保护主义、单边主义，谁也保护不了，最终只会损人害己。搞霸权霸凌，更是逆历史潮流而动。任何执意构筑“小院高墙”、“平行体系”的行径，任何热衷于搞排他性“小圈子”、“小集团”、分裂世界的行径，任何泛化国家安全概念、对其他国家经济科技发展进行遏制的行径，任何煽动意识形态对立、把经济科技问题政治化、武器化的行径，都严重削弱国际社会应对共同挑战的努力。

当今世界，全球价值链、供应链深入发展，你中有我、我中有你，各国经济融合是大势所趋。包容普惠、互利共赢才是人间正道。习近平主席强调：“我们要坚持开放包容，拆除一切阻碍生产力发展的藩篱，引导推动全球化健康发展，让资金和技术自由流动，让创新和智慧充分涌现，汇聚世界经济增长合力。”要把握经济全球化发展大势，加强宏观政策协调，运用科技增强动能，防止一些国家政策调整产生严重负面外溢效应，促进全球平衡、协调、包容发展。要坚持真正的多边主义，坚持拆墙而不筑墙、开放而不隔绝、融合而不脱钩，维护以世界贸易组织为核心的多边贸易体制，消除贸易、投资、技术壁垒，在充分协商基础上，为人工智能、数字经济等打造各方普遍接受、行之有效的规则，为科技创新营造开放、公正、非歧视的有利环境，推动构建开放型世界经济。

要坚持共商共建共享，加强全球经济治理，增加新兴市场国家和发展中国家代表性和发言权，确保各国权利平等、规则平等、机会平等。

"烈火见真金"。16年来，面对惊涛骇浪、风吹雨打，金砖这艘大船乘风破浪、勇毅前行，走出了一条相互砥砺、合作共赢的人间正道。站在历史的十字路口，回望来时路，一起向未来，金砖国家应该在涉及彼此核心利益问题上相互支持，践行真正的多边主义，维护公道、反对霸道，维护公平、反对霸凌，维护团结、反对分裂。金砖国家不是封闭的俱乐部，也不是排外的"小圈子"，而是守望相助的大家庭、合作共赢的好伙伴。新形势下，金砖国家更要敞开大门谋发展、张开怀抱促合作，让经济全球化的正面效应更多释放出来，携手开辟更加光明美好的发展前景。

习近平主席指出："尽管国际形势风云变幻，但开放发展的历史大势不会变，携手合作、共迎挑战的愿望也不会变。"世界各国以更加开放的心态和举措，共同把全球市场的蛋糕做大、把全球共享的机制做实、把全球合作的方式做活，共同把经济全球化动力搞得越大越好、阻力搞得越小越好，就一定能共同推动构建人类命运共同体，共同创造更加繁荣美好的世界。

（2022年06月28日　01版）

共创繁荣发展新时代

——论习近平主席全球发展高层对话会重要讲话

“发展是人类社会的永恒主题。”“只有不断发展，才能实现人民对生活安康、社会安宁的梦想。”6月24日晚，习近平主席在北京以视频方式主持全球发展高层对话会并发表重要讲话。习近平主席把握世界大势，直面时代之问，鲜明提出了共创普惠平衡、协调包容、合作共赢、共同繁荣的发展格局的4点主张，为全球发展合作举旗定向，奏响了实现共同发展繁荣的时代强音。

近年来，全球经济复苏艰难，南北发展鸿沟拉大，国际发展合作动能不足，发展问题在国际议程中日益边缘化，落实联合国2030年可持续发展议程步履维艰。习近平主席在联合国大会提出全球发展倡议，旨在推动国际社会重新聚焦发展问题，为破解发展难题贡献了中国方案和中国智慧，提供了重要公共产品。举办全球发展高层对话会，标志着全球发展倡议开始落地生根。

必须清醒地看到，尽管国际形势风云变幻，但开放发展的历史大势不会变，各国人民求和平、谋发展、促合作的愿望更加强烈，新兴市场国家和发展中国家团结自强的意志更加坚定，新一轮科技革命和产业变革给各国带来的机遇更加广阔。困难和挑战进一步告诉我们，人类是休戚与共的命运共同体，冲出迷雾走向光明，最强大的力量是同心合力，最有效的方法是和衷共济。只有坚定信心，起而行之，拧成一股绳，铆足一股劲，稳步推进全球发展倡议落地落实，共同构建全球发展共同体，才能共创繁荣发展新时代。

在全球发展高层对话会上，习近平主席发表题为《构建高质量伙伴关系　共创全球发展新时代》的重要讲话，提出共同凝聚促进发展的国际共识、共同营造有利于发展的国际环境、共同培育全球发展新动能、共同构建全球发展伙伴关系这4点主张，充分展示了大国领袖的历史担当和天下情怀，为世界和平与发展贡献了中国智慧、中国方案，必将有助于国际社会就国际发展合作达成新共识，维护发展中国家共同利益，为维护世界和平、促进共同发展注入新动力。

这是一个充满挑战的时代，也是一个充满希望的时代。必须深刻认识到，只有各国人民都过上好日子，繁荣才能持久，安全才有保障，人权才有基础；保护主义是作茧自缚，搞“小圈子”只会孤立自己，极限制裁损人害己，脱钩断供行不通、走不远；创新是发展的第一动力，抓创新就是抓发展，谋创新就是谋未来；合作才能办成大事，办成好事，办成长久之事。推动全球发展，共创普惠平衡、协调包容、合作共赢、共同繁荣的发展格局，我们要把发展置于国际议程中心位置，落实联合国2030年可持续发展议程，打造人人重视发展、各国共谋合作的政治共识；要真心实意谋发展、齐心协力促发展，建设开放型世界经济，构建更加公正合理的全球治理体系和制度环境；要推进科技和制度创新，加快技术转移和知识分享，推动现代产业发展，弥合数字鸿沟，加快低碳转型，推动实现更加强劲、绿色、健康的全球发展；要共建团结、平等、均衡、普惠的全球发展伙伴关系，不让任何一个国家、任何一个人掉队。

“中国将加大对全球发展合作的资源投入”“中国将同各方携手推进

重点领域合作”“中国将搭建国际发展知识经验交流平台”。在全球发展高层对话会上，习近平主席郑重宣布了中方落实全球发展倡议的重要举措，包括创设“全球发展和南南合作基金”、加大对中国—联合国和平与发展基金的投入、成立全球发展促进中心、发布《全球发展报告》、建立全球发展知识网络等。这一系列务实举措，必将为动员全球发展资源、加快落实联合国2030年可持续发展议程作出中国贡献。

“天下之势不盛则衰，天下之治不进则退。”纵观历史，人类正是在战胜一次次考验中成长、在克服一场场危机中发展。在历史前进的逻辑中前进、在时代发展的潮流中发展，共创全球发展新时代，我们就一定能朝着构建人类命运共同体方向不断迈进，迎来人类发展更加美好的明天。

（2022年06月26日　01版）

"一国两制"是个好制度，必须长期坚持

——论学习贯彻习近平主席在庆祝香港回归祖国25周年大会暨香港特别行政区第六届政府就职典礼上重要讲话

香江潮涌，紫荆花开。25年前的7月1日，香港回到祖国的怀抱，洗刷了民族百年耻辱，完成了实现祖国完全统一的重要一步。香港从此开启了历史新纪元，走上了同祖国内地优势互补、共同发展的宽广道路。

"25年来，在祖国全力支持下，在香港特别行政区政府和社会各界共同努力下，'一国两制'实践在香港取得举世公认的成功。"在庆祝香港回归祖国25周年大会暨香港特别行政区第六届政府就职典礼上，习近平主席发表重要讲话，高度评价25年来"一国两制"实践在香港取得的成功，全面总结"一国两制"在香港的丰富实践给我们留下的宝贵经验、深刻启示，对香港特别行政区新一届政府和社会各界人士提出4点希望。习近平主席的重要讲话，蕴含着对香港发展的深邃思考、体现着对香港同胞的深切关怀，为香港开创新局面、实现新飞跃指明了努力方向，注入了坚定信心和强大力量。

在漫长的历史进程中，香港同胞始终同祖国风雨同舟、血脉相连。回归祖国后，香港在国家改革开放的壮阔洪流中，敢为天下先，敢做弄潮儿，发挥连接祖国内地同世界各地的重要桥梁和窗口作用，为祖国创造经济长期平稳快速发展的奇迹作出了不可替代的贡献。回归祖国后，

香港战胜各种风雨挑战，稳步前行。回归祖国后，香港同胞实现当家作主，实行“港人治港”、高度自治，香港真正的民主由此开启。今天，香港同内地交流合作领域全面拓展、机制不断完善，香港同胞创业建功的舞台越来越宽广；香港经济蓬勃发展，国际金融、航运、贸易中心地位稳固，各项社会事业全面进步；香港特别行政区的民主制度展现出光明的前景，香港居民依法享有的民主权利和自由得到更加充分保障。

25年来，“一国两制”在香港的实践，就像一棵幼苗，在风雨中茁壮成长，结出了累累硕果。特别是党的十八大以来，以习近平同志为核心的党中央从实现中华民族伟大复兴战略全局的高度，始终关心着香港发展和香港同胞福祉，始终牵挂着香港长期繁荣稳定，作出一系列战略决策和重大部署，推动“一国两制”事业取得新经验、实现新发展。香港回归祖国25年不平凡的历程充分证明，“一国两制”具有强大生命力，是确保香港长期繁荣稳定、维护香港同胞福祉的好制度。对香港来说，“一国两制”是最大的优势，“一国”原则愈坚固，“两制”优势愈彰显。行而不辍，未来可期。只要毫不动摇坚持“一国两制”，香港的未来一定会更加美好，香港一定能为中华民族伟大复兴作出新的更大贡献。

“一国两制”是前无古人的伟大创举。“一国两制”的根本宗旨是维护国家主权、安全、发展利益，保持香港、澳门长期繁荣稳定。中央政府所做的一切，都是为了国家好，为了香港、澳门好，为了港澳同胞好。习近平主席强调：“中央贯彻‘一国两制’方针坚持两点，一是坚定不移，确保不会变、不动摇；二是全面准确，确保不走样、不变形。”事实充分证明，“一国两制”是经过实践反复检验了的，符合国家、民族根本利益，符合香港、澳门根本利益，得到14亿多祖国人民鼎力支持，得到香港、澳门居民一致拥护，也得到国际社会普遍赞同。习近平主席郑重宣示："这样的好制度，没有任何理由改变，必须长期坚持！"随着实践不断深入和制度体系不断完善，"一国两制"的优越性将进一步彰显，"一国两制"实践必将行得更稳、走得更远。

在中国人民和中华民族迎来从站起来、富起来到强起来的伟大飞跃中，香港同胞从未缺席。在实现我国第二个百年奋斗目标的新征程上，香港大有可为，也必将大有作为。我们坚信，有伟大祖国的坚定支持，有"一国两制"方针的坚实保障，一个政治民主、法治健全、自由开放、包容和谐、繁荣稳定、胸怀祖国、面向世界的香港，必定能够创造更大辉煌，共享中华民族伟大复兴的荣光！

（2022年07月02日　02版）

确保“一国两制”事业始终朝着正确的方向行稳致远

——论学习贯彻习近平主席在庆祝香港回归祖国25周年大会暨香港特别行政区第六届政府就职典礼上重要讲话

二十五载栉风沐雨，二十五载春华秋实。“一国两制”在香港的丰富实践给我们留下很多宝贵经验，也留下不少深刻启示。

在庆祝香港回归祖国25周年大会暨香港特别行政区第六届政府就职典礼上，习近平主席深刻总结“一国两制”在香港的丰富实践取得的4条重要经验：必须全面准确贯彻“一国两制”方针；必须坚持中央全面管治权和保障特别行政区高度自治权相统一；必须落实“爱国者治港”；必须保持香港的独特地位和优势。习近平主席的重要讲话，高屋建瓴、视野宏阔、内涵丰富，为保持香港繁荣稳定、确保“一国两制”事业行稳致远指明了前进方向、提供了根本遵循。

回归祖国25年来，香港发挥连接祖国内地同世界各地的重要桥梁和窗口作用，国际金融、航运、贸易中心地位稳固，以宪法和基本法为基础的特别行政区宪制秩序稳健运行。过去一个时期，香港经受一次次严峻考验，战胜一个个风险挑战，历经风雨后，香港浴火重生，作为国际大都会的勃勃生机令世界为之赞叹。“一国两制”实践在香港取得举世公认的成功充分表明，“一国两制”具有强大生命力，是确保香港长期繁荣稳定、维护香港同胞福祉的好制度；实行“一国两制”，有利于维护国家根本利益，有利于维护香港根本利益，有利于维护广大香港同胞根本利益。25年的实践告诉我们，只有深刻理解和准确把握“一国两制”的实践规律，才能确保“一国两制”事业始终朝着正确的方向行稳致远。

温故知新，鉴往知来。新的历史起点上，确保“一国两制”事业行稳致远，必须全面准确贯彻“一国两制”方针。要深刻认识到，“一国两制”方针是一个完整的体系。维护国家主权、安全、发展利益是“一国两制”方针的最高原则，在这个前提下，香港、澳门保持原有的资本主义制度长期不变，享有高度自治权。社会主义制度是中华人民共和国的根本制度，中国共产党领导是中国特色社会主义最本质的特征，特别行政区所有居民应该自觉尊重和维护国家的根本制度。实践证明，“一国”原则愈坚固，“两制”优势愈彰显。面向未来，全面准确贯彻“一国两制”方针，坚守“一国”之本，善用“两制”之利，确保不走样、不变形，必将为香港、澳门创造无限广阔的发展空间。

习近平主席指出：“中央政府对特别行政区拥有全面管治权，这是特别行政区高度自治权的源头，同时中央充分尊重和坚定维护特别行政区依法享有的高度自治权”“把香港特别行政区管治权牢牢掌握在爱国者手中，这是保证香港长治久安的必然要求，任何时候都不能动摇”“背靠祖国、联通世界，这是香港得天独厚的显著优势，香港居民很珍视，中央同样很珍视”。要深刻认识到，落实中央全面管治权和保障特别行政区高度自治权是统一衔接的，也只有做到这一点，才能够把特别行政区治理好。政权必须掌握在爱国者手中，这是世界通行的政治法则。守护好管治权，就是守护香港繁荣稳定，守护七百多万香港居民的切身利益。中央处理香港事务，从来都从战略和全局高度加以考量，从来都以国家和香港的根本利益、长远利益为出发点和落脚点。香港的根本利益同国家的根本利益是一致的，中央政府的心同香港同胞的心也是完全连通的。中央政府完全支持香港长期保持独特地位和优势，巩固国际金融、航运、贸易中心地位，维护自由开放规范的营商环境，保持普通法制度，拓展畅通便捷的国际联系。

经过25年时间，无论“一国两制”实践还是香港发展，都站到了新的历史起点上。中央全面准确贯彻“一国两制”方针的决心从没有动摇，更不会改变。行而不辍，未来可期。确保“一国两制”事业始终朝着正确的方向行稳致远，就一定能推动香港从由乱到治走向由治及兴，续写香港“一国两制”实践新篇章。在全面建设社会主义现代化国家、实现中华民族伟大复兴的历史进程中，香港大有可为、大有作为，必将作出重大贡献，香港的未来一定会更加美好！

（2022年07月03日　01版）

共享中华民族伟大复兴的荣光

——论学习贯彻习近平主席在庆祝香港回归祖国25周年大会暨香港特别行政区第六届政府就职典礼上重要讲话

“我们坚信，有伟大祖国的坚定支持，有‘一国两制’方针的坚实保障，在实现我国第二个百年奋斗目标的新征程上，香港一定能够创造更大辉煌，一定能够同祖国人民一道共享中华民族伟大复兴的荣光！”

在庆祝香港回归祖国25周年大会暨香港特别行政区第六届政府就职典礼上，习近平主席着眼于香港未来提出4点希望：着力提高治理水平；不断增强发展动能；切实排解民生忧难；共同维护和谐稳定。习近平主席的重要讲话，为香港特别行政区新一届政府团结带领七百多万香港居民同心同向、携手并进，共创香港更加美好的明天，共谱“一国两制”实践的崭新篇章，指明了努力方向，提供了行动指引。

当前，香港正处在从由乱到治走向由治及兴的新阶段，未来5年是香港开创新局面、实现新飞跃的关键期。习近平主席提出的4点希望，蕴含着对香港未来的深邃思考、体现着对香港同胞的深切关怀。要深刻认识到，完善治理体系、提高治理能力、增强治理效能，是把香港特别行政区建设好、发展好的迫切需要。只有着力提高治理水平，让香港开创新局面、实现新飞跃，才能不辜负中央政府和香港社会各界人士的厚望。发展是永恒的主题，是香港的立身之本，也是解决香港各种问题的金钥匙。只有不断增强发展动能，在国家发展大局中找准定位，香港才能培育新优势、发挥新作用、实现新发展。现在，香港最大的民心，就是盼望生活变得更好，盼望房子住得更宽敞一些、创业的机会更多一些、孩子的教育更好一些、年纪大了得到的照顾更好一些。只有切实排解民生忧难，着力解决市民关注的经济民生方面的突出问题，才能切实提高民众获得感和幸福感。经历了风风雨雨，大家痛感香港不能乱也乱不起，更深感香港发展不能再耽搁，要排除一切干扰聚精会神谋发展。只有共同维护和谐稳定，团结起来、和衷共济，才能把香港这个共同家园建设好。

今天的香港，比过去任何一个时期都拥有更加稳固的基础，能够更好维护国家主权、安全、发展利益，保持长期繁荣稳定。习近平主席指出："行政长官和特别行政区政府是香港的当家人，也是治理香港的第一责任人。要忠实履行誓言，以实际行动贯彻'一国两制'方针，维护基本法权威，为香港特别行政区竭诚奉献。"要广泛吸纳爱国爱港立场坚定、管治能力突出、热心服务公众的优秀人才进入政府，从大局和长远需要出发积极谋划香港发展，把有为政府同高效市场更好结合起来，展现良政善治新气象。中央全力支持香港抓住国家发展带来的历史机遇，全力支持香港同世界各地展开更广泛、更紧密的交流合作，全力支持香港积极稳妥推进改革，充分释放香港社会蕴藏的巨大创造力和发展活力。新一届特别行政区政府把全社会特别是普通市民的期盼作为施政的最大追求，拿出更果敢的魄力、更有效的举措破难而进，让发展成果更多更公平惠及全体市民，定能做到"务实有为、不负人民"。香港是全体居民的共同家园，家和万事兴。全体香港同胞大力弘扬以爱国爱港为核心、同"一国两制"方针相适应的主流价值观，继续发扬包容共济、求同存异、自强不息、善拼敢赢的优良传统，定能共同创造更加美好的生活。

青年兴，则香港兴；青年发展，则香港发展；青年有未来，则香港有未来。要特别关心关爱青年人，引领青少年深刻认识国家和世界发展大势，增强民族自豪感和主人翁意识；帮助广大青年解决学业、就业、创业、置业面临的实际困难，为他们成长成才创造更多机会。实践告诉我们，为青年铺路搭桥，提供更大发展空间，就一定能吸引广大香港青年投身到建设美好香港的行列中来，用火热的青春书写精彩的人生。

今天，中华民族伟大复兴已经进入不可逆转的历史进程，推进“一国两制”在香港的成功实践是这一历史进程的重要组成部分。回望过去，在中国人民和中华民族迎来从站起来、富起来到强起来的伟大飞跃中，香港同胞从未缺席。在新的历史起点上，只要毫不动摇坚持“一国两制”，香港的未来一定会更加美好，香港一定能为中华民族伟大复兴作出新的更大贡献！

（2022年07月04日　01版）

建设人与自然和谐共生的美丽中国

生态文明建设是关乎中华民族永续发展的根本大计。推动绿色发展，建设生态文明，重在建章立制，用最严格的制度、最严密的法治保护生态环境。

中央生态环境保护督察是习近平总书记亲自谋划、亲自部署、亲自推动的重大制度创新。自2015年正式建立以来，中央生态环境保护督察深入贯彻习近平生态文明思想，牢固树立制度刚性和权威，推动党中央关于生态文明建设和生态环境保护的决策部署得到坚决落实；坚持以人民为中心，强化系统观念，坚持问题导向、严的基调，坚持精准科学依法，坚决查处一批破坏生态环境的重大典型案件、解决一批人民群众反映强烈的突出环境问题。实践表明，这项制度建得及时、执行有力，督察中敢于动真格，不怕得罪人，咬住问题不放松，成为推动落实生态环境保护责任的硬招实招，对加强生态文明建设、解决环境污染和生态破坏突出问题具有重要意义。

举一纲而万目张，落一子而满盘活。中央生态环境保护督察制度体现了党对生态文明建设的全面领导，体现了党中央推进生态文明建设和生态环境保护的坚定意志和坚强决心。党的十八大以来，以习近平同志为核心的党中央把生态文明建设摆在全局工作的突出位置，坚持“像保护眼睛一样保护生态环境，像对待生命一样对待生态环境”，从思想、法律、体制、组织、作风上全面发力，全方位、全地域、全过程加强生态环境保护，开展了一系列根本性、开创性、长远性工作，决心之大、力度之大、成效之大前所未有。经过不懈努力，全党全社会推动绿色发展的自觉性和主动性显著增强，美丽中国建设迈出重大步伐，我国生态环境保护发生历史性、转折性、全局性变化。

我国生态文明建设之所以取得历史性成就、发生历史性变革，最根本的原因在于有习近平总书记作为党中央的核心、全党的核心掌舵领航，在于有习近平生态文明思想科学指引。习近平生态文明思想，深刻回答了为什么建设生态文明、建设什么样的生态文明、怎样建设生态文明等重大理论和实践问题，揭示了人与自然是生命共同体的根本规律，揭示了经济发展与生态环境保护的辩证关系，揭示了生态产品的本质属性，揭示了生态是统一的、平衡的自然系统，是相互依存、紧密联系的有机链条，为我国生态文明建设提供了理论指导和行动指南。前进道路上，只要我们深入贯彻落实习近平生态文明思想，牢固树立绿水青山就是金山银山的理念，坚定走生产发展、生活富裕、生态良好的文明发展道路，就一定能让中华大地天更蓝、山更绿、水更清、环境更优美。

习近平总书记强调："生态系统保护和修复、生态环境根本改善不可能一蹴而就，仍然需要付出长期艰苦努力，必须锲而不舍、驰而不息。""十四五"时期，我国生态文明建设进入了以降碳为重点战略方向、推动减污降碳协同增效、促进经济社会发展全面绿色转型、实现生态环境质量改善由量变到质变的关键时期。要始终保持加强生态文明建设的战略定力，着力推动经济社会发展全面绿色转型，统筹污染治理、生态保护、应对气候变化，努力建设人与自然和谐共生的美丽中国。各级党委和政府要担负起生态文明建设的政治责任，坚决做到令行禁止，确保党中央关于生态文明建设各项决策部署落地见效。要总结运用中央生态环境保护督察制度建立实施以来的成果和经验，围绕大局、服务大局，始终坚持问题导向，把握重点和关键，推动中央生态环境保护督察工作不断向纵深发展。

“我国建设社会主义现代化具有许多重要特征，其中之一就是我国现代化是人与自然和谐共生的现代化，注重同步推进物质文明建设和生态文明建设。”在全面建设社会主义现代化国家新征程上，我们要更加紧密地团结在以习近平同志为核心的党中央周围，全面贯彻落实习近平生态文明思想，心怀“国之大者”、勇于担当作为，以实际行动迎接党的二十大胜利召开，不断推动生态文明建设迈上新台阶。

（2022年07月07日　01版）

历久弥坚金不换，继往开来续华章

今天是《中朝友好合作互助条约》签订61周年纪念日。61年前的今天，周恩来总理和金日成首相在北京共同签署了《中朝友好合作互助条约》，这是两党两国关系史上的一件大事。条约的签订为双方不断深化鲜血凝成的友谊、持续推进友好合作关系、坚定维护地区和平稳定奠定了政治法律基础。61年来，双方按照条约精神加强沟通协调，深化互利合作，推动中朝传统友谊与时俱进巩固发展，既有效地促进了各自的社会主义事业，造福两国和两国人民，也为维护和促进地区和平与繁荣做出积极贡献，生动展示了中朝友好的旺盛生命力。

中朝传统友好是两国老一辈领导人亲手缔造和培育的，是两国人民在抵御帝国主义侵略斗争中用鲜血凝成的，是双方共同的宝贵财富。近年来，习近平总书记和金正恩总书记通过访问、互致函电等形式保持密切交往互动，引领和推动中朝关系发展进入新的历史阶段。双方各领域合作积极推进，在涉及彼此重大核心关切问题上相互支持声援，在国际多边舞台保持密切协调配合，有力维护双方共同利益，彰显了中朝友谊的时代价值。

今年是中国进入全面建设社会主义现代化国家、向第二个百年奋斗目标进军新征程的重要一年，是党的二十大召开之年。全党全国各族人民正紧密团结在以习近平同志为核心的党中央周围，全面贯彻新发展理念，加快构建新发展格局，统筹推进疫情防控和经济社会发展，不忘初心、牢记使命，锐意进取、砥砺前行，满怀信心以实际行动迎接党的二十大胜利召开。

朝鲜人民在以金正恩总书记为首的朝鲜劳动党领导下，自力更生、艰苦奋斗，积极贯彻落实朝鲜劳动党八届五中全会扩大会议精神，在推进国家经济发展五年计划斗争中不断取得新的重要成果。作为好同志、好邻居，中方将一如既往地支持朝方发展经济，改善民生，推进社会主义各项建设事业。衷心祝愿兄弟的朝鲜人民在实现国家发展、创造人民幸福的征程上取得新的更大成就。

壮阔东方潮，奋进新时代。当前，世界百年未有之大变局加速演进，新冠肺炎疫情延宕起伏，世界发展进入新的动荡变革期。无论国际和地区形势如何变化，中国党和政府致力于维护好、巩固好、发展好中朝关系的坚定立场不会变，中国人民对朝鲜人民的友好情谊不会变，中国对社会主义朝鲜的支持不会变。中方愿同朝方一道，贯彻落实好两党两国最高领导人达成的重要共识，按照新时代要求和两国人民意愿推动中朝传统友好合作关系不断向前发展，更好造福两国人民，为地区乃至世界和平稳定与发展繁荣做出更大贡献。

（2022 年 07 月 11 日　03 版）

汇聚两岸力量　共促融合发展

7月的八闽大地，万木葱茏，生机盎然。第十四届海峡论坛成功举办，海峡两岸新朋老友畅叙乡情、交流互鉴、洽谈合作，讲述血浓于水的生动故事，展望和平发展的美好未来，充分彰显了两岸同胞强烈的交流合作意愿，共同谱写了两岸融合发展的生动篇章。

两岸扩大民间交流、促进融合发展，既是大义，更具大利。党的十八大以来，在以习近平同志为核心的党中央坚强领导下，我们秉持“两岸一家亲”理念，不断深化两岸融合发展，持续增进台湾同胞福祉，广泛汇聚共同迈向和平统一的磅礴力量。作为目前两岸规模最大、参与最广泛的民间交流活动，海峡论坛始终坚持“民间性、草根性、广泛性”的定位，充分发挥深化两岸民间交流、助推两岸融合发展、促进两岸民众心灵契合的积极作用，成为凝聚两岸同胞、维护两岸关系和平发展共同民意的重要平台。本届论坛携手台湾同胞共同弘扬中华传统文化，率先同台湾同胞分享发展机遇，助力两岸经济社会融合发展，取得丰硕成果。论坛的成功举办再次表明，两岸是密不可分、休戚与共的命运共同体，两岸同胞对更加美好生活的共同追求，对两岸关系走近走好的一致向往，是任何人都阻挡不了的。

海峡难隔鸿雁，岁月不改人心。深化两岸融合发展，契合两岸同胞共同心愿，是实现祖国和平统一的必由之路。习近平总书记强调：“要突出以通促融、以惠促融、以情促融，勇于探索海峡两岸融合发展新路。”

从完善保障台湾同胞福祉和在大陆享受同等待遇的制度和政策，持续出台实施惠台利民政策措施，到支持台商台企参与“一带一路”建设和国家区域协调发展战略，再到支持福建探索海峡两岸融合发展新路，加快两岸融合发展示范区建设，一系列有力举措，为深化两岸融合发展提供了坚实保障。实践充分证明，祖国大陆始终是台湾最坚强的后盾，正是有强大祖国做依靠，台湾同胞的民生福祉才会更好，发展空间才会更大。广大台湾同胞看清两岸关系发展大势，坚定站在历史正确的一边，就一定能把幸福和梦想牢牢抓在自己手中。

青年兴则国家兴，青年强则国家强。习近平总书记强调：“祖国和民族的前途寄托在青年人身上。我们将一如既往为两岸青年互学互鉴创造良好条件，为台湾青年在大陆学习、就业、创业、生活提供更多便利。”如今，祖国大陆已胜利实现第一个百年奋斗目标，正意气风发向着第二个百年奋斗目标迈进，必将为两岸同胞特别是两岸青年并肩奋斗、砥砺奋进提供广阔空间。面向未来，我们热忱欢迎台湾青年来祖国大陆追梦、筑梦、圆梦。两岸青年与时代同步伐、与民族共命运，同心同行、携手打拼，锲而不舍、驰而不息，就一定能让青春在实现中华民族伟大复兴中国梦的伟大进程中绽放异彩。

台湾前途在于国家统一，台湾同胞福祉系于民族复兴。中国梦是两岸同胞共同的梦，民族复兴、国家强盛，两岸同胞才能过上富足美好的生活。在中华民族走向伟大复兴的进程中，台湾同胞定然不会缺席。新征程上，我们要贯彻新时代党解决台湾问题的总体方略和党中央对台工作决策部署，坚持一个中国原则和“九二共识”，坚决反对“台独”分裂行径，坚决反对外部势力干涉，扎实推动两岸关系和平发展、融合发展。两岸同胞把握历史大势，坚守民族大义，多谋增进同胞福祉之策，多做加强交流合作之事，多为促进心灵契合之举，形成万众一心、共襄民族复兴伟业的生动局面，就一定能共圆中国梦，共担民族复兴的责任，共享民族复兴的荣耀。

（2022年07月14日　02版）

抓好稳定、发展、生态、强边四件大事

“抓好稳定、发展、生态、强边四件大事”“奋力谱写雪域高原长治久安和高质量发展新篇章”。2021年7月下旬，在庆祝西藏和平解放70周年之际，习近平同志作为中共中央总书记、国家主席、中央军委主席到西藏庆祝西藏和平解放，这在党和国家历史上是第一次，充分表达了党中央对西藏工作的支持、对西藏各族干部群众的关怀。一年来，360多万西藏各族儿女牢记习近平总书记殷殷嘱托，满怀豪情信心，在新时代新征程上同心协力、踔厉奋发，向着团结富裕文明和谐美丽的社会主义现代化新西藏阔步前行。

同心共筑中国梦，雪域高原换新颜。党的十八大以来，西藏步入发展最好、变化最大、群众得实惠最多的新时代。从脱贫攻坚让西藏人民生活方式一步跨千年，到620多个边境小康村全部建成，从川藏铁路等重大基础设施项目加速推进，到“绿水青山就是金山银山、冰天雪地也是金山银山”的理念深入人心……在以习近平同志为核心的党中央坚强领导下，在全国人民大力支持下，西藏各族干部群众团结一心、艰苦奋斗，一项项发展成就让各族群众的获得感成色更足、幸福感更可持续、安全感更有保障。当前，西藏社会大局和谐稳定，发展质量不断提升，人民生活水平全面提高，生态安全屏障日益坚实，民族和睦宗教和顺，边疆巩固边境安全，党的建设全面加强，社会主义新西藏呈现勃勃生机。

党的十八大以来，西藏各项事业之所以取得全方位进步、历史性成就，最根本在于习近平总书记作为党中央的核心、全党的核心掌舵领航，在于习近平新时代中国特色社会主义思想科学指引。习近平总书记高度重视西藏工作，始终心系西藏、情系西藏，亲自为西藏工作把舵定向、谋篇布局，指引西藏解决了许多长期想解决而没有解决的难题，办成了许多过去想办而没有办成的大事。以习近平同志为核心的党中央深化对西藏工作的规律性认识，总结党领导人民治藏稳藏兴藏的成功经验，形成了新时代党的治藏方略，为做好新时代西藏工作提供了根本遵循。实践充分证明，党中央关于西藏工作的方针政策是完全正确的；只有坚持中国共产党领导，坚持中国特色社会主义制度，坚持民族区域自治制度，坚持新时代党的治藏方略，才能实现西藏繁荣进步，才能开创西藏更加美好的未来。

当前世界百年未有之大变局加速演进，中华民族伟大复兴进入关键时期，全党全国各族人民正在意气风发向着第二个百年奋斗目标迈进。全面建设社会主义现代化国家，一个民族都不能少。奋进新征程、建功新时代，要认真贯彻落实习近平总书记在西藏考察时提出的明确要求，准确把握西藏工作的阶段性特征，扎实做好群众工作，提高社会治理水平，确保国家安全、社会稳定、人民幸福；坚持所有发展都要赋予民族团结进步的意义，都要赋予改善民生、凝聚人心的意义，都要有利于提升各族群众获得感、幸福感、安全感，走出一条符合西藏实际的高质量发展之路；坚持以人民为中心的发展思想，更加聚焦群众普遍关注的民生问题，办好民生实事，一件一件抓落实；坚定不移走生态优先、绿色发展之路，努力建设人与自然和谐共生的现代化，切实保护好地球第三极生态，在推动青藏高原生态保护和可持续发展上不断取得新成就。

“治国必治边、治边先稳藏”，西藏实现持续稳定和快速发展是对党和国家工作大局的重要贡献。让我们更加紧密地团结在以习近平同志为核心的党中央周围，全面贯彻新时代党的治藏方略，坚持稳中求进工作总基调，抓好稳定、发展、生态、强边四件大事，坚定信念、锐意进取，团结一致、顽强拼搏，以实际行动迎接党的二十大胜利召开，为建设团结富裕文明和谐美丽的社会主义现代化新西藏，为实现中华民族伟大复兴的中国梦不懈奋斗！

（2022 年 07 月 21 日　01 版）

高举中国特色社会主义伟大旗帜

——论学习贯彻习近平总书记在省部级专题研讨班上重要讲话

“在全面建设社会主义现代化国家、向第二个百年奋斗目标进军的新征程上，全党必须高举中国特色社会主义伟大旗帜，坚持以马克思主义中国化时代化最新成果为指导，坚定中国特色社会主义道路自信、理论自信、制度自信、文化自信，坚定不移推进中华民族伟大复兴历史进程。”

7月26日至27日，省部级主要领导干部“学习习近平总书记重要讲话精神，迎接党的二十大”专题研讨班在京举行，习近平总书记发表了十分重要的讲话，从党和国家事业发展的战略全局出发，科学分析了当前国际国内形势，深刻阐述了过去5年工作和新时代10年的伟大变革，深刻阐释了新时代坚持和发展中国特色社会主义的重大理论和实践问题，深刻阐明了未来一个时期党和国家事业发展的大政方针和行动纲领，极大鼓舞和动员全党全国各族人民在党中央坚强领导下，踔厉奋发、勇毅前行、团结奋斗，奋力谱写全面建设社会主义现代化国家崭新篇章。

即将召开的党的二十大，是在进入全面建设社会主义现代化国家新征程的关键时刻召开的一次十分重要的大会，将科学谋划未来5年乃至更长时期党和国家事业发展的目标任务和大政方针，事关党和国家事业继往开来，事关中国特色社会主义前途命运，事关中华民族伟大复兴。习近平总书记重要讲话，高屋建瓴、视野宏大、内涵丰富、思想深邃，通篇闪耀着马克思主义思想光辉，具有很强的政治性、理论性、指导性，为开好党的二十大奠定了重要的政治基础、思想基础、理论基础。

从党的十八大开始，中国特色社会主义进入新时代。10年来，我们遭遇的风险挑战风高浪急，有时甚至是惊涛骇浪，各种风险挑战接踵而至，其复杂性严峻性前所未有。以习近平同志为核心的党中央统筹把握中华民族伟大复兴战略全局和世界百年未有之大变局，以伟大的历史主动精神、巨大的政治勇气、强烈的责任担当，统揽伟大斗争、伟大工程、伟大事业、伟大梦想，团结带领全党全国各族人民砥砺前行，创造了新时代中国特色社会主义的伟大成就，彰显了中国特色社会主义的强大生机活力，为实现中华民族伟大复兴提供了更为完善的制度保证、更为坚实的物质基础、更为主动的精神力量。党和国家事业取得历史性成就、发生历史性变革，最根本的原因在于有习近平总书记作为党中央的核心、全党的核心掌舵领航，在于有习近平新时代中国特色社会主义思想科学指引。

旗帜指引方向，方向决定道路，道路决定命运。党在百年奋斗中始终坚持从我国国情出发，探索并形成符合中国实际的正确道路。中国特色社会主义是改革开放以来党的全部理论和实践的主题，是党和人民历经千辛万苦、付出巨大代价取得的根本成就。在波澜壮阔的伟大实践中，党团结带领人民坚持和发展中国特色社会主义，推动物质文明、政治文明、精神文明、社会文明、生态文明协调发展，成功走出了中国式现代化道路，创造了人类文明新形态。事实雄辩地证明，中国特色社会主义是科学社会主义理论逻辑和中国社会发展历史逻辑的辩证统一，是根植于中国大地、反映中国人民意愿、适应中国和时代发展进步要求的科学社会主义，是实现中华民族伟大复兴的必由之路。历史已经并将继续证明，只有社会主义才能救中国，只有中国特色社会主义才能发展中国，只有坚持和发展中国特色社会主义才能实现中华民族伟大复兴。

当前，世界百年未有之大变局加速演进，世界之变、时代之变、历史之变的特征更加明显。我们深知，中华民族伟大复兴不是轻轻松松、敲锣打鼓就能实现的，必须勇于进行具有许多新的历史特点的伟大斗争，准备付出更为艰巨、更为艰苦的努力。党要在新的历史方位上实现新时代党的历史使命，最根本的就是要高举中国特色社会主义伟大旗帜。中国特色社会主义，既是我们必须不断推进的伟大事业，又是我们开辟未来的根本保证。前进道路上，只要高举中国特色社会主义伟大旗帜，始终不渝走中国特色社会主义道路，我们就一定能够不断实现人民对美好生活的向往，不断推进全体人民共同富裕。

习近平总书记深刻指出："明确宣示党在新征程上举什么旗、走什么路、以什么样的精神状态、朝着什么样的目标继续前进，对团结和激励全国各族人民为夺取中国特色社会主义新胜利而奋斗具有十分重大的意义。"当前，要把学习宣传贯彻习近平总书记重要讲话精神作为重要政治任务，把思想和行动统一到习近平总书记重要讲话精神上来，抓好党中央各项决策部署的贯彻落实。让我们更加紧密地团结在以习近平同志为核心的党中央周围，高举中国特色社会主义伟大旗帜，坚持以习近平新时代中国特色社会主义思想为指导，深刻领悟"两个确立"的决定性意义，增强"四个意识"、坚定"四个自信"、做到"两个维护"，坚定信心、砥砺奋进，以实际行动迎接党的二十大胜利召开，不断把中国特色社会主义伟大事业推向前进！

（2022年07月29日　02版）

坚持以马克思主义中国化时代化最新成果为指导

——论学习贯彻习近平总书记在省部级专题研讨班上重要讲话

马克思主义是认识世界、改造世界的科学真理，是我们立党立国、兴党强国的根本指导思想，是党的灵魂和旗帜。

在省部级主要领导干部“学习习近平总书记重要讲话精神，迎接党的二十大”专题研讨班上，习近平总书记指出“拥有马克思主义科学理论指导是我们党鲜明的政治品格和强大的政治优势”，强调全党必须“坚持以马克思主义中国化时代化最新成果为指导”，要求全党“把握好新时代中国特色社会主义思想的世界观和方法论，坚持好、运用好贯穿其中的立场观点方法，在新时代伟大实践中不断开辟马克思主义中国化时代化新境界”。习近平总书记重要讲话，具有很强的政治性、理论性、指导性，对于全党进一步学懂弄通做实习近平新时代中国特色社会主义思想，坚定战略自信、保持战略清醒、增强信心斗志，不断提高政治判断力、政治领悟力、政治执行力，以实际行动迎接党的二十大胜利召开，奋力谱写全面建设社会主义现代化国家崭新篇章，具有重大指导意义。

习近平总书记指出：“实践告诉我们，中国共产党为什么能，中国特色社会主义为什么好，归根到底是马克思主义行。”马克思主义之所以行，就在于党不断推进马克思主义中国化时代化并用以指导实践。党的十八大以来，国内外形势新变化和实践新发展，迫切需要我们深入回答一系列重大理论和实践问题。以习近平同志为主要代表的中国共产党人，坚持把马克思主义基本原理同中国具体实际相结合、同中华优秀传统文化相结合，深刻总结并充分运用党成立以来的历史经验，从新的实际出发，创立了习近平新时代中国特色社会主义思想，实现了马克思主义中国化新的飞跃。实践充分证明，党和国家事业取得历史性成就、发生历史性变革，最根本的原因在于有习近平总书记作为党中央的核心、全党的核心掌舵领航，在于有习近平新时代中国特色社会主义思想科学指引。

一个民族要走在时代前列，就一刻不能没有理论思维，一刻不能没有正确思想指引。习近平新时代中国特色社会主义思想，深刻回答了新时代坚持和发展什么样的中国特色社会主义、怎样坚持和发展中国特色社会主义，建设什么样的社会主义现代化强国、怎样建设社会主义现代化强国，建设什么样的长期执政的马克思主义政党、怎样建设长期执政的马克思主义政党等重大时代课题，科学回答了中国之问、世界之问、人民之问、时代之问，形成了系统全面、逻辑严密、内涵丰富、内在统一的科学理论体系，是从新时代中国特色社会主义全部实践中产生的理论结晶，是推动新时代党和国家事业不断向前发展的科学指南，是经过实践检验、富有实践伟力的强大思想武器。在习近平新时代中国特色社会主义思想指引下，我们党团结带领全国各族人民铸就了新时代的新辉煌，社会主义中国以更加雄伟的身姿屹立于世界东方。历史已经并将继续证明，习近平新时代中国特色社会主义思想是当代中国马克思主义、二十一世纪马克思主义，是中华文化和中国精神的时代精华。作为党和国家必须长期坚持的指导思想，习近平新时代中国特色社会主义思想为新时代坚持和发展中国特色社会主义高高举起了精神旗帜，必将在中华民族复兴史、马克思主义发展史和人类社会进步史上绽放出更为灿烂的真理光芒。

实践发展永无止境，我们推进马克思主义中国化时代化也永无止境。当代中国正在经历人类历史上最为宏大而独特的实践创新，改革发展稳定任务之重、矛盾风险挑战之多、治国理政考验之大都前所未有，世界百年未有之大变局深刻变化前所未有，提出了大量亟待回答的理论和实践课题。在全面建设社会主义现代化国家、向第二个百年奋斗目标进军的新征程上，必须全面贯彻习近平新时代中国特色社会主义思想，用马克思主义的立场、观点、方法观察时代、把握时代、引领时代，不断开创事业发展新局面。要深刻认识和领会习近平新时代中国特色社会主义思想的时代意义、理论意义、实践意义、世界意义，深刻理解其核心要义、精神实质、丰富内涵、实践要求，在学懂弄通做实上下功夫。要更好把坚持马克思主义和发展马克思主义统一起来，坚持用马克思主义之“矢”去射新时代中国之“的”，继续推进马克思主义基本原理同中国具体实际相结合、同中华优秀传统文化相结合，使马克思主义呈现出更多中国特色、中国风格、中国气派，续写马克思主义中国化时代化新篇章。

马克思主义深刻改变了中国，中国也极大丰富了马克思主义。习近平新时代中国特色社会主义思想为马克思主义在当今时代的大发展作出了开创性、全面性、历史性贡献。在当代中国，坚持和发展习近平新时代中国特色社会主义思想，就是真正坚持和发展马克思主义，就是真正坚持和发展科学社会主义。前进道路上，高举马克思主义、中国特色社会主义伟大旗帜不动摇，坚持习近平新时代中国特色社会主义思想指导地位不动摇，在乱云飞渡中把牢正确方向，在风险挑战面前砥砺胆识，始终掌握新时代新征程党和国家事业发展的历史主动，激发为实现中华民族伟大复兴而奋斗的信心和动力，风雨无阻，坚毅前行，我们就一定能创造新的历史伟业。

（2022年07月30日　03版）

坚持以中国式现代化推进中华民族伟大复兴

——论学习贯彻习近平总书记在省部级专题研讨班上重要讲话

"在新中国成立特别是改革开放以来的长期探索和实践基础上，经过党的十八大以来在理论和实践上的创新突破，我们成功推进和拓展了中国式现代化。"在省部级主要领导干部"学习习近平总书记重要讲话精神，迎接党的二十大"专题研讨班上，习近平总书记深刻指出"我们推进的现代化，是中国共产党领导的社会主义现代化"，强调"必须坚持以中国式现代化推进中华民族伟大复兴"。

百年来，我们党团结带领中国人民所进行的一切奋斗，就是为了把我国建设成为现代化强国，实现中华民族伟大复兴。在这个过程中，我们党对建设社会主义现代化国家在认识上不断深入、在战略上不断成熟、在实践上不断丰富，加速了我国现代化发展进程。新中国成立后，我们党团结带领人民创造性完成社会主义改造，确立社会主义基本制度，大规模开展社会主义经济文化建设，中国人民不仅站起来了，而且站住了、站稳了，实现了从社会主义革命到社会主义建设的历史性跨越。进入历史新时期，我们党带领人民进行改革开放新的伟大革命，极大激发广大人民群众的积极性、主动性、创造性，成功开辟了中国特色社会主义道路，实现了社会主义现代化进程中新的历史性跨越，迎来了中华民族伟大复兴的光明前景。

党的十八大以来，以习近平同志为核心的党中央领导全党全军全国各族人民砥砺前行，全面建成小康社会目标如期实现，党和国家事业取得历史性成就、发生历史性变革，彰显了中国特色社会主义的强大生机活力，党心军心民心空前凝聚振奋，为实现中华民族伟大复兴提供了更为完善的制度保证、更为坚实的物质基础、更为主动的精神力量。特别是在中华大地上全面建成了小康社会，历史性地解决了绝对贫困问题，这在我国社会主义现代化建设进程中具有里程碑意义，为我国进入新发展阶段、朝着第二个百年奋斗目标进军奠定了坚实基础。历史和实践充分证明，道路问题直接关系党和人民事业兴衰成败。中国特色社会主义道路是党和人民历经千辛万苦、克服千难万险取得的宝贵成果。得到这个成果极不容易，必须倍加珍惜。

习近平总书记深刻指出："世界上既不存在定于一尊的现代化模式，也不存在放之四海而皆准的现代化标准。"人类历史上没有一个民族、一个国家可以通过依赖外部力量、照搬外国模式、跟在他人后面亦步亦趋实现强大和振兴。只有回看走过的路、比较别人的路、远眺前行的路，弄清楚我们从哪儿来、往哪儿去，很多问题才能看得深、把得准。走自己的路，是党的全部理论和实践立足点，更是党百年奋斗得出的历史结论。中国特色社会主义道路，开拓于中国人民共同奋斗，扎根于中华大地，是实现社会主义现代化的必由之路，是创造人民美好生活的必由之路，是实现中华民族伟大复兴的必由之路。当今世界，要说哪个政党、哪个国家、哪个民族能够自信的话，那中国共产党、中华人民共和国、中华民族是最有理由自信的。实践充分表明，我们党领导人民不仅创造了世所罕见的经济快速发展和社会长期稳定两大奇迹，而且成功走出了中国式现代化道路，创造了人类文明新形态。这些前无古人的创举，破解了人类社会发展的诸多难题，摒弃了西方以资本为中心的现代化、两极分化的现代化、物质主义膨胀的现代化、对外扩张掠夺的现代化老路，拓展了发展中国家走向现代化的途径，为人类对更好社会制度的探索提供了中国方案。

当前世界百年未有之大变局加速演进，中华民族伟大复兴进入关键时期，全党全国各族人民正在意气风发向着第二个百年奋斗目标迈进。必须深刻认识到，我国作为一个人口众多和超大市场规模的社会主义国家，在迈向现代化的历史进程中，必然要承受其他国家都不曾遇到的各种压力和严峻挑战。但无论遇到什么风浪，在坚持中国特色社会主义道路这个根本问题上都要一以贯之，决不因各种杂音噪音而改弦更张。实践告诉我们，中国特色社会主义是历史发展的必然结果，中国特色社会主义道路是当代中国大踏步赶上时代、引领时代发展的康庄大道，这条路能走得通、走得远！新征程上，只要我们既不走封闭僵化的老路，也不走改旗易帜的邪路，坚持把国家和民族发展放在自己力量的基点上、把中国发展进步的命运牢牢掌握在自己手中，在自己选择的正确道路上昂首阔步走下去，就一定能够把我国建设成为富强民主文明和谐美丽的社会主义现代化强国。

大道之行，壮阔无垠。脚踏中华大地，传承中华文明，走符合中国国情的正确道路，党和人民就具有无比广阔的舞台，具有无比深厚的历史底蕴，具有无比强大的前进定力。新征程上，让我们更加紧密地团结在以习近平同志为核心的党中央周围，坚定不移走中国特色社会主义这条唯一正确的道路，踔厉奋发、笃行不怠，向着全面建成社会主义现代化强国的第二个百年奋斗目标、向着中华民族伟大复兴的中国梦奋勇前进！

（2022 年 07 月 31 日　03 版）

新时代十年的伟大变革具有里程碑意义

——论学习贯彻习近平总书记在省部级专题研讨班上重要讲话

“新时代10年的伟大变革，在党史、新中国史、改革开放史、社会主义发展史、中华民族发展史上具有里程碑意义。”在省部级主要领导干部“学习习近平总书记重要讲话精神，迎接党的二十大”专题研讨班上，习近平总书记深刻阐述了党的十八大以来党和国家事业取得历史性成就、发生历史性变革，高度评价了新时代10年伟大变革的重大意义，鼓舞和激励全党全军全国各族人民在新时代新征程上踔厉奋发、笃行不怠，奋力谱写全面建设社会主义现代化国家崭新篇章。

从党的十八大开始，中国特色社会主义进入新时代。10年来，以习近平同志为核心的党中央统筹中华民族伟大复兴战略全局和世界百年未有之大变局，以伟大的历史主动精神、巨大的政治勇气、强烈的责任担当，团结带领全党全军全国各族人民自信自强、守正创新，统揽伟大斗争、伟大工程、伟大事业、伟大梦想，创造了新时代中国特色社会主义的伟大成就。10年来，我们坚持和加强党的全面领导，统筹推进“五位一体”总体布局、协调推进“四个全面”战略布局，坚持和完善中国特色社会主义制度、推进国家治理体系和治理能力现代化，坚持依规治党、形成比较完善的党内法规体系，如期打赢脱贫攻坚战，如期全面建成小康社会、实现第一个百年奋斗目标，明确实现第二个百年奋斗目标的战略安排，开启全面建设社会主义现代化国家新征程。10年来，党领导人民创造的伟大成就，彰显了中国特色社会主义的强大生机活力，党心军心民心空前凝聚振奋，为实现中华民族伟大复兴提供了更为完善的制度保证、更为坚实的物质基础、更为主动的精神力量，中华民族迎来了从站起来、富起来到强起来的伟大飞跃，实现中华民族伟大复兴进入了不可逆转的历史进程。

党的十八大以来这10年在党和国家事业发展进程中极不寻常、极不平凡，党面临形势环境的复杂性和严峻性、肩负任务的繁重性和艰巨性世所罕见、史所罕见。习近平总书记以马克思主义政治家、思想家、战略家的恢弘气魄、远见卓识、雄韬伟略，谋划国内外大局，推进改革发展稳定、内政外交国防、治党治国治军工作，及时提出重大战略，作出重大决策，部署重大任务，领导全党全军全国各族人民坚定信心、迎难而上，全面贯彻党的基本路线、基本方略，采取一系列战略性举措，推进一系列变革性实践，实现一系列突破性进展，取得一系列标志性成果，攻克了许多长期没有解决的难题，办成了许多事关长远的大事要事，经受住了来自政治、经济、意识形态、自然界等方面的风险挑战考验，充分展现了大党大国领袖的政治智慧、战略定力、使命担当、为民情怀、领导艺术。党和国家事业取得历史性成就、发生历史性变革，最根本的原因在于有习近平总书记作为党中央的核心、全党的核心掌舵领航，在于有习近平新时代中国特色社会主义思想科学指引。

沧海横流显砥柱，万山磅礴看主峰。实践充分证明，坚决维护党中央的核心、全党的核心是党在重大时刻凝聚共识、果断抉择的关键，是党团结统一、胜利前进的重要保证。党确立习近平同志党中央的核心、全党的核心地位，确立习近平新时代中国特色社会主义思想的指导地位，反映了全党全军全国各族人民共同心愿，对新时代党和国家事业发展、对推进中华民族伟大复兴历史进程具有决定性意义。前进道路上，我们要深刻领悟“两个确立”的决定性意义，增强“四个意识”、坚定“四个自信”、做到“两个维护”，把握好习近平新时代中国特色社会主义思想的世界观和方法论，坚持好、运用好贯穿其中的立场观点方法，在新时代新征程上展现新气象新作为，继续把中华民族伟大复兴的历史伟业推向前进。中国共产党是我们成就伟业最可靠的主心骨，只要坚定不移坚持党的全面领导、维护党中央权威和集中统一领导，我们就一定能够确保全党全国拥有团结奋斗的强大政治凝聚力、发展自信心，集聚起守正创新、共克时艰的强大力量，就一定能够战胜前进道路上的任何艰难险阻，办成我们想办的任何事情！

在新的赶考之路上，我们能否继续交出优异答卷，关键在于有没有坚定的历史自信。中国共产党人的历史自信，既是对奋斗成就的自信，也是对奋斗精神的自信。心中装着百姓，手中握有真理，脚踏人间正道，我们信心十足、力量十足。让我们更加紧密地团结在以习近平同志为核心的党中央周围，坚持以习近平新时代中国特色社会主义思想为指导，坚定历史自信、保持历史主动，砥砺奋进、勇毅前行，以实际行动迎接党的二十大胜利召开，在全面建设社会主义现代化国家新征程上创造新的时代辉煌、铸就新的历史伟业！

（2022年08月01日　02版）

奋力谱写全面建设社会主义现代化国家崭新篇章

——论学习贯彻习近平总书记在省部级专题研讨班上重要讲话

征途漫漫从头越，奋楫扬帆向未来。在省部级主要领导干部“学习习近平总书记重要讲话精神，迎接党的二十大”专题研讨班上，习近平总书记强调：“我们要牢牢把握新时代新征程党的中心任务，提出新的思路、新的战略、新的举措，继续统筹推进‘五位一体’总体布局、协调推进‘四个全面’战略布局，踔厉奋发、勇毅前行、团结奋斗，奋力谱写全面建设社会主义现代化国家崭新篇章。”

山河为证，岁月为名。中国共产党建立以来，团结带领中国人民所进行的一切奋斗，就是为了把我国建设成为现代化强国，实现中华民族伟大复兴。百年来，中国共产党团结带领中国人民经过顽强奋斗，在这片广袤大地上绘就了人类发展史上波澜壮阔的壮美画卷，迎来了从站起来、富起来到强起来的伟大飞跃，迎来了从落后时代、跟上时代再到引领时代的伟大跨越，创造了人类历史上惊天地、泣鬼神的伟大史剧，书写了中华民族几千年历史上最恢宏的史诗。特别是党的十八大以来，以习近平同志为核心的党中央团结带领全党全国各族人民砥砺前行，创造了新时代中国特色社会主义的伟大成就，为实现中华民族伟大复兴提供了更为完善的制度保证、更为坚实的物质基础、更为主动的精神力量，实现中华民族伟大复兴进入了不可逆转的历史进程。今天，全党全国各族人民正在意气风发向着全面建成社会主义现代化强国的第二个百年奋斗目标迈进。

建成社会主义现代化强国，实现中华民族伟大复兴，是一场接力跑。党的十九大对全面建成社会主义现代化强国作出了战略部署，总的战略安排是分两步走：从2020年到2035年基本实现社会主义现代化；从2035年到本世纪中叶把我国建成富强民主文明和谐美丽的社会主义现代化强国。即将召开的党的二十大，要对全面建成社会主义现代化强国两步走战略安排进行宏观展望，将科学谋划未来5年乃至更长时期党和国家事业发展的目标任务和大政方针。这是在进入全面建设社会主义现代化国家新征程的关键时刻召开的一次十分重要的大会，事关党和国家事业继往开来，事关中国特色社会主义前途命运，事关中华民族伟大复兴。必须深刻认识到，明确宣示党在新征程上举什么旗、走什么路、以什么样的精神状态、朝着什么样的目标继续前进，对团结和激励全国各族人民为夺取中国特色社会主义新胜利而奋斗具有十分重大的意义。未来5年是全面建设社会主义现代化国家开局起步的关键时期，搞好这5年的发展对于实现第二个百年奋斗目标至关重要。要把思想和行动统一到习近平总书记重要讲话精神上来，统一到党中央决策部署上来，坚定信心、砥砺奋进，以实际行动迎接党的二十大胜利召开。

当前，世界百年未有之大变局加速演进，中华民族伟大复兴进入关键时期。习近平总书记强调："中华民族伟大复兴不是轻轻松松、敲锣打鼓就能实现的，必须勇于进行具有许多新的历史特点的伟大斗争，准备付出更为艰巨、更为艰苦的努力。"当前和今后一个时期，我国发展仍然处于重要战略机遇期，但机遇和挑战都有新的发展变化，机遇和挑战之大都前所未有，总体上机遇大于挑战。大道至简，实干为要。基本实现现代化要靠实干，全面建成社会主义现代化强国要靠实干，实现中华民族伟大复兴要靠实干。要认真学习领会习近平总书记深刻阐释的新时代坚持和发展中国特色社会主义的重大理论和实践问题，学习领会习近平总书记深刻阐明的未来一个时期党和国家事业发展的大政方针和行动纲领，进一步学懂弄通做实习近平新时代中国特色社会主义思想，坚定战略自信，保持战略清醒，增强信心斗志，在全面建设社会主义现代化国家新征程上奋勇争先，迎着中华民族伟大复兴的光明前景阔步前行。

“大鹏一日同风起，扶摇直上九万里。”当代中国，江山壮丽，人民豪迈，前程远大，时与势在我们一边，这是我们定力和底气所在，也是我们的决心和信心所在。新时代新征程，更加紧密地团结在以习近平同志为核心的党中央周围，深刻领悟“两个确立”的决定性意义，增强“四个意识”、坚定“四个自信”、做到“两个维护”，凝聚万众一心的伟力，保持勇毅笃行的坚定，继续担当历史使命、掌握历史主动，风雨无阻向前进，我们一定能创造无愧于党、无愧于人民、无愧于时代的新业绩，赢得更加伟大的胜利和荣光！

（2022年08月02日　01版）

把发展进步的命运牢牢掌握在自己手中

——论学习贯彻习近平总书记在省部级专题研讨班上重要讲话

“坚持把国家和民族发展放在自己力量的基点上、把中国发展进步的命运牢牢掌握在自己手中”。在省部级主要领导干部“学习习近平总书记重要讲话精神，迎接党的二十大”专题研讨班上，习近平总书记深入分析国际国内大势，科学把握我们面临的战略机遇和风险挑战，深刻阐明未来一个时期党和国家事业发展的大政方针和行动纲领，强调“全党必须增强忧患意识，坚持底线思维，坚定斗争意志，增强斗争本领，以正确的战略策略应变局、育新机、开新局，依靠顽强斗争打开事业发展新天地，最根本的是要把我们自己的事情做好”。这充分体现了以习近平同志为核心的党中央深刻把握历史发展规律、始终掌握新时代新征程党和国家事业发展的历史主动和使命担当，充分体现了党中央谋划和推进党和国家各项工作的高瞻远瞩和深谋远虑。

回望百年，中国共产党应运而生，中国人民谋求民族独立、人民解放和国家富强、人民幸福的斗争就有了主心骨，中国人民就从精神上由被动转为主动。百年来，不管形势和任务如何变化，不管遇到什么样的狂风暴雨，我们党都始终把握历史主动、锚定奋斗目标，沿着正确方向坚定前行。特别是党的十八大以来，党面临形势环境的复杂性和严峻性、肩负任务的繁重性和艰巨性世所罕见、史所罕见。以习近平同志为核心的党中央统筹中华民族伟大复兴战略全局和世界百年未有之大变局，以伟大的历史主动精神、巨大的政治勇气、强烈的责任担当，团结带领全党全军全国各族人民有效应对严峻复杂的国际形势和接踵而至的巨大风险挑战，以奋发有为的精神把新时代中国特色社会主义推向前进。十年自信自强、守正创新、砥砺奋进，党和国家事业取得历史性成就、发生历史性变革，党心军心民心空前凝聚振奋，中华民族迎来了从站起来、富起来到强起来的伟大飞跃，实现中华民族伟大复兴进入了不可逆转的历史进程，极大增强了14亿多中国人民锚定既定奋斗目标、意气风发走向未来的勇气和力量。

察势者智，驭势者赢。当前，世界百年未有之大变局加速演进，世界之变、时代之变、历史之变的特征更加明显。习近平总书记深刻指出："我国发展面临新的战略机遇、新的战略任务、新的战略阶段、新的战略要求、新的战略环境，需要应对的风险和挑战、需要解决的矛盾和问题比以往更加错综复杂。"我们清醒认识到，中华民族伟大复兴不是轻轻松松、敲锣打鼓就能实现的，必须准备付出更为艰巨、更为艰苦的努力。实践告诉我们，历史发展有其规律，但人在其中不是完全消极被动的。只要把握住历史发展规律和大势，抓住历史变革时机，顺势而为，奋发有为，我们就能够更好前进。新的伟大征程上，无论风云如何变幻，无论挑战如何严峻，我们都要保持战略定力，坚定志不改、道不变的决心，发扬历史主动精神，振奋起共产党人应有的精气神，把中国发展进步的命运牢牢掌握在自己手中，不为任何风险所惧，不为任何干扰所惑，以咬定青山不放松的执着奋力实现既定目标，以行百里者半九十的清醒不懈推进中华民族伟大复兴。

我们党依靠斗争创造历史，更要依靠斗争赢得未来。新的征程上，我们面临的风险考验只会越来越复杂，甚至会遇到难以想象的惊涛骇浪。我们面临的各种斗争不是短期的而是长期的，将伴随实现第二个百年奋斗目标全过程。实践告诉我们，在重大风险、强大对手面前，唯有主动迎战、坚决斗争才有生路出路，才能赢得尊严、求得发展。我们必须把握新的伟大斗争的历史特点，发扬斗争精神，把握斗争方向，把握斗争主动权，坚定斗争意志，掌握斗争规律，增强斗争本领，有效应对重大挑战、抵御重大风险、克服重大阻力、解决重大矛盾，战胜前进道路上的一切艰难险阻，不断夺取新时代伟大斗争的新胜利。只要全党坚定历史自信，保持历史主动，继续发扬担当和斗争精神，以狭路相逢勇者胜的气概，在机遇面前主动出击，在困难面前迎难而上，在风险面前积极应对，团结带领亿万人民敢于出击、敢战能胜，攻坚克难、勇毅前进，就一定能把中国发展进步的命运牢牢掌握在自己手中，实现中华民族伟大复兴的宏伟目标。

使命呼唤担当，使命引领未来。奋进在全面建设社会主义现代化国家、向第二个百年奋斗目标进军的新征程上，心中装着百姓，手中握有真理，脚踏人间正道，我们信心十足、力量十足。让我们更加紧密地团结在以习近平同志为核心的党中央周围，坚持以习近平新时代中国特色社会主义思想为指导，深刻领悟“两个确立”的决定性意义，增强“四个意识”、坚定“四个自信”、做到“两个维护”，在历史前进的逻辑中前进，在时代发展的潮流中发展，保持“越是艰险越向前”的英雄气概，保持“敢教日月换新天”的昂扬斗志，踔厉奋发、笃行不怠，把中国发展进步的命运牢牢掌握在自己手中，奋力谱写全面建设社会主义现代化国家崭新篇章！

（2022年08月03日　01版）

永葆“赶考”的清醒和坚定

——论学习贯彻习近平总书记在省部级专题研讨班上重要讲话

“全面建设社会主义现代化国家，实现新时代新征程各项目标任务，关键在党。”在省部级主要领导干部“学习习近平总书记重要讲话精神，迎接党的二十大”专题研讨班上，习近平总书记深刻阐明了关系党和国家事业发展的一系列重大理论和实践问题，强调“我们党是世界上最大的马克思主义执政党，要巩固长期执政地位、始终赢得人民衷心拥护，必须永葆‘赶考’的清醒和坚定”。

勇于自我革命是我们党最鲜明的品格，也是我们党最大的优势，自我革命精神是党永葆青春活力的强大支撑。在百年奋斗历程中，党领导人民取得一个又一个伟大成就、战胜一个又一个艰难险阻，历经千锤百炼仍朝气蓬勃，得到人民群众支持和拥护，原因就在于党敢于直面自身存在的问题，勇于自我革命，始终保持先进性和纯洁性，不断增强创造力、凝聚力、战斗力，永葆马克思主义政党本色。党的十八大以来，以习近平同志为核心的党中央把全面从严治党纳入“四个全面”战略布局，以前所未有的勇气和定力推进党风廉政建设和反腐败斗争，刹住了一些多年未刹住的歪风邪气，解决了许多长期没有解决的顽瘴痼疾，清除了党、国家、军队内部存在的严重隐患，管党治党宽松软状况得到根本扭转，党在革命性锻造中更加坚强。10年来，我们党坚持以伟大自我革命引领伟大社会革命、以伟大社会革命促进伟大自我革命，团结带领亿万人民风雨无阻、砥砺前行，创造了新时代中国特色社会主义的伟大成就，为实现中华民族伟大复兴提供了更为完善的制度保证、更为坚实的物质基础、更为主动的精神力量，实现中华民族伟大复兴进入了不可逆转的历史进程。

全面从严治党永远在路上，党的自我革命永远在路上。当今世界正经历百年未有之大变局，我国正处于实现中华民族伟大复兴关键时期，我们党正带领人民进行具有许多新的历史特点的伟大斗争，形势环境变化之快、改革发展稳定任务之重、矛盾风险挑战之多、对我们党治国理政考验之大前所未有。在全面建设社会主义现代化国家、实现第二个百年奋斗目标新的赶考之路上，全党必须深刻认识到，党面临的执政考验、改革开放考验、市场经济考验、外部环境考验将长期存在，精神懈怠危险、能力不足危险、脱离群众危险、消极腐败危险将长期存在。实践充分证明，全面从严治党是党永葆生机活力、走好新的赶考之路的必由之路。要把新时代坚持和发展中国特色社会主义这场伟大社会革命进行好，我们党必须勇于进行自我革命，确保党永葆旺盛生命力和强大战斗力。前进道路上，只要大力弘扬伟大建党精神，不忘初心使命，勇于自我革命，不断清除一切损害党的先进性和纯洁性的有害因素，不断清除一切侵蚀党的健康肌体的病原体，我们就一定能够确保党不变质、不变色、不变味，确保党在新时代坚持和发展中国特色社会主义的历史进程中始终成为坚强领导核心。

习近平总书记强调："实践一再告诫我们，管党治党一刻也不能放松，必须常抓不懈、紧抓不放，决不能有松劲歇脚、疲劳厌战的情绪，必须持之以恒推进全面从严治党，深入推进新时代党的建设新的伟大工程，以党的自我革命引领社会革命。”在新的历史条件下，要永葆党的马克思主义政党本色，关键还得靠我们党自己。全党要牢记打铁必须自身硬的道理，永葆自我革命精神，增强全面从严治党永远在路上的政治自觉，坚持严的主基调不动摇，坚持发扬钉钉子精神加强作风建设，坚持以零容忍态度惩治腐败，坚持不懈把全面从严治党向纵深推进，不断增强党的自我净化、自我完善、自我革新、自我提高能力。必须铭记生于忧患、死于安乐，常怀远虑、居安思危，勇敢面对“四大考验”、坚决战胜“四种危险”，不断提高党的建设质量，不断增强党的政治领导力、思想引领力、群众组织力、社会号召力，把党建设成为始终走在时代前列、人民衷心拥护、勇于自我革命、经得起各种风浪考验、朝气蓬勃的马克思主义执政党，做到难不住、压不垮，引领中国特色社会主义事业航船劈波斩浪、一往无前。

回望过去，党团结带领人民进行革命、建设、改革的实践都证明，什么时候我们党自身坚强有力，什么时候党和人民事业就能无往而不胜。新的伟大征程上，更加紧密地团结在以习近平同志为核心的党中央周围，坚持以习近平新时代中国特色社会主义思想为指导，牢记中国共产党是什么、要干什么这个根本问题，始终保持奋发有为的进取精神，以“赶考”的清醒和坚定答好新时代的答卷，我们这个百年大党就一定能永葆先进性和纯洁性、永葆青春活力，始终成为中国人民最可靠、最坚强的主心骨，在新的赶考之路上继续创造令人刮目相看的新的奇迹。

（2022年08月04日　01版）

始终同人民同呼吸共命运心连心

——论学习贯彻习近平总书记在省部级专题研讨班上重要讲话

“我们取得的一切成就，都是党和人民一道奋斗出来的。”在省部级主要领导干部“学习习近平总书记重要讲话精神，迎接党的二十大”专题研讨班上，习近平总书记深刻指出：“前进道路上，全党要坚持全心全意为人民服务的根本宗旨，树牢群众观点，贯彻群众路线，尊重人民首创精神，坚持一切为了人民、一切依靠人民，从群众中来、到群众中去，始终保持同人民群众的血肉联系，始终接受人民批评和监督，始终同人民同呼吸、共命运、心连心。”

为什么人的问题，是检验一个政党、一个政权性质的试金石。中国共产党是为广大人民谋幸福的党，人民立场是党的根本政治立场。我们党从成立开始，就把为人民服务写在了党的旗帜上。党的根基在人民、血脉在人民、力量在人民。为人民而生，因人民而兴，始终同人民在一起，为人民利益而奋斗，是我们党立党兴党强党的根本出发点和落脚点。党团结带领人民进行革命、建设、改革，根本目的就是为了让人民过上好日子，无论面临多大挑战和压力，无论付出多大牺牲和代价，这一点都始终不渝、毫不动摇。江山就是人民、人民就是江山，打江山、守江山，守的是人民的心。以百姓心为心，与人民同呼吸、共命运、心连心，是党的初心，也是党的恒心。

人民是历史的创造者，是决定党和国家前途命运的根本力量。党的百年历史，就是一部践行党的初心使命的历史，就是一部党与人民同呼吸、共命运、心连心的历史。从石库门到天安门，从小小红船到巍巍巨轮，中国共产党之所以能够发展壮大，中国特色社会主义之所以能够不断前进，正是因为依靠了人民。我们不会忘记，大革命失败后，30多万牺牲的革命者中大部分是跟随我们党闹革命的人民群众；红军时期，人民群众就是党和人民军队的铜墙铁壁；抗日战争时期，我们党广泛发动群众，使日本侵略者陷入了人民战争的汪洋大海；淮海战役胜利是靠老百姓用小车推出来的，渡江战役胜利是靠老百姓用小船划出来的；社会主义革命和建设的成就是人民群众干出来的；改革开放的历史伟剧是亿万人民群众主演的。今天，中国人民更加自信、自立、自强，极大增强了志气、骨气、底气，在历史进程中积累的强大能量充分爆发出来，焕发出前所未有的历史主动精神、历史创造精神，正在党的领导下信心百倍书写着新时代中国发展的伟大历史。实践充分证明，人民是我们党执政的最大底气，是我们共和国的坚实根基，是我们强党兴国的根本所在。

全面建设社会主义现代化国家，实现中华民族伟大复兴，前途是光明的，道路是曲折的，还会面临许多激流险滩。必须深刻认识到，赢得人民信任，得到人民支持，党就能够克服任何困难，就能够一往无前、无往不胜。新征程上，我们要坚持尊重社会发展规律和尊重人民历史主体地位的一致性、为崇高理想奋斗和为最广大人民谋利益的一致性、完成党的各项工作和实现人民利益的一致性，永不脱离群众，与群众有福同享、有难同当，有盐同咸、无盐同淡。要深刻认识党的性质宗旨，坚持以人民为中心的发展思想，始终把人民放在心中最高位置、把人民对美好生活的向往作为奋斗目标，推动改革发展成果更多更公平惠及全体人民，推动共同富裕取得更为明显的实质性进展，把14亿多中国人民凝聚成推动中华民族伟大复兴的磅礴力量。要把为民造福作为最重要的政绩，把人民拥护不拥护、赞成不赞成、高兴不高兴、答应不答应作为衡量一切工作得失的根本标准，始终同人民想在一起、干在一起。

世界上最大的幸福莫过于为人民幸福而奋斗。让我们更加紧密地团结在以习近平同志为核心的党中央周围，深刻领悟"两个确立"的决定性意义，增强"四个意识"、坚定"四个自信"、做到"两个维护"，始终与人民心心相印、与人民同甘共苦、与人民团结奋斗，不断实现好、维护好、发展好最广大人民根本利益，继续把中华民族伟大复兴的历史伟业推向前进！

（2022年08月05日　01版）

团结才能胜利，奋斗才会成功

——论学习贯彻习近平总书记在省部级专题研讨班上重要讲话

“我们要牢牢把握新时代新征程党的中心任务，提出新的思路、新的战略、新的举措，继续统筹推进‘五位一体’总体布局、协调推进‘四个全面’战略布局，踔厉奋发、勇毅前行、团结奋斗，奋力谱写全面建设社会主义现代化国家崭新篇章。”在省部级主要领导干部“学习习近平总书记重要讲话精神，迎接党的二十大”专题研讨班上，习近平总书记深刻阐明了关系党和国家事业发展的一系列重大理论和实践问题，深刻阐明了未来一个时期党和国家事业发展的大政方针和行动纲领，鼓舞和激励全党全军全国各族人民坚定中国特色社会主义道路自信、理论自信、制度自信、文化自信，团结一致向前进，坚定不移推进中华民族伟大复兴历史进程。

力量生于团结，幸福源自奋斗；团结才能胜利，奋斗才会成功。从石库门到天安门，从小小红船到巍巍巨轮，中国共产党团结带领亿万人民经千难而百折不挠、历万险而矢志不渝，书写了中华民族几千年历史上最恢宏的史诗。党和人民取得的一切成就都是团结奋斗的结果，团结奋斗是中国共产党和中国人民最显著的精神标识。党的十八大以来，以习近平同志为核心的党中央统筹中华民族伟大复兴战略全局和世界百年未有之大变局，团结带领全党全军全国各族人民有效应对严峻复杂的国际形势和接踵而至的巨大风险挑战，以奋发有为的精神把新时代中国特色社会主义推向前进。集中力量实施脱贫攻坚战，在中华大地上全面建成了小康社会；开展抗击疫情人民战争、总体战、阻击战，统筹经济发展和疫情防控取得世界上最好的成果；在斗争中维护国家尊严和核心利益，牢牢掌握了我国发展和安全主动权……10年来，我们遭遇的风险挑战风高浪急，有时甚至是惊涛骇浪，在党中央坚强领导下，我们坚定信心、迎难而上、砥砺奋进，一仗接着一仗打，经受住了多方面考验，党和国家事业取得历史性成就、发生历史性变革。历史和实践已经并将继续证明，团结就是力量，奋斗开创未来；能团结奋斗的民族才有光明前途，能团结奋斗的政党才能立于不败之地。

围绕明确奋斗目标形成的团结才是最牢固的团结，依靠紧密团结进行的奋斗才是最有力的奋斗。即将召开的党的二十大，是在进入全面建设社会主义现代化国家新征程的关键时刻召开的一次十分重要的大会，要对全面建成社会主义现代化强国两步走战略安排进行宏观展望，将科学谋划未来5年乃至更长时期党和国家事业发展的目标任务和大政方针。习近平总书记强调："明确宣示党在新征程上举什么旗、走什么路、以什么样的精神状态、朝着什么样的目标继续前进，对团结和激励全国各族人民为夺取中国特色社会主义新胜利而奋斗具有十分重大的意义。"未来5年是全面建设社会主义现代化国家开局起步的关键时期，搞好这5年的发展对于实现第二个百年奋斗目标至关重要。我们要把思想和行动统一到习近平总书记重要讲话精神上来，统一到党中央决策部署上来，凝聚起全体人民智慧和力量，激发出全社会创造活力和发展动力，万众一心、团结奋斗，以实际行动迎接党的二十大胜利召开，锚定既定奋斗目标、意气风发走向未来。

当前，世界百年未有之大变局加速演进，中华民族伟大复兴进入关键时期。我们比历史上任何时期都更接近、更有信心和能力实现中华民族伟大复兴的目标。同时，我们清醒认识到，中华民族伟大复兴不是轻轻松松、敲锣打鼓就能实现的，必须勇于进行具有许多新的历史特点的伟大斗争，准备付出更为艰巨、更为艰苦的努力。历史告诉我们，团结是中国人民和中华民族战胜前进道路上一切风险挑战、不断从胜利走向新的胜利的重要保证。当此船到中流、人到半山之时，正需要海内外全体中华儿女心往一处想、劲往一处使，拧成一股绳、铆足一股劲，最大限度凝聚起共同奋斗的力量。只要14亿多中国人民始终手拉着手一起向未来，只要9600多万中国共产党人始终与人民心连着心一起向未来，我们就一定能在新的赶考之路上继续创造令人刮目相看的奇迹。

团结奋斗是党领导人民创造历史伟业的必由之路。我们靠团结奋斗创造了辉煌历史，还要靠团结奋斗开辟美好未来。让我们更加紧密地团结在以习近平同志为核心的党中央周围，坚持以习近平新时代中国特色社会主义思想为指导，深刻领悟“两个确立”的决定性意义，增强“四个意识”、坚定“四个自信”、做到“两个维护”，团结一切可以团结的力量，调动一切可以调动的积极因素，全力办好自己的事，不懈奋斗、永远奋斗，在新的伟大征程上创造新的时代辉煌、铸就新的历史伟业！

（2022年08月06日　01版）

坚持爱国统一战线发展的正确方向

——论学习贯彻习近平总书记在中央统战工作会议上重要讲话

统一战线是党克敌制胜、执政兴国的重要法宝，是团结海内外全体中华儿女实现中华民族伟大复兴的重要法宝。

在中央统战工作会议上，习近平总书记从党和国家事业发展全局的高度，充分肯定了百年统战的历史性贡献和新时代统战工作取得的历史性成就，系统阐释了党的十八大以来统战工作形成的新理念新思想新战略，深入分析了新时代统战工作的历史方位，明确提出了做好新时代统战工作的指导思想、基本任务、工作重点、政策举措。习近平总书记重要讲话高屋建瓴、思想深邃、内涵丰富，具有很强的政治性、思想性、理论性，是一篇闪耀着马克思主义真理光芒的纲领性文献，为做好新时代统战工作指明了前进方向、提供了根本遵循。

今年是我们党明确提出统一战线政策100周年。党始终把统一战线摆在重要位置，不断巩固和发展最广泛的统一战线，团结一切可以团结的力量、调动一切可以调动的积极因素，最大限度凝聚起共同奋斗的力量。作为党的总路线总政策的重要组成部分，统一战线在我国革命、建设、改革不同历史时期发挥了重要作用。党的十八大以来，以习近平同志为核心的党中央统筹中华民族伟大复兴战略全局和世界百年未有之大变局，先后颁布有关重要法规文件，召开一系列重要会议，从治国理政的战略高度对统战工作作出全面部署，指明了新时代统一战线的发展方向。

壹引其纲，万目皆张。在党中央坚强领导下，统一战线高举爱国主义、社会主义旗帜，牢牢把握大团结大联合的主题，紧紧围绕党和国家中心任务，不断促进政党关系、民族关系、宗教关系、阶层关系、海内外同胞关系和谐，各领域工作取得新进展，统一战线呈现出团结、奋进、开拓、活跃的良好局面，为推进中国特色社会主义伟大事业作出新的贡献。新时代统战工作取得历史性成就，最根本的原因在于有习近平总书记作为党中央的核心、全党的核心掌舵领航，在于有习近平新时代中国特色社会主义思想科学指引。

理论是实践的先导，思想是行动的指南。党的十八大以来，我们党在实践中形成了关于做好新时代党的统一战线工作的重要思想，就加强和改进统战工作提出了一系列新理念新思想新战略，主要是必须充分发挥统一战线的重要法宝作用，必须解决好人心和力量问题，必须正确处理一致性和多样性关系，必须坚持好发展好完善好中国新型政党制度，必须以铸牢中华民族共同体意识为党的民族工作主线，必须坚持我国宗教中国化方向，必须做好党外知识分子和新的社会阶层人士统战工作，必须促进非公有制经济健康发展和非公有制经济人士健康成长，必须发挥港澳台和海外统战工作争取人心的作用，必须加强党外代表人士队伍建设，必须把握做好统战工作的规律，必须加强党对统战工作的全面领导。习近平总书记关于做好新时代党的统一战线工作的重要思想，是党的统一战线百年发展史的智慧结晶，是我们党对做好统战工作规律性认识的深化，是新时代统战工作的根本指针。全党必须完整、准确、全面贯彻落实，深刻理解其核心要义、精神实质、丰富内涵和实践要求，做到学思用贯通、知信行统一。

团结是铁，团结是钢，团结就是力量。前进道路上，我们要坚持爱国统一战线发展的正确方向，不断巩固和发展各民族大团结、全国人民大团结、全体中华儿女大团结，铸牢中华民族共同体意识，形成海内外全体中华儿女心往一处想、劲往一处使的生动局面，汇聚起全面建成社会主义现代化强国、实现中华民族伟大复兴的磅礴伟力。让我们更加紧密地团结在以习近平同志为核心的党中央周围，把思想和行动统一到习近平总书记重要讲话精神上来，深刻领悟“两个确立”的决定性意义，增强“四个意识”、坚定“四个自信”、做到“两个维护”，发展壮大新时代爱国统一战线，促进海内外中华儿女团结奋斗，在新时代新征程上续写新的篇章、创造新的辉煌！

（2022年07月31日　04版）

准确把握新时代爱国统一战线的历史方位

——论学习贯彻习近平总书记在中央统战工作会议上重要讲话

“准确把握新时代爱国统一战线的历史方位”，在中央统战工作会议上，习近平总书记站在统筹中华民族伟大复兴战略全局和世界百年未有之大变局的高度，深入分析新时代爱国统一战线的历史方位，明确提出新时代爱国统一战线的基本任务，强调“我们要深刻理解发展壮大新时代爱国统一战线的重要意义，以高度的使命感和责任感做好工作”。

在中国共产党坚强领导下，全国各族人民万众一心、齐心协力，胜利实现了第一个百年奋斗目标，在中华大地上全面建成了小康社会，正在意气风发向着全面建成社会主义现代化强国的第二个百年奋斗目标迈进。新的伟大征程上，我们清醒看到，世界之变、时代之变、历史之变的特征更加明显，我国发展面临新的战略机遇、新的战略任务、新的战略阶段、新的战略要求、新的战略环境。我们深知，中华民族伟大复兴绝不是轻轻松松、敲锣打鼓就能实现的，前进道路上必然会有艰巨繁重的任务，必然会有艰难险阻甚至惊涛骇浪。我们要深刻认识统一战线是党克敌制胜、执政兴国的重要法宝，是团结海内外全体中华儿女实现中华民族伟大复兴的重要法宝，越是形势复杂、任务艰巨，越是要把统一战线发展好、把统战工作开展好，把各方面智慧和力量凝聚起来，形成海内外中华儿女心往一处想、劲往一处使的强大合力，不断巩固和发展大团结大联合局面。

现在，统一战线面临的时和势、肩负的使命和任务发生了某些重大变化。习近平总书记深刻指出："世界百年未有之大变局加速演进，统一战线在维护国家主权、安全、发展利益上的作用更加重要。全面建设社会主义现代化国家、实现中华民族伟大复兴，统一战线在围绕中心、服务大局上的作用更加重要。我国社会结构发生深刻变化，统一战线在增强党的阶级基础、扩大党的群众基础上的作用更加重要。"我们要牢牢把握新时代爱国统一战线的历史方位和重要使命，围绕新时代新征程党的中心任务凝心聚力，增强做好新时代统战工作的政治自觉、思想自觉、行动自觉。

做好新时代统战工作，必须紧扣新时代爱国统一战线的基本任务：坚持以习近平新时代中国特色社会主义思想为指导，坚持中国共产党领导，坚持中国特色社会主义道路，高举爱国主义、社会主义伟大旗帜，坚持一致性和多样性统一，坚持围绕中心、服务大局，坚持与时俱进、守正创新，加强思想政治引领，发挥凝聚人心、汇聚力量的政治作用，促进政党关系、民族关系、宗教关系、阶层关系、海内外同胞关系和谐，促进海内外中华儿女团结奋斗，为全面建成社会主义现代化强国、实现中华民族伟大复兴汇聚磅礴伟力。这是准确把握新时代爱国统一战线历史方位作出的科学谋划，是立足党和国家事业发展全局作出的战略部署。要完整准确全面理解习近平总书记关于做好新时代党的统一战线工作的重要思想，提高政治站位、心怀"国之大者"，努力在补短板上下功夫，在敢担当上作表率，在善作为上动脑筋，创造性地把党中央决策部署落到实处，奋力谱写统一战线事业新篇章。

积力之所举，则无不胜也；众智之所为，则无不成也。让我们更加紧密地团结在以习近平同志为核心的党中央周围，把思想和行动统一到习近平总书记重要讲话精神上来，深刻领悟“两个确立”的决定性意义，增强“四个意识”、坚定“四个自信”、做到“两个维护”，不断巩固和发展统一战线团结、奋进、开拓、活跃的良好局面，为把我国建设成为富强民主文明和谐美丽的社会主义现代化强国、实现中华民族伟大复兴的中国梦不懈奋斗。

（2022 年 08 月 01 日　03 版）

促进海内外中华儿女团结奋斗

——论学习贯彻习近平总书记在中央统战工作会议上重要讲话

"统一战线因团结而生，靠团结而兴。"在中央统战工作会议上，习近平总书记深刻指出"统一战线是党克敌制胜、执政兴国的重要法宝，是团结海内外全体中华儿女实现中华民族伟大复兴的重要法宝"，强调"促进政党关系、民族关系、宗教关系、阶层关系、海内外同胞关系和谐，促进海内外中华儿女团结奋斗，为全面建成社会主义现代化强国、实现中华民族伟大复兴汇聚磅礴伟力"。

中国人民是具有伟大团结精神的人民。在几千年历史长河中，中国人民始终团结一心、同舟共济，建立了统一的多民族国家，形成了守望相助的中华民族大家庭。团结是中国人民和中华民族战胜前进道路上一切风险挑战、不断从胜利走向新的胜利的重要保证。百年来，我们党始终把统一战线摆在重要位置，不断巩固和发展最广泛的统一战线，团结一切可以团结的力量、调动一切可以调动的积极因素，最大限度凝聚起共同奋斗的力量。百年来，党和人民取得的一切成就都是团结奋斗的结果，团结奋斗是中国共产党和中国人民最显著的精神标识。历史和实践充分证明，团结奋斗是党领导人民创造历史伟业的必由之路。我们靠团结奋斗创造了辉煌历史，还要靠团结奋斗开辟美好未来。只要在党的领导下全国各族人民团结一心、众志成城，敢于斗争、善于斗争，我们就一定能够形成勇往直前、无坚不摧的强大力量，继续创造令人刮目相看的新的奇迹。

习近平总书记强调："促进中华儿女大团结，是新时代爱国统一战线的历史责任。"今天，经过长期奋斗，实现中华民族伟大复兴具备了更为完善的制度保证、更为坚实的物质基础、更为主动的精神力量，我们比历史上任何时期都更接近、更有信心和能力实现中华民族伟大复兴的目标。越是接近目标，越是形势复杂，越是任务艰巨，越要发挥中国共产党领导的政治优势和中国特色社会主义的制度优势，把各方面智慧和力量凝聚起来，形成海内外中华儿女团结奋斗的强大合力。牢牢把握新时代爱国统一战线的历史责任，围绕新时代新征程党的中心任务凝心聚力，不断巩固和发展各民族大团结、全国人民大团结、全体中华儿女大团结，铸牢中华民族共同体意识，形成海内外全体中华儿女心往一处想、劲往一处使的生动局面，就一定能够汇聚起实现中华民族伟大复兴的磅礴伟力。

人心向背、力量对比是决定党和人民事业成败的关键，是最大的政治。统战工作的本质要求是大团结大联合，解决的就是人心和力量问题。关键是要坚持求同存异，发扬"团结—批评—团结"的优良传统，在尊重多样性中寻求一致性，找到最大公约数、画出最大同心圆。习近平总书记深刻指出："要把握好固守圆心和扩大共识的关系，不断增进共识，真正把不同党派、不同民族、不同阶层、不同群体、不同信仰以及生活在不同社会制度下的全体中华儿女都团结起来。要把握好潜绩和显绩的关系，坚持正确政绩观，推动党的统战事业行稳致远。要把握好原则性和灵活性的关系，善于把方针政策的原则性和对策举措的灵活性结合起来，既站稳政治立场、坚守政治底线，又具体问题具体分析，注重工作方式方法。要把握好团结和斗争的关系，又要善于斗争、增强斗争本领，努力形成牢不可破的真团结。”担当新时代爱国统一战线的历史责任，就要把握好这几方面关系，增强做好新时代统战工作的政治自觉、思想自觉、行动自觉，结合实际抓好各项任务贯彻落实，不断巩固和发展统一战线团结、奋进、开拓、活跃的良好局面。

团结就是力量，奋斗开创未来。团结统一的中华民族是海内外中华儿女共同的根，博大精深的中华文化是海内外中华儿女共同的魂，实现中华民族伟大复兴是海内外中华儿女共同的梦。让我们更加紧密地团结在以习近平同志为核心的党中央周围，不断巩固和发展最广泛的爱国统一战线，促进海内外中华儿女团结奋斗，同心共筑中国梦，风雨无阻向前进，继续在人类的伟大时间历史中创造中华民族的伟大历史时间！

（2022年08月02日　01版）

加强党对统一战线工作的领导

——论学习贯彻习近平总书记在中央统战工作会议上重要讲话

“统一战线是党领导的统一战线，要确保党对统战工作全面领导。”在中央统战工作会议上，习近平总书记强调“统战工作是全党的工作，必须全党重视，大家共同来做，构建党委统一领导、统战部门牵头协调、有关方面各负其责的大统战工作格局”，对加强党对统一战线工作的领导提出明确要求、作出重要部署。

今年是我们党明确提出统一战线政策100周年，党始终把统一战线摆在重要位置，不断巩固和发展最广泛的统一战线，团结一切可以团结的力量、调动一切可以调动的积极因素，最大限度凝聚起共同奋斗的力量。特别是党的十八大以来，以习近平同志为核心的党中央始终从全局和战略高度重视统战工作，先后颁布有关重要法规文件，召开一系列重要会议，对统战工作作出一系列重大部署，推动统战工作取得历史性成就，统一战线呈现出团结、奋进、开拓、活跃的良好局面。党的十九届六中全会深刻总结党百年奋斗的十条历史经验，“坚持统一战线”是其中一条。习近平总书记在这次会议上从十二个方面精辟概括关于做好新时代党的统一战线工作的重要思想，“必须加强党对统战工作的全面领导”是其中一个方面。历史和实践充分证明，作为党的总路线总政策的重要组成部分，统一战线是党克敌制胜、执政兴国的重要法宝，是团结海内外全体中华儿女实现中华民族伟大复兴的重要法宝。中国共产党领导是统一战线最鲜明的特征，坚持党的领导是统一战线最根本、最核心的问题。党的领导越有力，党的旗帜越鲜明，就越能巩固和壮大爱国统一战线，有效汇聚中国人民和海内外中华儿女的智慧力量，形成真正的、广泛的、紧密的大团结。

习近平总书记指出："加强新时代统一战线工作，根本在于坚持党的领导，形成全党上下一齐动手、有关方面协同联动的工作局面。"在统战工作中，实行的政策、采取的措施都要有利于坚持和巩固党的领导地位和执政地位。必须深刻认识到，统一战线无小事，统战工作涉及的主要是同党外的关系，是各级党委（党组）必须做好的分内事、必须种好的责任田。各级党委（党组）要履行主体责任，把统战工作摆上重要议事日程。党委（党组）领导班子成员要带头学习、宣传和贯彻落实统一战线理论方针政策和法律法规，带头参加统一战线重要活动，带头广交深交党外朋友。必须明确，民主党派工作、党外知识分子工作、非公有制经济人士工作，民族工作、宗教工作，港澳工作、对台工作、侨务工作，都是统战工作的重要组成部分。各部门各单位要增强统战意识，齐抓共管，形成强大合力。进一步完善大统战工作格局，从实际出发，创造性地把党中央决策部署落到实处，才能谱写统一战线事业新篇章。

统战部门作为党委主管统战工作的职能部门，是党委统战工作的参谋机构、组织协调机构、具体执行机构、督促检查机构，担负着了解情况、掌握政策、协调关系、安排人事、增进共识、加强团结等重要职能。认真学习贯彻落实习近平总书记提出的重要要求，统战部门要加强自身建设，发挥参谋、组织、协调、督促等重要作用；统战干部要努力提高政治判断力、政治领悟力、政治执行力，讲求工作艺术，改进工作方法，展现统战部门和统战干部的良好形象。

今天，我们比历史上任何时期都更接近、更有信心和能力实现中华民族伟大复兴的目标。越是接近目标，越是形势复杂，越是任务艰巨，越需要广泛凝心聚力，越需要各方面勠力同心。更加紧密地团结在以习近平同志为核心的党中央周围，深刻领悟“两个确立”的决定性意义，增强“四个意识”、坚定“四个自信”、做到“两个维护”，加强党对统一战线工作的全面领导，坚持大团结大联合，不断巩固和发展各民族大团结、全国人民大团结、全体中华儿女大团结，铸牢中华民族共同体意识，形成海内外全体中华儿女心往一处想、劲往一处使的生动局面，我们就一定能够汇聚起实现中华民族伟大复兴的磅礴伟力，在新时代新征程上赢得新的更加伟大的胜利和荣光。

（2022年08月03日　01版）

推进新时代强军伟业的标杆楷模

忠诚使命、英勇无畏的排雷英雄杜富国，科技强军、为国铸盾的防护工程专家钱七虎，矢志报国、三巡太空的英雄航天员聂海胜，他们的先进事迹感人至深，他们的崇高精神感召人心。作为“八一勋章”获得者，他们是推进新时代强军伟业的标杆楷模。

党的十八大以来，在以习近平同志为核心的党中央坚强领导下，人民军队实现整体性革命性重塑、重整行装再出发，国防和军队建设取得历史性成就、发生历史性变革。全军部队深入贯彻党中央、中央军委和习主席决策部署，深化习近平新时代中国特色社会主义思想武装，突出学好习近平强军思想，坚决履行新时代使命任务，以顽强斗争精神和实际行动捍卫国家主权、安全、发展利益，涌现出一大批英雄模范人物。“八一勋章”获得者是全军官兵的杰出代表。

中华民族是英雄辈出的民族，新时代是成就英雄的时代。杜富国面对有引爆危险的加重手榴弹，对同组战友喊出“你退后，让我来”，最终失去双手双眼。钱七虎怀揣许党报国的坚定信念，回国投身现代防护工程建设事业并作出巨大贡献。聂海胜3次执行载人飞行任务，成为首位在轨100天的中国航天员。向“八一勋章”获得者学习，就要像他们那样，坚持不懈用党的创新理论武装头脑，做到绝对忠诚、绝对纯洁、绝对可靠；像他们那样，一心一意抓备战谋打赢，坚决完成党和人民赋予的使命任务；像他们那样，始终对事业极端负责、极端认真，争做新时代的强军先锋；像他们那样，模范践行“三严三实”和“四铁”要求，立起“四有”新时代革命军人的好样子。

习近平主席深刻指出：“世界进入新的动荡变革期，我国国家安全形势不稳定性不确定性增大。未来5年，我军建设的中心任务就是实现建军一百年奋斗目标。”要深入贯彻习近平强军思想，贯彻新时代军事战略方针，坚持党对人民军队的绝对领导，坚持走中国特色强军之路，全面推进政治建军、改革强军、科技强军、人才强军、依法治军，全面加强练兵备战，奋斗奋进，苦干实干，全面提高履行新时代使命任务能力，奋力实现建军一百年奋斗目标，不断开创强军事业新局面，为实现中华民族伟大复兴提供更为坚强的战略支撑。

披荆斩棘，显英雄本色；红旗漫卷，照复兴征程。让我们更加紧密地团结在以习近平同志为核心的党中央周围，深刻领悟“两个确立”的决定性意义，增强“四个意识”、坚定“四个自信”、做到“两个维护”，像英雄模范那样坚守，像英雄模范那样奋斗，汇聚起实现中国梦强军梦的磅礴力量，以实际行动迎接党的二十大胜利召开，奋力谱写全面建设社会主义现代化国家崭新篇章。

（2022年08月01日　05版）

中国政府和中国人民实现祖国统一的决心坚如磐石

美国国会众议长佩洛西不顾中方强烈反对和严正交涉，窜访中国台湾地区，严重违反一个中国原则和中美三个联合公报规定，严重冲击中美关系政治基础，严重侵犯中国主权和领土完整，严重破坏台海和平稳定，向“台独”分裂势力发出严重错误信号。对此，中方予以坚决反制，完全正当，合理合法，由此产生的一切后果必须由美方和“台独”分裂势力负责。

一个中国原则是中国与各国建交的基本原则，构成二战后国际秩序的组成部分。中美建交公报明确指出，美国承认中华人民共和国政府是中国的唯一合法政府，在此范围内，美国人民将同台湾人民保持文化、商务和其他非官方关系。美国国会是美国政府的组成部分，佩洛西是美国政府的第三号人物，理应严格遵守美国政府的一个中国政策，严格恪守美方向中方作出的政治承诺。中方历来反对美国国会议员窜访中国台湾地区，认为美国行政部门有责任予以阻止。然而，美方说一套、做一套，毫无诚信可言。美方一再重申，美国的一个中国政策没有改变也不会改变，美方不支持台湾“独立”。但佩洛西执意窜访中国台湾地区，将美方政治承诺抛诸脑后，让国际社会进一步看清，究竟是谁在改变台海现状，谁在破坏中美关系，谁在损害地区和平稳定，谁在破坏国际秩序。逆和平发展历史大势而动者，无论是谁，都必将被钉在历史耻辱柱上。

佩洛西窜访中国台湾地区，是美方歪曲虚化掏空一个中国原则的又一危险行径。一段时间以来，美国政府在台湾问题上屡屡采取错误言行，不断提升美台官方往来层级。尽管美国政府中和美国舆论界大量声音认为佩洛西窜访中国台湾地区将给台海局势制造重大风险，给美中关系带来严重冲击；尽管国际社会有识之士纷纷强调佩洛西窜访中国台湾地区是危险的、不负责任的，严重违反国际关系基本准则；尽管地区国家一再奉劝美方以中美关系大局和地区和平稳定为重，但美方最终仍为佩洛西的严重错误行径开了绿灯。美方一面把“维护台海稳定”“维持台海现状”“给美中关系设置护栏”挂在嘴边，一面又任由佩洛西冒天下之大不韪窜访中国台湾地区，在台海制造风浪，给中美关系制造新的严重困难，这只能说明美方的真实目的就是要打“台湾牌”，就是要搞“以台制华”，就是要遏制中国发展。

在涉及主权领土完整的大是大非问题上，任何一个国家都没有妥协退让余地。一个中国原则是中国同任何国家发展关系的前提和基础，我们绝不允许“越线”行为。台湾问题事关中国国家主权和领土完整，涉及中国核心利益，是中美关系中最重要、最敏感的核心问题。美方变本加厉搞“以台制华”，将台海局势推向进一步紧张，必将付出沉重代价。中国政府和中国人民在台湾问题上的立场是一以贯之的，坚决维护国家主权和领土完整是14亿多中国人民的坚定意志。中方早已严正申明，如果美方一意孤行，必将采取强有力措施挫败任何外部势力干涉和“台独”分裂的图谋。中国人民说到做到。任何人都不要错估中国人民捍卫国家主权和领土完整的坚强决心、坚定意志、强大能力。

台湾问题的历史经纬明明白白，两岸同属一个中国的事实和现状清清楚楚。台湾民进党当局置中华民族根本利益和台湾民众福祉于不顾，甘当外部势力的棋子，充分暴露“倚美谋独”的危险企图。中华民族具有反对分裂、维护统一的光荣传统。“台独”分裂行径是祖国统一的最大障碍，是民族复兴的严重隐患。凡是数典忘祖、背叛祖国、分裂国家的人，从来没有好下场，必将遭到人民的唾弃和历史的审判。统一是历史大势，是正道。“台独”是历史逆流，是绝路。在祖国统一的历史大势面前，任何谋“独”企图都注定失败。

民意不可违，大势不可逆。祖国必须统一，也必然统一。实现祖国统一的时与势始终牢牢掌握在我们的手中。中国政府和中国人民实现祖国统一的决心坚如磐石，不会因任何人、任何势力、任何国家而改变。我们坚决反对外部势力干涉和“台独”分裂，绝不为任何形式的“台独”势力留下任何空间！

（2022年08月03日　01版）

祖国完全统一进程不可阻挡

解决台湾问题、实现祖国完全统一，是全体中华儿女的共同愿望，是实现中华民族伟大复兴的必然要求，是中国共产党矢志不渝的历史任务。

面对世界百年未有之大变局，推进祖国完全统一面临着新的形势。8月10日，国务院台湾事务办公室、国务院新闻办公室发表《台湾问题与新时代中国统一事业》白皮书，进一步重申台湾是中国的一部分的事实和现状，展现中国共产党和中国人民追求祖国统一的坚定意志和坚强决心，阐述中国共产党和中国政府在新时代推进实现祖国统一的立场和政策，中国共产党和中国政府有驾驭复杂局面、战胜风险挑战的综合实力和必胜信心，完全有能力推动祖国统一大业阔步前进。

中国共产党为解决台湾问题、实现祖国完全统一不懈奋斗的历程、成就和经验，充分展现中国共产党始终是中国人民和中华民族的主心骨，是民族复兴、国家统一的坚强领导核心。党的十八大以来，中华民族迎来了从站起来、富起来到强起来的伟大飞跃，实现中华民族伟大复兴进入了不可逆转的历史进程。这是中国统一大业新的历史方位。在以习近平同志为核心的中共中央坚强领导下，中国共产党和中国政府积极推进对台工作理论和实践创新，牢牢把握两岸关系主导权和主动权，有力维护台海和平稳定，扎实推进祖国统一进程。

习近平总书记指出："台湾问题因民族弱乱而产生，必将随着民族复兴而解决。”实现祖国完全统一，是中华民族的历史和文化所决定的，也是中华民族伟大复兴的时和势所决定的。国家发展进步特别是经济实力、科技实力、国防实力持续增强，不仅有效遏制了“台独”分裂活动和外部势力干涉，更为两岸交流合作提供了广阔空间、带来了巨大机遇。当前，中国共产党团结带领中国人民已经踏上了全面建设社会主义现代化国家的新征程，我们解决台湾问题的基础更雄厚、能力更强大，必将有力推动祖国统一进程。我们比历史上任何时期都更接近、更有信心和能力实现中华民族伟大复兴的目标，也更接近、更有信心和能力实现祖国完全统一的目标。

世界上只有一个中国，台湾是中国的一部分的历史事实和法理事实不容置疑，台湾从来不是一个国家而是中国的一部分的地位不容改变。然而，一个时期以来，台湾民进党当局加紧进行“台独”分裂活动，一些外部势力变本加厉搞“以台制华”，企图阻挡中国实现完全统一和中华民族迈向伟大复兴。近日，美国国会众议长佩洛西不顾中方强烈反对和严正交涉，在美国政府放任下，明目张胆窜访中国台湾地区。这一倒行逆施严重侵犯中国主权，严重干涉中国内政，严重违背美方所做的承诺，严重危害台海和平稳定。中国政府对此采取一系列强有力的反制措施，坚决捍卫国家主权和领土完整，有力打击外部势力干涉和“台独”分裂行径，得到国际社会正义力量的广泛支持。事实再次证明，民意不可违，玩火必自焚，祖国统一的历史车轮滚滚向前，任何人任何势力都无法阻挡。“挟洋谋独”没有出路，“以台制华”注定失败。

台湾的前途在于国家统一，台湾同胞福祉系于民族复兴。在民族复兴的新征程上，中国共产党和中国政府统筹中华民族伟大复兴战略全局和世界百年未有之大变局，深入贯彻新时代中国共产党解决台湾问题的总体方略，坚持“和平统一、一国两制”基本方针，努力推动两岸关系和平发展、融合发展，坚决粉碎“台独”分裂和外来干涉图谋，团结台湾同胞共谋民族复兴和国家统一。按照“一国两制”实现两岸和平统一，将给中国发展进步和中华民族伟大复兴奠定新的基础，将给台湾经济社会发展创造巨大机遇，将给广大台湾同胞带来实实在在的好处，也有利于亚太地区及全世界和平与发展。

国家统一是中华民族走向伟大复兴的历史必然。我们愿意为和平统一创造广阔空间，但绝不为各种形式的“台独”分裂活动留下任何空间。台湾问题是中国的内政，事关中国核心利益和中国人民民族感情，不容任何外来干涉。我们相信，只要包括两岸同胞在内的所有中华儿女同心同德、团结奋斗，就一定能够粉碎任何形式的“台独”分裂和外来干涉图谋，就一定能够汇聚起促进祖国统一和民族复兴的磅礴伟力。祖国完全统一的历史任务一定要实现，也一定能够实现！

（2022年08月11日　01版）

在新征程上作表率当模范

在全党全社会喜迎党的二十大胜利召开之际，党中央、国务院8月30日召开大会，表彰397名“人民满意的公务员”和198个“人民满意的公务员集体”。会前，习近平总书记亲切会见受表彰代表，充分体现了党中央和习近平总书记对公务员队伍建设的高度重视，对全国“人民满意的公务员”和“人民满意的公务员集体”的高度褒奖，对全国广大公务员的亲切关怀。

为政之要，惟在得人。公务员是干部队伍的重要组成部分，是社会主义事业的中坚力量，是人民的公仆。党的十八大以来，习近平总书记高度重视干部队伍包括公务员队伍建设，明确提出新时代好干部标准，深刻阐述了新时代建设什么样的干部队伍、怎样建设干部队伍的重大问题。在党中央坚强领导下，广大公务员勇于担当、敢于斗争、真抓实干，创造了不平凡的业绩，为全面建成小康社会、胜利实现第一个百年奋斗目标，开启全面建设社会主义现代化国家新征程作出了重要贡献。实践充分证明，公务员队伍是一支对党忠诚、热爱人民、恪尽职守、甘于奉献的队伍，是一支全心全意为人民服务、党和人民充分信赖的队伍。这次受表彰的全国“人民满意的公务员”和“人民满意的公务员集体”，是新时代公务员队伍的优秀代表。他们的先进事迹和精神，彰显了我们党作为马克思主义政党的政治本色，诠释了一心为公、造福于民的公仆情怀，展现了踔厉奋发、笃行不怠的时代风貌。

当前，世界百年未有之大变局加速演进，中华民族伟大复兴进入关键时期，需要应对的风险和挑战、需要解决的矛盾和问题比以往更加错综复杂。公务员队伍担负着党和国家各项事业的决策、规划、组织、实施、监督等方面的重任。全面建设社会主义现代化国家的历史任务，为广大公务员搭建了奋进新征程、建功新时代的广阔舞台。广大公务员要以受到表彰的先进典型为标杆，弘扬伟大建党精神，赓续党的红色血脉，牢记使命责任，勇于担当作为，坚持做人民公仆、为人民服务、让人民满意，在全面推进中华民族伟大复兴的新征程上作表率、当模范，努力创造无愧于党、无愧于人民、无愧于时代的优秀业绩。

在新征程上作表率、当模范，就要带头旗帜鲜明讲政治，做践行“两个维护”的表率，始终在政治立场、政治方向、政治原则、政治道路上同以习近平同志为核心的党中央保持高度一致。要带头学懂弄通做实习近平新时代中国特色社会主义思想，做学习贯彻党的创新理论的表率，不断提高运用科学理论解决实际问题的能力，把学习成效转化为奋进新征程、建功新时代的强大力量。要带头坚持以人民为中心，做密切联系群众的表率，始终与群众想在一起、干在一起，切实解决群众急难愁盼问题，扎实推动共同富裕，矢志不渝为人民幸福而奋斗。要带头贯彻新发展理念，做推动高质量发展的表率，以实事求是的科学态度、精益求精的专业素养、坚韧不拔的斗争意志、任劳任怨的奉献精神，把新发展理念贯穿工作全过程，推动高质量发展不断取得新成效。要带头遵守制度，做制度执行的表率，依靠制度规范治理行为、提升治理效能，自觉维护法规制度的严肃性和权威性，确保党的意志和主张在国家治理中全面贯彻，促进国家治理体系有效运转。要带头立德修身，做涵养廉洁文化的表率，在履职用权中正确处理公和私、义和利、是和非、正和邪、苦和乐的关系，努力做一心为公、一身正气、一尘不染的人，带动形成廉荣贪耻、向上向善的社会氛围。

世界上最大的幸福莫过于为人民幸福而奋斗。让我们更加紧密地团结在以习近平同志为核心的党中央周围，深刻领悟“两个确立”的决定性意义，增强“四个意识”、坚定“四个自信”、做到“两个维护”，崇尚先进、学习先进、争当先进，以实际行动迎接党的二十大胜利召开，在实现中华民族伟大复兴的历史进程中书写人民满意的时代答卷！

（2022年08月31日　01版）

关心国防　热爱国防　建设国防　保卫国防

国防是国家生存与发展的安全保障。国防教育是国之大事，旨在强化全民的国家意识、国防意识和国土意识，筑牢中华民族伟大复兴的精神长城。加强全民国防教育，增强全民国防观念，是党和国家始终高度重视的一个重要战略问题。

近日，中共中央、国务院、中央军委印发的《关于加强和改进新时代全民国防教育工作的意见》，对加强和改进新时代全民国防教育工作作出具体安排、提出明确要求，对于贯彻总体国家安全观，培育和践行社会主义核心价值观，着力增强全民爱党爱国爱社会主义的深厚感情、居安思危的忧患意识、崇军尚武的思想观念、强国强军的责任担当，使关心国防、热爱国防、建设国防、保卫国防成为全社会的思想共识和自觉行动，具有重要而深远的意义。

习近平总书记指出："我们的军队是人民军队，我们的国防是全民国防。我们要加强全民国防教育，巩固军政军民团结，为实现中国梦强军梦凝聚强大力量！"全民国防教育是建设巩固国防和强大人民军队的基础性工程，是党的宣传思想工作的重要组成部分，是弘扬爱国主义精神、增强全民国防意识的有效途径，意义重大，影响深远。党的十八大以来，以习近平同志为核心的党中央高度重视全民国防教育工作，作出一系列重要决策部署，推动新时代全民国防教育领导体制机制改革，设立烈士纪念日、国家公祭日，建立党和国家功勋荣誉表彰制度，筹划举行一系列重大庆祝纪念活动，极大提振了党心军心民心，全民国防意识不断增强，关心支持国防和军队建设的社会氛围更加浓厚。

当今世界正经历百年未有之大变局，我国面临复杂多变的安全和发展环境，各种可以预见和难以预见的风险因素明显增多，传统安全威胁和非传统安全威胁相互交织。在推进祖国和平统一，维护国家主权、安全、发展利益，实现建军一百年奋斗目标中，全民国防教育工作使命光荣、任务艰巨。同时也要认识到，实现党在新时代的强军目标、建设世界一流军队，对全民国防教育工作提出新的更高要求。新征程上，必须深刻认识开展全民国防教育的极端重要性，把国防教育作为提升全民素质、强化国防观念的战略性基础性工作来抓，强化忧患意识、危机意识和使命意识，不断书写强国强军更为辉煌的篇章，不断创造无愧于历史和时代的新的光辉业绩。

一分部署，九分落实。加强和改进新时代全民国防教育工作，要以习近平新时代中国特色社会主义思想为指导，坚持和加强党对全民国防教育工作的领导，将习近平强军思想融入全民国防教育各领域、全过程，牢牢把握全民国防教育工作的正确方向。要着力构建基本格局，突出抓好重点对象，不断丰富实践载体，深入推进宣传普及，大力推动创新发展，充分发挥军队重要作用，切实加强组织保障，大力推动国防教育进机关、进学校、进企业、进社区、进乡村、进军营、进网络。要把加强和改进全民国防教育作为全党全军全社会的共同责任，纳入地方党委和政府、军队各部门职责任务，各司其职、各尽其责，积极配合、同向发力，形成党委领导、军地密切配合、社会各界支持、全民共同参与的工作局面。

今年是中国人民解放军建军95周年。更加紧密地团结在以习近平同志为核心的党中央周围，深刻领悟“两个确立”的决定性意义，增强“四个意识”、坚定“四个自信”、做到“两个维护”，齐心协力、共同发力、形成合力，以实际行动迎接党的二十大胜利召开，推动新时代全民国防教育改革发展和普及深入，我们就一定能凝聚起实现中国梦强军梦的强大力量！

（2022年09月02日　01版）

有贪必肃　有腐必惩

反腐败没有完成时，管党治党一刻也不能放松。近日，孙力军政治团伙所涉案件分别一审宣判。依法惩治孙力军政治团伙，充分体现了党中央惩治腐败的坚定决心和坚强意志。

用法治思维和法治方式反对腐败，是我们党坚持倡导的反腐思路。纵观孙力军政治团伙所涉案件，从依法立案侦查、提起公诉，到依法审理、作出一审判决，始终以事实为根据、以法律为准绳，贯穿着依法反腐的基本理念，充分彰显了法治精神，得到广大干部群众的支持拥护。

党要管党、从严治党，靠什么管，凭什么治？就要靠严明的纪律、庄严的法律。党的十八大以来，党中央反复强调领导干部要严守政治纪律和政治规矩，但有的置若罔闻，政治野心膨胀、权欲熏心，搞阳奉阴违、结党营私、团团伙伙、拉帮结派那一套。这些问题，严重侵蚀党的思想道德基础，严重破坏党的团结和集中统一，严重损害党内政治生态和党的形象，严重影响党和人民事业发展。孙力军政治团伙案的依法查处再次表明，全面从严治党，必须注重政治上的要求，严明政治纪律，严肃查处违法违规行为，决不允许搞小山头、小团伙、小圈子，决不允许自行其是、各自为政。

“反腐败斗争关系民心这个最大的政治，是一场输不起也决不能输的重大政治斗争。”孙力军政治团伙案警示我们，尽管反腐败斗争取得压倒性胜利并全面巩固，但形势依然严峻复杂。我们对腐败的顽固性和危害性绝不能低估，必须将反腐败斗争进行到底。对此，党中央的态度是非常鲜明的，不论谁在党纪国法上出问题，党纪国法决不饶恕。对那些在党内搞政治团伙、小圈子、利益集团的人，毫不手软、坚决查处。我们要以案为鉴，坚持严的主基调，以党的政治建设为统领推进党的各方面建设，严肃政治纪律和政治规矩。要以抓铁有痕、踏石留印的坚韧和执着，继续打好党风廉政建设和反腐败斗争这场攻坚战、持久战。

“全面从严治党、推进反腐败斗争，必须从领导干部特别是高级干部严起。”党的高级干部有相当的领导权、决策权、指挥权，如果立场不稳、“三观”不正、自律不严，很容易在政治上、政策上走偏。领导干部特别是高级干部，要守住政治关，时刻绷紧旗帜鲜明讲政治这根弦，在大是大非面前、在政治原则问题上做到头脑特别清醒、立场特别坚定。要管好自身，还要管好家人亲戚、管好身边人身边事、管好主管分管领域风气，在营造风清气正的政治生态、形成清清爽爽的同志关系和规规矩矩的上下级关系、坚持亲清政商关系、营造向上向善的社会环境等方面带好头、尽好责。全党同志都要明大德、守公德、严私德，清清白白做人、干干净净做事，做到克己奉公、以俭修身，永葆清正廉洁的政治本色。

全面从严治党永远在路上，党的自我革命永远在路上。办好中国的事情，关键在党、关键在全面从严治党。让我们更加紧密地团结在以习近平同志为核心的党中央周围，大力弘扬伟大建党精神，永葆自我革命精神，坚定信心、勇毅前行，推动全面从严治党、党风廉政建设和反腐败斗争向纵深发展，以实际行动迎接党的二十大胜利召开！

（2022年09月24日　04版）

忠实履行代表职责　充分发挥代表作用

在以习近平同志为核心的党中央坚强领导下，经过各级党组织和广大党员认真推荐、反复酝酿、层层遴选，选举产生了2296名党的二十大代表。他们将肩负着全党9600多万名党员、490多万个基层党组织的郑重嘱托，承载着全国各族人民的殷切期望，光荣地出席党的第二十次全国代表大会。在此，我们向当选为党的二十大代表的同志们表示热烈的祝贺！

即将召开的党的二十大，是在全党全国各族人民迈上全面建设社会主义现代化国家新征程、向第二个百年奋斗目标进军的关键时刻召开的一次十分重要的大会，将科学谋划未来5年乃至更长时期党和国家事业发展的目标任务和大政方针，事关党和国家事业继往开来，事关中国特色社会主义前途命运，事关中华民族伟大复兴，对团结和激励全国各族人民为夺取中国特色社会主义新胜利而奋斗具有十分重大的意义。选举产生的二十大代表，具有较高的思想政治素质、良好的作风品行、较强的议事能力、明显的工作成绩，具有共产党员的先进性和广泛代表性，符合党中央要求、受到广大党员拥护，为大会胜利召开做了重要的思想准备和组织准备，奠定了坚实基础。

党的二十大代表，是从全体党员中千挑万选出来、经各级党组织逐级遴选产生的优秀分子，一言一行体现党的形象，社会高度关注。当选为代表的每一位同志，都要倍加珍惜光荣身份，不负信任与重托，忠实履行庄严使命和神圣职责，自觉为广大党员带好头、作示范，时时处处以先锋模范作用彰显党的先进性和纯洁性。要带头深刻领悟“两个确立”的决定性意义，增强“四个意识”、坚定“四个自信”、做到“两个维护”，学习贯彻7月26日习近平总书记在省部级主要领导干部专题研讨班上重要讲话精神，学懂弄通做实习近平新时代中国特色社会主义思想，把学党史和悟思想、强党性有机结合起来，坚定理想信念，不断增强政治判断力、政治领悟力、政治执行力，在思想上政治上行动上同以习近平同志为核心的党中央保持高度一致；带头坚决执行党的路线方针政策，心怀“国之大者”，牢牢把握新时代新征程党的中心任务，落实“五位一体”总体布局和“四个全面”战略布局要求，发扬担当和斗争精神，立足本职拼搏奉献，集中精力把自己的事情做好；带头坚持党的根本宗旨，弘扬伟大建党精神，树牢群众观点，站稳人民立场，密切联系服务群众，用心用情用力办实事解难题，始终同人民同呼吸、共命运、心连心；带头遵守党章党规党纪和国家法律法规，践行社会主义核心价值观和“三严三实”要求，勇于自我革命、主动接受监督，清白做人、干净做事，努力提高觉悟、加强修养、改进作风，树立良好形象；带头走好群众路线，发挥自身优势，深入调查研究，把广大党员群众的心声和建议收集起来、反映上来，为党中央决策提供科学依据。

党的二十大，承担着认真总结过去5年工作，全面总结新时代以来以习近平同志为核心的党中央团结带领全党全国各族人民坚持和发展中国特色社会主义取得的重大成就和宝贵经验，制定行动纲领和大政方针，选举新一届中央领导集体的重大使命。大会期间，代表们将听取和审查中央委员会的报告、审查中央纪律检查委员会的报告，反映广大党员群众的意见和要求，讨论并决定党的重大问题，选举新一届中央委员会和中央纪律检查委员会。每一位代表都要以强烈的政治责任感和历史使命感，以饱满的热情和昂扬的精神状态，认真参加各项议程，正确行使民主权利，依法按章办事，务实建言献策，为大会圆满成功做出应有贡献。大会之后，代表们要带头学习宣传党的二十大精神，积极引导党员群众把思想和行动统一到二十大精神上来，统一到贯彻落实党中央重大决策部署、扎实有效做好各项工作上来，切实发挥好代表作用。

同心向党盼盛会，奋楫扬帆启新程。我们坚信，在以习近平同志为核心的党中央坚强领导下，经过全体代表共同努力，党的二十大一定能开成一次团结的大会、胜利的大会、奋进的大会，为实现第二个百年奋斗目标、实现中华民族伟大复兴的中国梦汇聚起磅礴力量，把中国发展进步的命运牢牢掌握在自己手中，奋力谱写全面建设社会主义现代化国家崭新篇章！

（2022年09月26日　01版）

牢记“国之大者” 走生态优先绿色发展之路

高天流云，牧草如茵。走进祁连山南麓的木里矿区，曾经因非法开采留下的“累累伤疤”，通过种草复绿已基本完成植被覆盖。两年多来，通过采坑回填、渣山复绿、边坡治理等生态修复工程，木里矿区生态系统结构逐渐稳定、水源涵养能力明显提升，总体生态环境趋于好转。

青海是“三江之源”“中华水塔”，青海的生态环境保护关乎国家生态安全和民族永续发展。一段时间里，木里矿区非法采煤问题让高原生态遭受重创，广大群众倍感痛心。“保护好青海生态环境，是‘国之大者’。”习近平总书记多次就木里矿区问题作出重要指示批示，要求“发现问题就要扭住不放、一抓到底”“木里问题要抓好整改，不留尾巴、不留遗憾”。青海坚持以案为鉴，实现了从“懵了”到“醒了”再到“悟了”的转变，坚定了做“中华水塔”守护人的政治自觉，坚定了走生态优先、绿色发展之路的决心。坚持系统施治，聚焦木里矿区这个“点”，一以贯之抓整改整治；延伸祁连山南麓青海片区这条“线”，高标准完成了798个“问题图斑”整治任务；覆盖全省生态保护与修复这个“面”，加快打造青藏高原生态文明高地。坚持产业生态化、生态产业化，在以产业“四地”为主攻方向的绿色发展上迈出坚实步伐。事实充分表明：生态文明建设是关乎中华民族永续发展的根本大计，良好生态环境是最普惠的民生福祉，坚定不移地贯彻习近平生态文明思想是解决生态环境突出问题的重要政治钥匙。

加强生态文明建设，是贯彻新发展理念、推动经济社会高质量发展的必然要求，也是人民群众追求高品质生活的共识和呼声。木里矿区的绿色蝶变，是新时代我国生态文明建设的生动缩影，是走生态优先、绿色发展之路的实践写照。党的十八大以来，以习近平同志为核心的党中央以前所未有的力度抓生态文明建设，坚持“像保护眼睛一样保护生态环境，像对待生命一样对待生态环境”，从思想、法律、体制、组织、作风上全面发力，全方位、全地域、全过程加强生态环境保护，开展了一系列根本性、开创性、长远性工作，决心之大、力度之大、成效之大前所未有。经过不懈努力，全党全国推动绿色发展的自觉性和主动性显著增强，美丽中国建设迈出重大步伐，我国生态环境保护发生历史性、转折性、全局性变化。习近平总书记强调：“新发展阶段对生态文明建设提出了更高要求，必须下大气力推动绿色发展，努力引领世界发展潮流。”只要我们深入贯彻落实习近平生态文明思想，完整、准确、全面贯彻新发展理念，更加自觉地推进绿色发展、循环发展、低碳发展，坚持走生产发展、生活富裕、生态良好的文明发展道路，人与自然和谐共生的美丽中国图景必将不断展现在世人面前。

“治其本，朝令而夕从”。在木里矿区，非法采煤是“表”，管党治党不严是“本”。木里矿区非法采煤问题综合整治，之所以能够顺利开局、深入推进，深挖彻查背后的腐败问题、从严管党治党是祛病去根的关键所在。实践告诉我们，自然生态要山清水秀，政治生态必须风清气正，全面从严治党是解决生态环境突出问题的重要政治保证。各级党组织要以此为镜鉴，坚决扛起管党治党政治责任，持之以恒推进全面从严治党，把政治生态建设作为基础性、经常性工作抓好抓实。各级领导干部对“国之大者”要心中有数，关注党中央在关心什么、强调什么，深刻领会什么是党和国家最重要的利益、什么是最需要坚定维护的立场，深刻领悟“两个确立”的决定性意义，不断增强“四个意识”、坚定“四个自信”、做到“两个维护”，不断提高政治判断力、政治领悟力、政治执行力，坚决把党中央决策部署落到实处。

“建设生态文明，关系人民福祉，关乎民族未来。”新征程上，坚持以习近平生态文明思想为指引，胸怀“国之大者”，强化政治担当，践行绿水青山就是金山银山的理念，我们就一定能让中华大地天更蓝、山更绿、水更清、环境更优美，就一定能为子孙后代留下美丽家园，为中华民族赢得美好未来。

（2022 年 09 月 29 日　05 版）

以奋发有为的精神把新时代中国特色社会主义推向前进

——写在《党的十九大以来大事记》发表之际

由中共中央党史和文献研究院编写的《党的十九大以来大事记》今天在本报全文刊登。这是献给党的二十大的一份厚礼。

党的十九大以来的5年极不寻常、极不平凡。5年来，以习近平同志为核心的党中央统筹中华民族伟大复兴战略全局和世界百年未有之大变局，团结带领全党全军全国各族人民有效应对严峻复杂的国际形势和接踵而至的巨大风险挑战，以奋发有为的精神把新时代中国特色社会主义推向前进。实践充分证明：党确立习近平同志党中央的核心、全党的核心地位，确立习近平新时代中国特色社会主义思想的指导地位，反映了全党全军全国各族人民共同心愿，对新时代党和国家事业发展、对推进中华民族伟大复兴历史进程具有决定性意义。

《党的十九大以来大事记》详细记录了5年来以习近平同志为核心的党中央推进改革发展稳定、内政外交国防、治党治国治军的伟大实践以及提出的重大战略、作出的重大决策、部署的重大任务。我们坚持加强党的全面领导和党中央集中统一领导，全力推进全面建成小康社会进程，着力推动高质量发展，蹄疾步稳推进改革，扎实推进全过程人民民主，积极发展社会主义先进文化，突出保障和改善民生，集中力量实施脱贫攻坚战，大力推进生态文明建设，坚决维护国家安全，保持社会大局稳定，大力度推进国防和军队现代化建设，坚决维护台海和平稳定，全方位开展中国特色大国外交。隆重庆祝中国共产党成立100周年、中华人民共和国成立70周年，在全党开展党史学习教育。开展抗击疫情人民战争、总体战、阻击战，最大限度保护人民生命安全和身体健康，统筹疫情防控和经济发展取得世界上最好的成果。依照宪法和基本法有效实施对特别行政区的全面管治权，制定实施香港特别行政区维护国家安全法，牢牢把握香港大局。在斗争中维护国家尊严和核心利益，牢牢掌握我国发展和安全主动权。深入推进全面从严治党，持之以恒正风肃纪，一体推进不敢腐、不能腐、不想腐，为党和国家各项事业发展提供坚强政治保证。

从党的十八大开始，中国特色社会主义进入新时代。我们全面贯彻党的基本理论、基本路线、基本方略，采取一系列战略性举措，推进一系列变革性实践，实现一系列突破性进展，取得一系列标志性成果，攻克了许多长期没有解决的难题，办成了许多事关长远的大事要事，经受住了来自政治、经济、意识形态、自然界等方面的风险挑战考验，党和国家事业取得历史性成就、发生历史性变革。新时代的伟大变革，在党史、新中国史、改革开放史、社会主义发展史、中华民族发展史上具有里程碑意义。

旗帜指引方向，方向决定道路，道路决定命运。前进道路上，我们要高举中国特色社会主义伟大旗帜，坚持以习近平新时代中国特色社会主义思想为指导，深刻领悟“两个确立”的决定性意义，增强“四个意识”、坚定“四个自信”、做到“两个维护”，坚定历史自信、增强历史主动，踔厉奋发、勇毅前行、团结奋斗，不断开创新时代坚持和发展中国特色社会主义新局面，奋力谱写全面建设社会主义现代化国家的崭新篇章。

（2022年10月14日　02版）

牢记“三个务必” 坚定历史自信 增强历史主动

——论学习贯彻党的二十大精神

高举旗帜、凝聚力量、团结奋进，中国共产党第二十次全国代表大会为新时代新征程党和国家事业发展、实现第二个百年奋斗目标指明了前进方向、确立了行动指南。习近平总书记在党的二十大报告中郑重宣示：“从现在起，中国共产党的中心任务就是团结带领全国各族人民全面建成社会主义现代化强国、实现第二个百年奋斗目标，以中国式现代化全面推进中华民族伟大复兴。”

党的二十大在政治上、理论上、实践上取得了一系列重大成果。党的二十大报告阐明了大会的主题，这是大会的灵魂，是党和国家事业发展的总纲。报告从党和国家事业继往开来、中国特色社会主义前途命运、中华民族伟大复兴的战略高度，系统阐述了新时代坚持和发展中国特色社会主义的重大理论和实践问题，科学谋划了未来一个时期党和国家事业发展的目标任务和大政方针。党的二十大报告，是党和人民智慧的结晶，是党团结带领人民全面建设社会主义现代化国家、全面推进中华民族伟大复兴的政治宣言和行动纲领，是马克思主义的纲领性文献。党的二十大作出的各项决策部署、取得的各项成果，必将对全面建设社会主义现代化国家、全面推进中华民族伟大复兴，对夺取中国特色社会主义新胜利发挥十分重要的指导和保证作用。当前和今后一个时期全党全国的首要政治任务，就是认真学习宣传贯彻党的二十大精神。要在全面学习、全面把握、全面落实上下功夫，深刻领悟党的二十大关于党和国家事业发展大政方针和战略部署的历史逻辑、理论逻辑、实践逻辑，牢牢把握过去五年工作和新时代十年伟大变革的重大意义，牢牢把握习近平新时代中国特色社会主义思想的世界观和方法论，牢牢把握以中国式现代化全面推进中华民族伟大复兴的使命任务，牢牢把握以伟大自我革命引领伟大社会革命的重要要求，牢牢把握团结奋斗的时代要求，自觉用党的二十大精神统一思想和行动，心往一处想、劲往一处使，坚定不移把党的二十大提出的目标任务落到实处，奋力夺取全面建设社会主义现代化国家新胜利。

习近平总书记在党的二十大报告中强调：“全党同志务必不忘初心、牢记使命，务必谦虚谨慎、艰苦奋斗，务必敢于斗争、善于斗争，坚定历史自信，增强历史主动，谱写新时代中国特色社会主义更加绚丽的华章。”这一伟大号召，充分彰显了百年大党坚定的战略自信和高度的战略清醒，充分彰显了中国共产党人自警自励的政治智慧和求真务实的政治品格，充分体现了新时代中国共产党人强烈的历史自觉和责任担当，鼓舞和激励着全党全国各族人民牢记空谈误国、实干兴邦，坚定信心、同心同德，埋头苦干、奋勇前进，为全面建设社会主义现代化国家、全面推进中华民族伟大复兴而团结奋斗，在新时代新征程上展现新气象新作为。

中国共产党一经诞生，就把为中国人民谋幸福、为中华民族谋复兴确立为自己的初心使命。在百年奋斗历程中，党始终践行党的初心使命，团结带领全国各族人民书写了中华民族几千年历史上最恢宏的史诗，中华民族伟大复兴展现出前所未有的光明前景。前进道路上，我们要紧紧围绕新时代新征程中国共产党的使命任务，牢记中国共产党是什么、要干什么这个根本问题，坚定理想信念，坚守初心使命，坚持以人民为中心的发展思想，以咬定青山不放松的执着奋力实现既定目标，让现代化建设成果更多更公平惠及全体人民。

艰苦奋斗是我们党的政治本色和优良传统。一路走来，中国人民自力更生、艰苦奋斗，创造了举世瞩目的中国奇迹。党的十八大以来，以习近平同志为核心的党中央团结带领全党全国各族人民自信自强、守正创新、艰苦奋斗，创造了新时代中国特色社会主义的伟大成就，实现中华民族伟大复兴进入了不可逆转的历史进程。同时我们清醒认识到，完成脱贫攻坚、全面建成小康社会的历史任务，实现第一个百年奋斗目标，这只是迈向中华民族伟大复兴的关键一步，我们决不能骄傲自满、止步不前；全面建设社会主义现代化国家，是一项伟大而艰巨的事业，前途光明，任重道远。面对更加光荣的使命、更加艰巨的任务，全党必须继续谦虚谨慎、艰苦奋斗，全力办好自己的事，以“赶考”的清醒和坚定答好新时代的答卷。

敢于斗争、敢于胜利，是党和人民不可战胜的强大精神力量。党和人民取得的一切成就，都是通过斗争取得的。进入新时代，党和国家面临的形势之复杂、斗争之严峻、改革发展稳定任务之艰巨世所罕见、史所罕见。我们党紧紧依靠人民，有效应对严峻复杂的国际形势和接踵而至的巨大风险挑战，以奋发有为的精神把新时代中国特色社会主义不断推向前进，攻克了一个个看似不可攻克的难关险阻。我们党依靠斗争走到今天，也必然要依靠斗争赢得未来。新时代新征程上，增强忧患意识，坚持底线思维，发扬斗争精神，增强志气、骨气、底气，不信邪、不怕鬼、不怕压，知难而进、迎难而上，全力战胜前进道路上各种困难和挑战，我们就一定能够依靠顽强斗争打开事业发展新天地，把中国发展进步的命运牢牢掌握在自己手中。

在新的赶考之路上继续交出优异答卷，必须牢记“三个务必”，坚定历史自信，增强历史主动。百年来，我们党致力于为中国人民谋幸福、为中华民族谋复兴，致力于为人类谋进步、为世界谋大同，天下为公，人间正道，这是我们党具有历史自信的最大底气，是我们党在中国执政并长期执政的历史自信，也是我们党团结带领人民继续前进的历史自信。百年来，不管形势和任务如何变化，不管遇到什么样的狂风暴雨，我们党都始终把握历史主动、锚定奋斗目标，沿着正确方向坚定前行。实践告诉我们，拥有马克思主义科学理论指导是我们党坚定信仰信念、把握历史主动的根本所在。“两个确立”是党在新时代取得的重大政治成果，是推动党和国家事业取得历史性成就、发生历史性变革的决定性因素。新时代新征程上把中国特色社会主义事业推向前进，最紧要的是深刻领悟“两个确立”的决定性意义，增强“四个意识”、坚定“四个自信”、做到“两个维护”，自觉在思想上政治上行动上同以习近平同志为核心的党中央保持高度一致。前进道路上，以思想的力量激扬奋进的力量，以理论的主动把握历史的主动，踔厉奋发、勇毅前行、团结奋斗，我们才能铸就新的时代辉煌、创造新的历史伟业。

当代中国，江山壮丽，人民豪迈，前程远大。我们党立志于中华民族千秋伟业，致力于人类和平与发展崇高事业，责任无比重大，使命无上光荣。让我们更加紧密地团结在以习近平同志为核心的党中央周围，全面贯彻习近平新时代中国特色社会主义思想，弘扬伟大建党精神，牢记“三个务必”，坚定历史自信，增强历史主动，把党的二十大擘画的宏伟蓝图变为现实，在新时代新征程创造令世人刮目相看的新的更大奇迹！

（2022年10月27日　01版）

深刻把握新时代十年伟大变革的里程碑意义

——论学习贯彻党的二十大精神

“新时代的伟大成就是党和人民一道拼出来、干出来、奋斗出来的！”习近平总书记在党的二十大报告中回顾总结过去五年的工作和新时代十年的伟大变革，深刻指出：“新时代十年的伟大变革，在党史、新中国史、改革开放史、社会主义发展史、中华民族发展史上具有里程碑意义。”学习贯彻党的二十大精神，全面把握新时代十年伟大变革的深刻内涵和重大意义，必将进一步鼓舞和激励全党全国各族人民坚定历史自信，增强历史主动，在党的旗帜下团结成“一块坚硬的钢铁”，心往一处想、劲往一处使，为全面建设社会主义现代化国家、全面推进中华民族伟大复兴而团结奋斗。

过去五年和新时代以来的十年，在党和国家发展进程中极不寻常、极不平凡。这十年，有涉滩之险，有爬坡之艰，有闯关之难，我们遭遇的风险挑战风高浪急，有时甚至是惊涛骇浪，其复杂性严峻性前所未有。以习近平同志为核心的党中央审时度势、果敢抉择，锐意进取、攻坚克难，团结带领全党全军全国各族人民撸起袖子加油干、风雨无阻向前行，义无反顾进行具有许多新的历史特点的伟大斗争，攻克了一个个看似不可攻克的难关险阻，创造了一个个令人刮目相看的人间奇迹。党的二十大报告高度评价十年来我们经历的对党和人民事业具有重大现实意义和深远历史意义的三件大事，从十六个方面对新时代党和国家事业取得历史性成就、发生历史性变革进行了全面总结和精辟概括。我们要深刻认识到，这些成就，从理论上讲是原创性、突破性、开创性的，从制度上讲是创新性、系统性、整体性的，从实践上讲是根本性、战略性、长远性的。正是因为这些成就，坚持和发展中国特色社会主义有了更为坚实的物质基础、更为完善的制度保证，马克思主义的科学性和真理性在新时代的中国得到充分检验，社会主义的历史必然性、制度竞争力充分彰显出来。

历经新时代十年伟大变革，走过百年奋斗历程的中国共产党在革命性锻造中更加坚强有力，党的政治领导力、思想引领力、群众组织力、社会号召力显著增强；中国人民的前进动力更加强大、奋斗精神更加昂扬、必胜信念更加坚定，焕发出更为强烈的历史自觉和主动精神，中国共产党和中国人民正信心百倍推进中华民族从站起来、富起来到强起来的伟大飞跃；改革开放和社会主义现代化建设深入推进，书写了经济快速发展和社会长期稳定两大奇迹新篇章，完成了脱贫攻坚、全面建成小康社会的历史任务，实现了第一个百年奋斗目标，实现中华民族伟大复兴进入了不可逆转的历史进程；科学社会主义在二十一世纪的中国焕发出新的蓬勃生机，我们成功推进和拓展了中国式现代化，为人类实现现代化提供了新的选择，中国共产党和中国人民为解决人类面临的共同问题提供更多更好的中国智慧、中国方案、中国力量，为人类和平与发展崇高事业作出新的更大的贡献。我们要紧密联系党的十八大以来党和国家事业取得的历史性成就、发生的历史性变革，联系这些年来我们走过的极不寻常、极不平凡的历程，联系我们深化改革开放、推动高质量发展、有效应对重大风险挑战的具体实践，联系国际环境深刻变化，深刻感悟新时代十年伟大变革对党、对中国人民、对社会主义现代化建设、对科学社会主义在二十一世纪中国的发展的深远影响，坚定战略自信。

沧海横流显砥柱，万山磅礴看主峰。新时代十年的伟大变革，是在以习近平同志为核心的党中央坚强领导下、在习近平新时代中国特色社会主义思想指引下全党全国各族人民团结奋斗取得的。正是因为确立了习近平同志党中央的核心、全党的核心地位，确立了习近平新时代中国特色社会主义思想的指导地位，党才有力解决了影响党长期执政、国家长治久安、人民幸福安康的突出矛盾和问题，消除了党、国家、军队内部存在的严重隐患，从根本上确保实现中华民族伟大复兴进入了不可逆转的历史进程。“两个确立”是党在新时代取得的重大政治成果，是新时代引领党和国家事业从胜利走向新的胜利的政治保证，是战胜一切艰难险阻、应对一切不确定性的最大确定性、最大底气、最大保证。全党必须深刻领悟“两个确立”的决定性意义，提高政治判断力、政治领悟力、政治执行力，更加自觉地维护习近平总书记党中央的核心、全党的核心地位，更加自觉地维护以习近平同志为核心的党中央权威和集中统一领导，全面贯彻习近平新时代中国特色社会主义思想，坚定不移在思想上政治上行动上同以习近平同志为核心的党中央保持高度一致。

“新征程是充满光荣和梦想的远征。”习近平总书记在二十届中共中央政治局常委同中外记者见面时强调，“蓝图已经绘就，号角已经吹响。我们要踔厉奋发、勇毅前行，努力创造更加灿烂的明天。”现在，中国人民积极性、主动性、创造性进一步激发，志气、骨气、底气空前增强，党心军心民心昂扬振奋，正在满怀豪情书写着新时代中国发展的伟大历史。新的伟大征程上，在以习近平同志为核心的党中央坚强领导下，全面贯彻习近平新时代中国特色社会主义思想，深刻领悟“两个确立”的决定性意义，牢记“国之大者”，增强“四个意识”、坚定“四个自信”、做到“两个维护”，坚持中国特色社会主义道路、以中国式现代化全面推进中华民族伟大复兴，自信自强、守正创新、团结奋斗，我们一定能不断夺取全面建设社会主义现代化国家新胜利，谱写新时代中国特色社会主义更加绚丽的华章！

（2022年10月28日　02版）

开辟马克思主义中国化时代化新境界

——论学习贯彻党的二十大精神

“马克思主义是我们立党立国、兴党兴国的根本指导思想”，习近平总书记在党的二十大报告中深入阐述了开辟马克思主义中国化时代化新境界的重大问题，深刻指出“中国共产党为什么能，中国特色社会主义为什么好，归根到底是马克思主义行，是中国化时代化的马克思主义行”。

拥有马克思主义科学理论指导是我们党坚定信仰信念、把握历史主动的根本所在。回望百年奋斗历程，党之所以能够领导人民在一次次求索、一次次挫折、一次次开拓中完成中国其他各种政治力量不可能完成的艰巨任务，根本在于坚持马克思主义基本原理，坚持实事求是，从中国实际出发，洞察时代大势，把握历史主动，进行艰辛探索，不断推进马克思主义中国化时代化，指导中国人民不断推进伟大社会革命。我们党的历史，就是一部不断推进马克思主义中国化时代化的历史，就是一部不断推进理论创新、进行理论创造的历史。

“推进马克思主义中国化时代化是一个追求真理、揭示真理、笃行真理的过程。”党的十八大以来，面对国内外形势新变化和实践新要求，我们党勇于进行理论探索和创新，以全新的视野深化对共产党执政规律、社会主义建设规律、人类社会发展规律的认识，取得重大理论创新成果，集中体现为习近平新时代中国特色社会主义思想。习近平总书记对关系新时代党和国家事业发展、党治国理政的一系列重大理论和实践问题进行了深邃思考和科学判断，就新时代坚持和发展什么样的中国特色社会主义、怎样坚持和发展中国特色社会主义，建设什么样的社会主义现代化强国、怎样建设社会主义现代化强国，建设什么样的长期执政的马克思主义政党、怎样建设长期执政的马克思主义政党等重大时代课题，提出一系列原创性的治国理政新理念新思想新战略，是习近平新时代中国特色社会主义思想的主要创立者。新时代党和国家事业之所以能够取得历史性成就、发生历史性变革，根本在于习近平总书记作为党中央的核心、全党的核心掌舵领航，在于习近平新时代中国特色社会主义思想科学指引。党的十九大、十九届六中全会提出的“十个明确”、“十四个坚持”、“十三个方面成就”概括了这一思想的主要内容，必须长期坚持并不断丰富发展。

中国共产党人深刻认识到，只有把马克思主义基本原理同中国具体实际相结合、同中华优秀传统文化相结合，坚持运用辩证唯物主义和历史唯物主义，才能正确回答时代和实践提出的重大问题，才能始终保持马克思主义的蓬勃生机和旺盛活力。习近平新时代中国特色社会主义思想坚持解放思想、实事求是、与时俱进、求真务实，一切从实际出发，着眼解决新时代改革开放和社会主义现代化建设的实际问题，科学回答了中国之问、世界之问、人民之问、时代之问，作出了符合中国实际和时代要求的正确回答，有力指导了新时代中国的伟大实践。习近平新时代中国特色社会主义思想坚定历史自信、文化自信，坚持古为今用、推陈出新，把马克思主义思想精髓同中华优秀传统文化精华贯通起来、同人民群众日用而不觉的共同价值观念融通起来，赋予了科学理论鲜明的中国特色，夯实了马克思主义中国化时代化的历史基础和群众基础。习近平新时代中国特色社会主义思想是当代中国马克思主义、二十一世纪马克思主义，是中华文化和中国精神的时代精华，实现了马克思主义中国化时代化新的飞跃，开辟了马克思主义中国化时代化新境界，为新时代党和国家事业发展提供了根本遵循。在习近平新时代中国特色社会主义思想指引下，我们党团结带领全国各族人民创造了新时代的伟大成就，社会主义中国以更加雄伟的身姿屹立于世界东方，科学社会主义在二十一世纪的中国焕发出新的蓬勃生机。

不断谱写马克思主义中国化时代化新篇章，是当代中国共产党人的庄严历史责任。继续推进实践基础上的理论创新，首先要把握好习近平新时代中国特色社会主义思想的世界观和方法论，坚持好、运用好贯穿其中的立场观点方法。党的二十大报告强调，要坚持人民至上、坚持自信自立、坚持守正创新、坚持问题导向、坚持系统观念、坚持胸怀天下。必须深刻认识到，只有坚持人民至上，形成为人民所喜爱、所认同、所拥有的理论，才能使之成为指导人民认识世界和改造世界的强大思想武器；只有坚持自信自立，坚定道路自信、理论自信、制度自信、文化自信，才能以更加积极的历史担当和创造精神为发展马克思主义作出新的贡献；只有坚持守正创新，以科学的态度对待科学、以真理的精神追求真理，紧跟时代步伐，顺应实践发展，才能善于以新的理论指导新的实践；只有坚持问题导向，不断提出真正解决问题的新理念新思路新办法，才能回答并指导解决问题；只有坚持系统观念，不断提高战略思维、历史思维、辩证思维、系统思维、创新思维、法治思维、底线思维能力，才能为前瞻性思考、全局性谋划、整体性推进党和国家各项事业提供科学思想方法；只有坚持胸怀天下，推动建设更加美好的世界，才能更好肩负为人类谋进步、为世界谋大同的使命。学习贯彻党的二十大精神，就要全面把握习近平新时代中国特色社会主义思想的世界观、方法论和贯穿其中的立场观点方法，深刻领会“两个结合”、“六个坚持”，正确认识把握习近平新时代中国特色社会主义思想的精神实质，深刻领会党的创新理论的道理学理哲理，做到知其言更知其义、知其然更知其所以然，深刻领会在新时代新征程上必须坚持新时代党的创新理论和战略布局、战略举措不动摇，切实把习近平新时代中国特色社会主义思想贯彻落实到党和国家工作各方面全过程。

实践发展永无止境，推进马克思主义中国化时代化也永无止境。当代中国正在经历人类历史上最为宏大而独特的实践创新，改革发展稳定任务之重、矛盾风险挑战之多、治国理政考验之大都前所未有，世界百年未有之大变局深刻变化前所未有，提出了大量亟待回答的理论和实践课题。只要把坚持马克思主义和发展马克思主义统一起来，坚持用马克思主义之“矢”去射新时代中国之“的”，继续推进马克思主义基本原理同中国具体实际相结合、同中华优秀传统文化相结合，使马克思主义呈现出更多中国特色、中国风格、中国气派，我们就一定能够不断开辟马克思主义中国化时代化新境界，让马克思主义在中国大地上展现出更强大、更有说服力的真理力量。

（2022 年 10 月 29 日　03 版）

以中国式现代化全面推进中华民族伟大复兴

——论学习贯彻党的二十大精神

奋进新征程，扬帆再出发。“从现在起，中国共产党的中心任务就是团结带领全国各族人民全面建成社会主义现代化强国、实现第二个百年奋斗目标，以中国式现代化全面推进中华民族伟大复兴。”党的二十大全面把握党和国家事业发展新要求、人民群众新期待，明确提出了新时代新征程中国共产党的中心任务，发出了为全面建设社会主义现代化国家、全面推进中华民族伟大复兴而团结奋斗的动员令。

百年来，我们党团结带领人民所进行的一切奋斗，就是为了把我国建设成为现代化强国，实现中华民族伟大复兴。新中国成立不久，我们党就提出建设社会主义现代化国家的目标。从第一个五年计划到第十四个五年规划，一以贯之的主题是把我国建设成为社会主义现代化国家。特别是进入新时代以来，党对建设社会主义现代化国家在认识上不断深入、战略上不断成熟、实践上不断丰富，成功推进和拓展了中国式现代化。这十年，以习近平同志为核心的党中央对新时代党和国家事业发展作出科学完整的战略部署，提出实现中华民族伟大复兴的中国梦，以中国式现代化推进中华民族伟大复兴。这十年，我们坚持和发展中国特色社会主义，推动物质文明、政治文明、精神文明、社会文明、生态文明协调发展，不断丰富和发展人类文明新形态，迈上全面建设社会主义现代化国家新征程。今天，中国共产党和中国人民正信心百倍推进中华民族从站起来、富起来到强起来的伟大飞跃，实现中华民族伟大复兴进入了不可逆转的历史进程，科学社会主义在二十一世纪的中国焕发出新的蓬勃生机。实践充分证明，中国特色社会主义是党和人民历经千辛万苦、付出巨大代价取得的根本成就，是创造人民美好生活、实现中华民族伟大复兴的康庄大道。这条道路符合中国实际、反映中国人民意愿、适应时代发展要求，不仅走得对、走得通，而且走得稳、走得好。

习近平总书记在党的二十大报告中深刻阐述了中国式现代化的中国特色和本质要求。我们要深刻认识到，中国式现代化，是中国共产党领导的社会主义现代化，既有各国现代化的共同特征，更有基于自己国情的中国特色。这是人口规模巨大的现代化，我国十四亿多人口整体迈进现代化社会，规模超过现有发达国家人口的总和，艰巨性和复杂性前所未有，我们坚持稳中求进、循序渐进、持续推进；这是全体人民共同富裕的现代化，共同富裕是中国特色社会主义的本质要求，我们坚持把实现人民对美好生活的向往作为现代化建设的出发点和落脚点；这是物质文明和精神文明相协调的现代化，物质富足、精神富有是社会主义现代化的根本要求，我们不断促进物的全面丰富和人的全面发展；这是人与自然和谐共生的现代化，人与自然是生命共同体，我们坚定不移走生产发展、生活富裕、生态良好的文明发展道路；这是走和平发展道路的现代化，我国不走一些国家通过战争、殖民、掠夺等方式实现现代化的老路，我们在坚定维护世界和平与发展中谋求自身发展，又以自身发展更好维护世界和平与发展。实践表明，中国式现代化扎根中国大地，切合中国实际，体现了社会主义建设规律，体现了人类社会发展规律，为人类实现现代化提供了新的选择。前进道路上，我们要深刻把握中国式现代化的本质要求，坚持中国共产党领导，坚持中国特色社会主义，实现高质量发展，发展全过程人民民主，丰富人民精神世界，实现全体人民共同富裕，促进人与自然和谐共生，推动构建人类命运共同体，创造人类文明新形态，坚定不移以中国式现代化全面推进中华民族伟大复兴。

当前，世界百年未有之大变局加速演进，世界进入新的动荡变革期。前进道路上，准备经受风高浪急甚至惊涛骇浪的重大考验，必须牢牢把握坚持和加强党的全面领导、坚持中国特色社会主义道路、坚持以人民为中心的发展思想、坚持深化改革开放、坚持发扬斗争精神的重大原则。要深刻认识到，只有坚持和加强党的全面领导，使党始终成为风雨来袭时全体人民最可靠的主心骨，才能集聚起万众一心、共克时艰的磅礴力量；只有坚持中国特色社会主义道路，既不走封闭僵化的老路，也不走改旗易帜的邪路，才能把中国发展进步的命运牢牢掌握在自己手中；只有坚持以人民为中心的发展思想，才能让现代化建设成果更多更公平惠及全体人民；只有坚持深化改革开放，才能把我国制度优势更好转化为国家治理效能；只有坚持发扬斗争精神，知难而进、迎难而上，才能依靠顽强斗争打开事业发展新天地。学习贯彻党的二十大精神，要全面把握中国式现代化的中国特色、本质要求和必须牢牢把握的重大原则，深刻理解中国式现代化理论和全面建设社会主义现代化国家战略布局的关系，认识到前者是后者的理论支撑，从而深刻理解全面建设社会主义现代化国家战略布局的科学性和必然性，坚定不移把党的二十大提出的目标任务落到实处，奋力夺取全面建设社会主义现代化国家新胜利。

习近平总书记在二十届中共中央政治局常委同中外记者见面时强调：“全面建设社会主义现代化国家寄托着中华民族的夙愿和期盼，凝结着中国人民的奋斗和汗水。中国式现代化是中国共产党和中国人民长期实践探索的成果，是一项伟大而艰巨的事业。惟其艰巨，所以伟大；惟其艰巨，更显荣光。”为了这一事业，无数先辈筚路蓝缕、披荆斩棘，进行了艰苦卓绝的奋斗。现在，我们已经实现了第一个百年奋斗目标，正意气风发向第二个百年奋斗目标进军。党的二十大就新时代新征程党和国家事业发展制定了大政方针和战略部署，蓝图已经绘就，号角已经吹响。在以习近平同志为核心的党中央坚强领导下，全面贯彻习近平新时代中国特色社会主义思想，坚定志不改、道不变的决心，坚持中国特色社会主义道路、以中国式现代化全面推进中华民族伟大复兴，踔厉奋发、勇毅前行，我们一定能完成全面建设社会主义现代化国家的历史宏愿，创造无愧于党、无愧于人民、无愧于时代的新业绩，赢得更加伟大的胜利和荣光。

（2022年10月30日　01版）

不断夺取全面建设社会主义现代化国家新胜利

——论学习贯彻党的二十大精神

新时代画卷气吞山河，新征程篇章气势恢宏。在全党全国各族人民迈上全面建设社会主义现代化国家新征程、向第二个百年奋斗目标进军的关键时刻，党的二十大明确提出了新时代新征程中国共产党的使命任务，对全面建设社会主义现代化国家、全面推进中华民族伟大复兴进行了战略谋划，对统筹推进“五位一体”总体布局、协调推进“四个全面”战略布局作出了全面部署。习近平总书记在党的二十大报告中强调：“全党必须坚定信心、锐意进取，主动识变应变求变，主动防范化解风险，不断夺取全面建设社会主义现代化国家新胜利！”

全面建成社会主义现代化强国，总的战略安排是分两步走：从2020年到2035年基本实现社会主义现代化；从2035年到本世纪中叶把我国建成富强民主文明和谐美丽的社会主义现代化强国。党的二十大对全面建成社会主义现代化强国两步走战略安排进行宏观展望，确定了到2035年我国发展的总体目标和未来5年的主要目标任务。未来5年是全面建设社会主义现代化国家开局起步的关键时期，搞好这5年的发展对于实现第二个百年奋斗目标至关重要。学习贯彻党的二十大精神，就要深刻理解党的二十大对全面建设社会主义现代化国家作出的战略部署，切实把思想和行动统一到党中央精神上来。

全面建设社会主义现代化国家，高质量发展是首要任务，必须完整、准确、全面贯彻新发展理念，加快构建新发展格局，着力推动高质量发展。教育、科技、人才是全面建设社会主义现代化国家的基础性、战略性支撑，必须坚持科技是第一生产力、人才是第一资源、创新是第一动力，强化现代化建设人才支撑。人民民主是社会主义的生命，是全面建设社会主义现代化国家的应有之义，必须坚定不移走中国特色社会主义政治发展道路，发展全过程人民民主，保障人民当家作主。全面依法治国是国家治理的一场深刻革命，必须更好发挥法治固根本、稳预期、利长远的保障作用，在法治轨道上全面建设社会主义现代化国家。文化自信是一个国家、一个民族发展中最基本、最深沉、最持久的力量，必须坚持中国特色社会主义文化发展道路，增强实现中华民族伟大复兴的精神力量。江山就是人民，人民就是江山，必须坚持以人民为中心的发展思想，让现代化建设成果更多更公平惠及全体人民。尊重自然、顺应自然、保护自然是全面建设社会主义现代化国家的内在要求，必须牢固树立和践行绿水青山就是金山银山的理念，推动绿色发展，促进人与自然和谐共生。国家安全是民族复兴的根基，社会稳定是国家强盛的前提，必须坚定不移贯彻总体国家安全观，把维护国家安全贯穿党和国家工作各方面全过程，确保国家安全和社会稳定。如期实现建军一百年奋斗目标，加快把人民军队建成世界一流军队，是全面建设社会主义现代化国家的战略要求，必须贯彻新时代党的强军思想，贯彻新时代军事战略方针，坚持党对人民军队的绝对领导，有效履行新时代人民军队使命任务。“一国两制”是中国特色社会主义的伟大创举，必须长期坚持，坚定不移推进祖国统一大业。我们要全面把握党的二十大作出的各项战略部署，紧密联系我国发展面临的新的战略机遇、新的战略任务、新的战略阶段、新的战略要求、新的战略环境，深刻认识实现全面建设社会主义现代化国家各项目标任务的艰巨性和复杂性，增强贯彻落实的自觉性和坚定性。

空谈误国、实干兴邦，一分部署、九分落实。学习贯彻党的二十大精神，要在全面落实上下功夫，坚定不移把党的二十大提出的目标任务落到实处，不断夺取全面建设社会主义现代化国家新胜利。习近平总书记在二十届中共中央政治局第一次集体学习时强调："贯彻落实党的二十大精神要有计划、有部署，在把握总目标、总方向、总要求的前提下，对各项目标和任务进行细化，有针对性地拿出落实的具体方案，制定明确的时间表、施工图，扎扎实实向前推进。"党的二十大确定的目标任务有近期的，有中期的，也有长期的，要分清轻重缓急，既要全面推进，又要突出重点；既要狠抓当前，又要着眼长远，多办打基础、利长远的事，防止搞形式主义、官僚主义。各地区各部门要结合自身实际，把党中央提出的战略部署转化为本地区本部门的工作任务。要牢固树立全国一盘棋思想，谋划和推动本地区本部门工作要以贯彻党中央决策部署为前提，创造性开展工作，做到既为一域增光、又为全局添彩。各级领导干部要务必不忘初心、牢记使命，务必谦虚谨慎、艰苦奋斗，务必敢于斗争、善于斗争，担当作为、求真务实，把各项工作抓紧抓好，让人民群众看到学习贯彻党的二十大精神的实际成效。

"大鹏一日同风起，扶摇直上九万里。"新征程是充满光荣和梦想的远征，党的二十大已经绘就了宏伟蓝图、吹响了前进号角。让我们更加紧密地团结在以习近平同志为核心的党中央周围，全面贯彻习近平新时代中国特色社会主义思想，深刻领悟"两个确立"的决定性意义，牢记

“国之大者”，增强“四个意识”、坚定“四个自信”、做到“两个维护”，以昂扬的精神状态、务实的工作作风贯彻落实党的二十大精神，努力在新征程上开创党和国家事业发展新局面，奋力谱写全面建设社会主义现代化国家新篇章。

（2022年10月31日　01版）

同世界人民携手开创人类更加美好的未来

——论学习贯彻党的二十大精神

“立志于中华民族千秋伟业，致力于人类和平与发展崇高事业”，在党的二十大报告中，习近平总书记深刻指明我们党的责任与使命，强调“中国始终坚持维护世界和平、促进共同发展的外交政策宗旨，致力于推动构建人类命运共同体”，郑重宣示：“中国人民愿同世界人民携手开创人类更加美好的未来！”

百年来，中国共产党既为中国人民谋幸福、为中华民族谋复兴，也为人类谋进步、为世界谋大同，以自强不息的奋斗深刻改变了世界发展的趋势和格局。特别是党的十八大以来，我们全面推进中国特色大国外交，推动构建人类命运共同体，坚定维护国际公平正义，倡导践行真正的多边主义，旗帜鲜明反对一切霸权主义和强权政治，毫不动摇反对任何单边主义、保护主义、霸凌行径；我们完善外交总体布局，积极建设覆盖全球的伙伴关系网络，推动构建新型国际关系；我们展现负责任大国担当，积极参与全球治理体系改革和建设，全面开展抗击新冠肺炎疫情国际合作，赢得广泛国际赞誉。这十年，我国外交在世界大变局中开创新局、在世界乱局中化危为机，我国国际影响力、感召力、塑造力显著提升，构建人类命运共同体成为引领时代潮流和人类前进方向的鲜明旗帜。我国外交之所以能够在复杂严峻的国际形势中攻坚克难、砥砺前行，取得全方位、开创性历史成就，根本在于习近平总书记掌舵领航，根本在于习近平新时代中国特色社会主义思想特别是习近平外交思想科学指引。

当前，世界之变、时代之变、历史之变正以前所未有的方式展开。一方面，和平、发展、合作、共赢的历史潮流不可阻挡，人心所向、大势所趋决定了人类前途终归光明。另一方面，恃强凌弱、巧取豪夺、零和博弈等霸权霸道霸凌行径危害深重，和平赤字、发展赤字、安全赤字、治理赤字加重，人类社会面临前所未有的挑战。习近平总书记在党的二十大报告中深入分析国际形势，鲜明指出："世界又一次站在历史的十字路口，何去何从取决于各国人民的抉择。"如何回答时代课题，作出正确的历史抉择，关乎各国利益，关乎人类前途命运。

大道之行，天下为公。中国共产党坚持胸怀天下，始终以世界眼光关注人类前途命运，从人类发展大潮流、世界变化大格局、中国发展大历史正确认识和处理同外部世界的关系，坚持开放、不搞封闭，坚持互利共赢、不搞零和博弈，坚持主持公道、伸张正义，站在历史正确的一边，站在人类进步的一边。中国坚定奉行独立自主的和平外交政策，始终根据事情本身的是非曲直决定自己的立场和政策，维护国际关系基本准则，维护国际公平正义。中国坚持在和平共处五项原则基础上同各国发展友好合作，推动构建新型国际关系，深化拓展平等、开放、合作的全球伙伴关系，致力于扩大同各国利益的汇合点。中国坚持对外开放的基本国策，坚定奉行互利共赢的开放战略，不断以中国新发展为世界提供新机遇，推动建设开放型世界经济，更好惠及各国人民。中国积极参与全球治理体系改革和建设，践行共商共建共享的全球治理观，坚持真正的多边主义，推进国际关系民主化，推动全球治理朝着更加公正合理的方向发展。在二十届中共中央政治局常委同中外记者见面时，习近平总书记强调："我们将同各国人民一道，弘扬和平、发展、公平、正义、民主、自由的全人类共同价值，维护世界和平、促进世界发展，持续推动构建人类命运共同体。”前进道路上，只要我们坚持和平发展道路，既通过维护世界和平发展自己，又通过自身发展维护世界和平，同世界上一切进步力量携手前进，不依附别人，不掠夺别人，永远不称霸，就一定能够不断为人类文明进步贡献智慧和力量，同世界各国人民一道，推动历史车轮向着光明的前途前进。

构建人类命运共同体是世界各国人民前途所在。只要共行天下大道，各国就能够和睦相处、合作共赢，携手创造世界的美好未来。中国提出了全球发展倡议、全球安全倡议，愿同国际社会一道努力落实。中国坚持对话协商，推动建设一个持久和平的世界；坚持共建共享，推动建设一个普遍安全的世界；坚持合作共赢，推动建设一个共同繁荣的世界；坚持交流互鉴，推动建设一个开放包容的世界；坚持绿色低碳，推动建设一个清洁美丽的世界。习近平总书记在党的二十大报告中强调：“我们真诚呼吁，世界各国弘扬和平、发展、公平、正义、民主、自由的全人类共同价值，促进各国人民相知相亲，尊重世界文明多样性，以文明交流超越文明隔阂、文明互鉴超越文明冲突、文明共存超越文明优越，共同应对各种全球性挑战。”

我们所处的是一个充满挑战的时代，也是一个充满希望的时代。在历史前进的逻辑中前进、在时代发展的潮流中发展，世界各国携手同心、行而不辍，加强团结合作，共同坐上新时代的“诺亚方舟”，就一定能汇聚起合作共赢的磅礴伟力，战胜前进道路上的各种挑战，开创人类更加美好的未来。

（2022年11月01日　03版）

以党的自我革命引领社会革命

——论学习贯彻党的二十大精神

“全面建设社会主义现代化国家、全面推进中华民族伟大复兴，关键在党。”习近平总书记在党的二十大报告中强调，“全党必须牢记，全面从严治党永远在路上，党的自我革命永远在路上，决不能有松劲歇脚、疲劳厌战的情绪，必须持之以恒推进全面从严治党，深入推进新时代党的建设新的伟大工程，以党的自我革命引领社会革命。”

全面从严治党是新时代党的自我革命的伟大实践，开辟了百年大党自我革命的新境界。党的十八大以来，以习近平同志为核心的党中央以前所未有的勇气和定力深入推进全面从严治党，以“得罪千百人、不负十四亿”的使命担当推进史无前例的反腐败斗争，打出一套自我革命的“组合拳”。“十年磨一剑”，全面从严治党取得了历史性、开创性成就，产生了全方位、深层次影响，刹住了一些多年未刹住的歪风邪气，解决了许多长期没有解决的顽瘴痼疾，消除了党、国家、军队内部存在的严重隐患，自我净化、自我完善、自我革新、自我提高能力显著增强，管党治党宽松软状况得到根本扭转，风清气正的党内政治生态不断形成和发展。经过不懈努力，党找到了自我革命这一跳出治乱兴衰历史周期率的第二个答案，赢得了保持同人民群众的血肉联系、人民衷心拥护的历史主动，赢得了全党高度团结统一、走在时代前列、带领人民实现中华民族伟大复兴的历史主动。回望百年奋斗历程，党外靠发展人民民主、接受人民监督，内靠全面从严治党、推进自我革命，勇于坚持真理、修正错误，勇于刀刃向内、刮骨疗毒，保证了党长盛不衰、不断发展壮大。

一个饱经沧桑而初心不改的党，才能基业常青；一个铸就辉煌仍勇于自我革命的党，才能无坚不摧。勇于自我革命是党百年奋斗培育的鲜明品格，也是党最大的优势。百年风霜雪雨、百年大浪淘沙，我们党能够战胜一个又一个困难，取得一个又一个胜利，关键在于始终坚持党要管党、全面从严治党不放松，在推动社会革命的同时进行彻底的自我革命。党的二十大报告指出："我们党作为世界上最大的马克思主义执政党，要始终赢得人民拥护、巩固长期执政地位，必须时刻保持解决大党独有难题的清醒和坚定。"经过十八大以来全面从严治党，我们解决了党内许多突出问题，但党面临的"四大考验"将长期存在，"四种危险"将长期存在。在新的历史条件下，要永葆党的马克思主义政党本色，关键还得靠我们党自己。在二十届中共中央政治局常委同中外记者见面时，习近平总书记郑重宣示"新征程上，我们要始终推进党的自我革命"，强调："面对新征程上的新挑战新考验，我们必须高度警省，永远保持赶考的清醒和谨慎，驰而不息推进全面从严治党，使百年大党在自我革命中不断焕发蓬勃生机，始终成为中国人民最可靠、最坚强的主心骨。"

"打铁必须自身硬"。办好中国的事情，关键在党、关键在全面从严治党。全面从严治党是党永葆生机活力、走好新的赶考之路的必由之路。党的二十大作出坚定不移全面从严治党、深入推进新时代党的建设新的伟大工程的重大部署。我们要把思想和行动统一到党的二十大精神上来，认真贯彻落实新时代党的建设总要求，健全全面从严治党体系，全面推进党的自我净化、自我完善、自我革新、自我提高，坚持和加强党中央集中统一领导，坚持不懈用习近平新时代中国特色社会主义思想凝心铸魂，完善党的自我革命制度规范体系，建设堪当民族复兴重任的高素质干部队伍，增强党组织政治功能和组织功能，坚持以严的基调强化正风肃纪，坚决打赢反腐败斗争攻坚战持久战。前进道路上，只要大力弘扬伟大建党精神，不忘初心使命，勇于自我革命，不断清除一切损害党的先进性和纯洁性的有害因素，不断清除一切侵蚀党的健康肌体的病原体，我们就一定能够确保党永远不变质、不变色、不变味，确保党在新时代坚持和发展中国特色社会主义的历史进程中始终成为坚强领导核心。

百年栉风沐雨、淬火成钢，特别是新时代十年革命性锻造，中国共产党更加坚强有力、更加充满活力，党的政治领导力、思想引领力、群众组织力、社会号召力显著增强，正领导中国人民在中国特色社会主义道路上不可逆转地走向中华民族伟大复兴。新的伟大征程上，让我们更加紧密地团结在以习近平同志为核心的党中央周围，全面贯彻习近平新时代中国特色社会主义思想，深刻领悟“两个确立”的决定性意义，增强“四个意识”、坚定“四个自信”、做到“两个维护”，以党的自我革命引领社会革命，以中国式现代化全面推进中华民族伟大复兴，奋力夺取全面建设社会主义现代化国家新胜利，谱写新时代中国特色社会主义更加绚丽的华章。

（2022年11月02日　01版）

倍加珍惜始终坚持“五个必由之路”

——论学习贯彻党的二十大精神

“时代呼唤着我们，人民期待着我们，唯有矢志不渝、笃行不怠，方能不负时代、不负人民。”党的二十大制定了当前和今后一个时期党和国家的大政方针，描绘了以中国式现代化全面推进中华民族伟大复兴的宏伟蓝图。习近平总书记在党的二十大报告中要求全党必须牢记“五个必由之路”，强调“这是我们在长期实践中得出的至关紧要的规律性认识，必须倍加珍惜、始终坚持，咬定青山不放松，引领和保障中国特色社会主义巍巍巨轮乘风破浪、行稳致远”。

新时代以来的十年，在党和国家发展进程中极不寻常、极不平凡。面对影响党长期执政、国家长治久安、人民幸福安康的突出矛盾和问题，以习近平同志为核心的党中央团结带领全党全军全国各族人民义无反顾进行具有许多新的历史特点的伟大斗争，创造了新时代的伟大成就，推动我国迈上全面建设社会主义现代化国家新征程。

十年砥砺奋进，我们全面加强党的领导，坚持党中央集中统一领导是最高政治原则，确保党中央权威和集中统一领导，确保党发挥总揽全局、协调各方的领导核心作用，党的政治领导力、思想引领力、群众组织力、社会号召力显著增强，科学社会主义在二十一世纪的中国焕发出新的蓬勃生机，在世界上高高举起了中国特色社会主义伟大旗帜。实践充分表明：坚持党的全面领导是坚持和发展中国特色社会主义的必由之路。

十年砥砺奋进，我们坚持和发展中国特色社会主义，推动物质文明、政治文明、精神文明、社会文明、生态文明协调发展，成功推进和拓展了中国式现代化，不断丰富和发展了人类文明新形态，为人类实现现代化提供了新的选择，实现中华民族伟大复兴进入了不可逆转的历史进程。实践充分表明：中国特色社会主义是实现中华民族伟大复兴的必由之路。

十年砥砺奋进，我们稳经济、促发展，战贫困、建小康，控疫情、抗大灾，应变局、化危机，攻克了一个个看似不可攻克的难关险阻，创造了一个个令人刮目相看的人间奇迹，中国人民的前进动力更加强大、奋斗精神更加昂扬、必胜信念更加坚定，焕发出更为强烈的历史自觉和主动精神。实践充分表明：团结奋斗是中国人民创造历史伟业的必由之路。

十年砥砺奋进，我们提出并贯彻新发展理念，着力推进高质量发展，推动构建新发展格局，实施供给侧结构性改革，制定一系列具有全局性意义的区域重大战略，我国经济实力实现历史性跃升，书写了经济快速发展和社会长期稳定两大奇迹新篇章，我国发展具备了更为坚实的物质基础、更为完善的制度保证。实践充分表明：贯彻新发展理念是新时代我国发展壮大的必由之路。

十年砥砺奋进，我们以“十年磨一剑”的定力推进全面从严治党，以“得罪千百人、不负十四亿”的使命担当推进史无前例的反腐败斗争，打出一套自我革命的“组合拳”，党找到了自我革命这一跳出治乱兴衰历史周期率的第二个答案，自我净化、自我完善、自我革新、自我提高能力显著增强，管党治党宽松软状况得到根本扭转，党在革命性锻造中更加坚强有力、更加充满活力。实践充分表明：全面从严治党是党永葆生机活力、走好新的赶考之路的必由之路。

“五个必由之路”这一至关紧要的规律性认识，是我们党团结带领人民在长期奋斗实践中得出的，是对共产党执政规律、社会主义建设规律、人类社会发展规律认识的进一步深化。回顾新时代党和人民的奋进历程，正是始终坚持“五个必由之路”，党和国家事业才取得历史性成就、发生历史性变革。在新时代新征程上把握历史主动、赢得更加伟大的胜利和荣光，必须倍加珍惜、始终坚持“五个必由之路”。要深刻认识到，只有坚持和加强党的全面领导，把党的领导落实到党和国家事业各领域各方面各环节，才能确保我国社会主义现代化建设正确方向；只有坚持中国特色社会主义道路，坚持道不变、志不改，把国家和民族发展放在自己力量的基点上，才能把中国发展进步的命运牢牢掌握在自己手中；只有牢牢把握团结奋斗的时代要求，在党的旗帜下团结成“一块坚硬的钢铁”，心往一处想、劲往一处使，才能形成同心共圆中国梦的强大合力；只有完整、准确、全面贯彻新发展理念，实现更高质量、更有效率、更加公平、更可持续、更为安全的发展，才能为全面建成社会主义现代化强国提供更为坚实的物质技术基础；只有持之以恒推进全面从严治党，以党的自我革命引领社会革命，才能使我们党始终成为中国特色社会主义事业的坚强领导核心。

当前，世界百年未有之大变局加速演进，我国发展进入战略机遇和风险挑战并存、不确定难预料因素增多的时期。前进道路上，面对风高浪急甚至惊涛骇浪的重大考验，只要坚定不移坚持党的全面领导、维护党中央权威和集中统一领导，使党始终成为风雨来袭时全体人民最可靠的主心骨，我们就一定能确保拥有团结奋斗的强大政治凝聚力、发展自信心，集聚起万众一心、共克时艰的磅礴力量；只要始终不渝走中国特色社会主义道路，坚持以人民为中心的发展思想，让现代化建设成果更多更公平惠及全体人民，我们就一定能够不断实现人民对美好生活的向往，不断推进全体人民共同富裕；只要在党的领导下全国各族人民团结一心、众志成城，敢于斗争、善于斗争，增强志气、骨气、底气，全力战胜前进道路上各种困难和挑战，我们就一定能够依靠顽强斗争打开事业发展新天地，在新时代新征程创造令世人刮目相看的新的更大奇迹；只要完整、准确、全面贯彻新发展理念，加快构建新发展格局，推动高质量发展，加快实现高水平科技自立自强，我们就一定能够不断提高我国发展的竞争力和持续力，在日趋激烈的国际竞争中把握主动、赢得未来；只要大力弘扬伟大建党精神，坚守初心使命，勇于自我革命，不断清除一切损害党的先进性和纯洁性的有害因素，不断清除一切侵蚀党的健康肌体的病原体，我们就一定能够使百年大党不断焕发蓬勃生机，确保党永远不变质、不变色、不变味。

走过百年奋斗历程，中国共产党又踏上了新的赶考之路。新征程是充满光荣和梦想的远征，无论风云如何变幻，无论挑战如何严峻，全党同志务必不忘初心、牢记使命，务必谦虚谨慎、艰苦奋斗，务必敢于斗争、善于斗争，坚定不移做好自己的事情，以咬定青山不放松的执着奋力实现既定目标。让我们更加紧密地团结在以习近平同志为核心的党中央周围，全面贯彻习近平新时代中国特色社会主义思想，深刻领悟“两个确立”的决定性意义，增强“四个意识”、坚定“四个自信”、做到“两个维护”，始终坚持“五个必由之路”，踔厉奋发、勇毅前行、团结奋斗，不断谱写新时代中国特色社会主义新篇章，奋力实现中华民族伟大复兴的中国梦！

（2022年11月03日　03版）

形成同心共圆中国梦的强大合力

——论学习贯彻党的二十大精神

“团结就是力量，团结才能胜利。”在党的二十大报告中，习近平总书记特别强调“全面建设社会主义现代化国家，必须充分发挥亿万人民的创造伟力”，要求“不断巩固全国各族人民大团结，加强海内外中华儿女大团结，形成同心共圆中国梦的强大合力”，号召“为全面建设社会主义现代化国家、全面推进中华民族伟大复兴而团结奋斗”。学习贯彻党的二十大精神，要牢牢把握团结奋斗的时代要求，心往一处想、劲往一处使，让中华民族伟大复兴号巨轮乘风破浪、扬帆远航。

中国人民是具有伟大团结精神的人民。在百年奋斗历程中，中国共产党始终坚持大团结大联合，团结一切可以团结的力量，调动一切可以调动的积极因素，最大限度凝聚起共同奋斗的力量，带领中国人民在中华民族发展史和人类社会进步史上写下了壮丽篇章。百年来，党和人民取得的一切成就都是团结奋斗的结果，团结奋斗是中国共产党和中国人民最显著的精神标识。特别是进入新时代，党和国家面临的形势之复杂、斗争之严峻、改革发展稳定任务之艰巨世所罕见、史所罕见。十年来，我们经受住来自政治、经济、意识形态、自然界等方面的风险挑战考验，党和国家事业实现一系列突破性进展，取得一系列标志性成果。新时代十年的伟大变革，是在以习近平同志为核心的党中央坚强领导下、在习近平新时代中国特色社会主义思想指引下全党全国各族人民团结奋斗取得的。十年来，党中央权威和集中统一领导得到有力保证，党总揽全局、协调各方的领导核心作用得到进一步发挥，全党思想上更加统一、政治上更加团结、行动上更加一致，党的政治领导力、思想引领力、群众组织力、社会号召力显著增强，党始终成为风雨来袭时全体人民最可靠的主心骨，为沉着应对各种重大风险挑战提供了根本政治保证。在中国共产党的坚强领导下，中国人民更加自信、自立、自强，积极性、主动性、创造性进一步激发，志气、骨气、底气空前增强，党心军心民心昂扬振奋，我国发展具备了更为坚实的物质基础、更为完善的制度保证，实现中华民族伟大复兴进入了不可逆转的历史进程。新时代党和人民的奋进历程让我们更加深刻地认识到：团结奋斗是中国人民在党的领导下创造历史伟业的必由之路。

围绕明确奋斗目标形成的团结是最牢固的团结，依靠紧密团结进行的奋斗是最有力的奋斗。党的二十大就新时代新征程党和国家事业发展制定了大政方针和战略部署，确定了到2035年我国发展的总体目标和未来5年的主要目标任务，擘画了以中国式现代化全面推进中华民族伟大复兴的宏伟蓝图。在新征程上向着新的奋斗目标出发，准备经受风高浪急甚至惊涛骇浪的重大考验，坚定不移把党的二十大提出的目标任务落到实处，我们要更加深刻地认识到：党的团结统一是党和人民前途和命运所系，是全国各族人民根本利益所在，任何时候任何情况下都不能含糊、不能动摇；全党全国各族人民只有在党的旗帜下团结成“一块坚硬的钢铁”，万众一心、众志成城，才能汇聚起实现民族复兴的磅礴伟力。我们要深刻领悟“两个确立”的决定性意义，更加自觉地维护习近平总书记党中央的核心、全党的核心地位，更加自觉地维护以习近平同志为核心的党中央权威和集中统一领导，全面贯彻习近平新时代中国特色社会主义思想，坚定不移在思想上政治上行动上同以习近平同志为核心的党中央保持高度一致，确保我国社会主义现代化建设正确方向，确保全党全国拥有团结奋斗的强大政治凝聚力、发展自信心，集聚起守正创新、共克时艰的强大力量。

在二十届中共中央政治局常委同中外记者见面时，习近平总书记强调："新征程上，我们要始终坚持一切为了人民、一切依靠人民。"人民是历史的创造者，是决定党和国家前途命运的根本力量。一路走来，我们党紧紧依靠人民交出了一份又一份载入史册的答卷。前进道路上，无论是风高浪急还是惊涛骇浪，人民永远是我们党最坚实的依托、最强大的底气。全党要坚持全心全意为人民服务的根本宗旨，坚持以人民为中心的发展思想，树牢群众观点，贯彻群众路线，尊重人民首创精神，坚持一切为了人民、一切依靠人民，从群众中来、到群众中去，始终保持同人民群众的血肉联系，始终接受人民批评和监督，始终同人民同呼吸、共命运、心连心，想人民之所想，行人民之所嘱，不断把人民对美好生活的向往变为现实。实现中华民族伟大复兴的中国梦，需要广泛汇聚团结奋斗的正能量。要最大限度把各阶层各方面的智慧和力量凝聚起来，最大限度把全社会全民族的积极性、主动性、创造性发挥出来，共同为全面建设社会主义现代化国家、全面推进中华民族伟大复兴而奋斗。只要我们不断巩固和发展各民族大团结、全国人民大团结、全体中华儿女大团结，铸牢中华民族共同体意识，动员全体中华儿女围绕实现中华民族伟大复兴中国梦一起来想、一起来干，就一定能够形成同心共圆中国梦的强大合力。

团结是铁，团结是钢，团结就是力量。团结是中国人民和中华民族战胜前进道路上一切风险挑战、不断从胜利走向新的胜利的重要保证。全面建成社会主义现代化强国，总的战略安排是分两步走：从2020年到2035年基本实现社会主义现代化；从2035年到本世纪中叶把我国建成富强民主文明和谐美丽的社会主义现代化强国。这是中国人民和中华民族奋进新征程、书写中华文明新的辉煌篇章的伟大时代！中国人民的每一分子，中华民族的每一分子，都应该为处在这样一个伟大时代感到骄傲、感到自豪！新的伟大征程上，在以习近平同志为核心的党中央坚强领导下，坚定历史自信，增强历史主动，保持战略定力，团结一心、艰苦奋斗，风雨无阻向前行，我们一定能谱写新时代中国特色社会主义更加绚丽的华章，在人类的伟大时间历史中创造中华民族的伟大历史时间！

（2022年11月04日　01版）

用新的伟大奋斗创造新的伟业

——论学习贯彻党的二十大精神

“党用伟大奋斗创造了百年伟业，也一定能用新的伟大奋斗创造新的伟业。”党的二十大描绘了以中国式现代化全面推进中华民族伟大复兴的宏伟蓝图，大会号召全党全军全国各族人民紧密团结在以习近平同志为核心的党中央周围，牢记空谈误国、实干兴邦，坚定信心、同心同德，埋头苦干、奋勇前进，为全面建设社会主义现代化国家、全面推进中华民族伟大复兴而团结奋斗。

十年砥砺奋进，绘写壮美画卷。十年来，面对前所未有的风险挑战，以习近平同志为核心的党中央团结带领全党全军全国各族人民撸起袖子加油干、风雨无阻向前行，义无反顾进行具有许多新的历史特点的伟大斗争，创造了新时代的伟大成就。这十年，我们打赢了人类历史上规模最大的脱贫攻坚战，历史性地解决了绝对贫困问题，实现了小康这个中华民族的千年梦想；国内生产总值从54万亿元增长到114万亿元，我国经济总量占世界经济的比重达18.5%，提高7.2个百分点，经济实力实现历史性跃升；建成世界上规模最大的教育体系、社会保障体系、医疗卫生体系，人民生活全方位改善；生态环境保护发生历史性、转折性、全局性变化，我们的祖国天更蓝、山更绿、水更清……在党的二十大报告中，习近平总书记深刻指出：“新时代的伟大成就是党和人民一道拼出来、干出来、奋斗出来的！”新时代十年的伟大变革，在党史、新中国史、改革开放史、社会主义发展史、中华民族发展史上具有里程碑意义，对党、对中国人民、对社会主义现代化建设、对科学社会主义在21世纪中国的发展具有深远影响。

回望百年奋斗历程，我们党团结带领中国人民取得了新民主主义革命、社会主义革命和建设、改革开放和社会主义现代化建设的伟大胜利，开创了中国特色社会主义新时代。今天，中国人民焕发出更为强烈的历史自觉和主动精神，中国共产党和中国人民正信心百倍推进中华民族从站起来、富起来到强起来的伟大飞跃。对百年奋斗历史最好的致敬，是书写新的奋斗历史。前进道路上，我们深知中华民族伟大复兴不是轻轻松松、敲锣打鼓就能实现的，必须准备付出更为艰巨、更为艰苦的努力。全党同志要牢牢把握新时代新征程党的中心任务，务必不忘初心、牢记使命，务必谦虚谨慎、艰苦奋斗，务必敢于斗争、善于斗争，坚定历史自信，增强历史主动，求真务实、真抓实干，团结带领亿万人民以咬定青山不放松的执着奋力实现既定目标，以行百里者半九十的清醒不懈推进中华民族伟大复兴。

用新的伟大奋斗创造新的伟业，让我们坚定战略自信。拥有马克思主义科学理论指导是我们党坚定信仰信念、把握历史主动的根本所在。新时代的伟大实践深刻表明，正是因为确立了习近平同志党中央的核心、全党的核心地位，确立了习近平新时代中国特色社会主义思想的指导地位，党才有力解决了影响党长期执政、国家长治久安、人民幸福安康的突出矛盾和问题，从根本上确保实现中华民族伟大复兴进入了不可逆转的历史进程。“两个确立”是推动党和国家事业取得历史性成就、发生历史性变革的决定性因素，是战胜一切艰难险阻、应对一切不确定性的最大确定性、最大底气、最大保证。我们要深刻领悟“两个确立”的决定性意义，深刻领会在新征程上必须坚持新时代党的创新理论和战略布局、战略举措不动摇，坚定战略自信，保持战略清醒，增强信心斗志，以思想的力量激扬奋进的力量，以理论的主动把握历史的主动，为实现党的二十大提出的目标任务而团结奋斗。

用新的伟大奋斗创造新的伟业，让我们发扬斗争精神。敢于斗争是我们党的鲜明品格。我们党依靠斗争创造历史，更要依靠斗争赢得未来。新征程上，我们面临的风险考验只会越来越复杂，甚至会遇到难以想象的惊涛骇浪。我们面临的各种斗争不是短期的而是长期的，将伴随实现第二个百年奋斗目标全过程。我们要深刻领会党中央关于国内外形势的分析研判，深刻把握我国发展面临的机遇和挑战，增强忧患意识、强化底线思维，做好应对各种复杂局面的思想准备和工作准备。要发扬斗争精神，坚定斗争意志，增强志气、骨气、底气，不信邪、不怕鬼、不怕压，知难而进、迎难而上，骨头要硬，敢于出击，敢战能胜。要把握大势大局，统筹发展和安全，抓住主要矛盾和矛盾的主要方面，提升见微知著的能力，准确识变、科学应变、主动求变，增强斗争本领，牢牢掌握斗争主动权，全力战胜前进道路上各种困难和挑战，依靠顽强斗争打开事业发展新天地。

用新的伟大奋斗创造新的伟业，让我们勇于担当作为。大道至简，实干为要。社会主义是干出来的，新时代是奋斗出来的。基本实现现代化要靠实干，全面建成社会主义现代化强国要靠实干，实现中华民族伟大复兴要靠实干。只有真抓才能攻坚克难，只有实干才能梦想成真。中国式现代化是一项伟大而艰巨的事业。惟其艰巨，所以伟大；惟其艰巨，更显荣光。新征程上，我们要锚定既定奋斗目标，发扬“敢教日月换新天”的奋斗精神，事不避难、义不逃责，敢于担当、善于作为，在机遇面前主动出击，在困难面前迎难而上，在风险面前积极应对，集中精力做好我们自己的事情。要坚持人民至上、站稳人民立场，想人民之所想，行人民之所嘱，着力解决发展不平衡不充分问题和人民群众急难愁盼问题，只要是人民群众欢迎的事，再难也要干到底。

现在，我们已实现第一个百年奋斗目标，正意气风发向第二个百年奋斗目标进军。征途漫漫，惟有奋斗。我们通过奋斗，披荆斩棘，走过了万水千山。我们还要继续奋斗，勇往直前，创造更加灿烂的辉煌。新的赶考之路上，在以习近平同志为核心的党中央坚强领导下，全面贯彻习近平新时代中国特色社会主义思想，深刻领悟“两个确立”的决定性意义，增强“四个意识”、坚定“四个自信”、做到“两个维护”，以昂扬的精神状态、务实的工作作风全面贯彻落实党的二十大精神，踔厉奋发、勇毅前行、团结奋斗，我们就一定能谱写新的时代华章、创造新的历史伟业。

蓝图鼓舞人心，号角催人奋进。让我们向着新的奋斗目标，出发！

（2022 年 11 月 05 日　01 版）

向着新的奋斗目标，出发！

“让我们踏上新征程，向着新的奋斗目标，出发！”10月27日，习近平总书记带领新一届中共中央政治局常委在瞻仰延安革命纪念地时强调：“要弘扬伟大建党精神，弘扬延安精神，坚定历史自信，增强历史主动，发扬斗争精神，为实现党的二十大提出的目标任务而团结奋斗。”

延安是中国革命的圣地、新中国的摇篮。在这里，我们党领导中国革命事业从低潮走向高潮、实现历史性转折，扭转了中国前途命运。在延安时期形成和发扬的光荣传统和优良作风，培育形成的以坚定正确的政治方向、解放思想实事求是的思想路线、全心全意为人民服务的根本宗旨、自力更生艰苦奋斗的创业精神为主要内容的延安精神，是党的宝贵精神财富。党的二十大闭幕不到一周，习近平总书记带领新一届中共中央政治局常委专程来到这里，就是要宣示新一届中央领导集体赓续红色血脉、传承奋斗精神，在新的赶考之路上向历史和人民交出新的优异答卷的坚定信念，充分彰显了新时代中国共产党人高度的历史自觉和强烈的使命担当。

党的伟大精神和光荣传统是激励我们奋勇前进的强大精神动力。百年前，中国共产党的先驱们创建了中国共产党，形成了坚持真理、坚守理想，践行初心、担当使命，不怕牺牲、英勇斗争，对党忠诚、不负人民的伟大建党精神，这是中国共产党的精神之源。百年来，中国共产党弘扬伟大建党精神，在长期奋斗中构建起中国共产党人的精神谱系，锤炼出鲜明的政治品格。党的二十大报告把“弘扬伟大建党精神”写进大会的主题，习近平总书记强调“要弘扬伟大建党精神，弘扬延安精神”，正是要惕励全党赓续共产党人的精神血脉，自信自强、踔厉奋发，风雨无阻向前行，为全面建设社会主义现代化国家、全面推进中华民族伟大复兴而团结奋斗。

向着新的奋斗目标出发，让我们坚定正确的政治方向。进入新时代，党和国家面临的形势之复杂、斗争之严峻、改革发展稳定任务之艰巨世所罕见、史所罕见，正是因为确立了习近平同志党中央的核心、全党的核心地位，确立了习近平新时代中国特色社会主义思想的指导地位，才从根本上确保实现中华民族伟大复兴进入了不可逆转的历史进程。党的二十大就新时代新征程党和国家事业发展制定了大政方针和战略部署，描绘了以中国式现代化全面推进中华民族伟大复兴的宏伟蓝图。全党同志要坚持正确政治方向，坚决贯彻党的基本理论、基本路线、基本方略，坚决落实党中央决策部署，坚定不移把党的二十大提出的目标任务落到实处，奋力夺取全面建设社会主义现代化国家新胜利。

向着新的奋斗目标出发，让我们弘扬以伟大建党精神为源头的中国共产党人精神谱系。江山就是人民，人民就是江山。我们要站稳人民立场，践行党的宗旨，始终与人民风雨同舟、与人民心心相印，想人民之所想，行人民之所嘱，不断把人民对美好生活的向往变为现实。自力更生、艰苦奋斗是我们立党立国的根基。我们要大力弘扬自力更生、艰苦奋斗精神，脚踏实地、苦干实干，集中精力办好自己的事情，把国家和民族发展放在自己力量的基点上。自我革命精神是党永葆青春活力的强大支撑。我们要勇于推进党的自我革命，坚定不移推进全面从严治党，确保党永远不变质、不变色、不变味。敢于斗争是我们党的鲜明品格。

我们要发扬斗争精神、提高斗争本领，增强志气、骨气、底气，坚决战胜前进道路上的各种困难和挑战，依靠顽强斗争打开事业发展新天地，把中国发展进步的命运牢牢掌握在自己手中。

“蓝图已经绘就，号角已经吹响。”新征程是充满光荣和梦想的远征，责任无比重大，使命无上光荣。让我们更加紧密地团结在以习近平同志为核心的党中央周围，全面贯彻习近平新时代中国特色社会主义思想，深刻领悟“两个确立”的决定性意义，增强“四个意识”、坚定“四个自信”、做到“两个维护”，弘扬伟大建党精神，弘扬延安精神，牢记“三个务必”，坚定历史自信，增强历史主动，守正创新，团结奋斗，向着新的奋斗目标出发，在新时代新征程创造令世人刮目相看的新的更大奇迹！

（2022年10月28日　02版）

让开放为全球发展带来新的光明前程

——论习近平主席在第五届中国国际进口博览会开幕式上重要致辞

"中国愿同各国一道，践行真正的多边主义，凝聚更多开放共识，共同克服全球经济发展面临的困难和挑战，让开放为全球发展带来新的光明前程！"11月4日，习近平主席以视频方式出席第五届中国国际进口博览会开幕式并发表重要致辞，指出"开放是人类文明进步的重要动力，是世界繁荣发展的必由之路"，强调"让发展成果更多更公平惠及各国人民"，郑重宣示中国将推动各国各方共享中国大市场机遇、共享制度型开放机遇、共享深化国际合作机遇，赢得与会嘉宾广泛认同，引发国际社会热烈反响。

经济的大海奔腾不息，开放的春风温暖世界。冷战结束后，经济全球化迅猛发展，为世界经济发展提供了强劲动力，极大促进了商品和资本流动、科技和文明进步。一段时间以来，经济全球化遭遇"逆风逆流"，"世界开放指数"不断下滑，全球开放共识弱化。一些国家想实行"脱钩断链"，构筑"小院高墙"。应该深刻认识到，大江奔腾向海，总会遇到逆流，但任何逆流都阻挡不了大江东去。经济全球化是生产力发展的客观要求，是不可逆转的历史大势。尽管出现了很多逆流、险滩，但经济全球化方向从未改变、也不会改变，开放合作仍然是历史潮流，互利共赢依然是人心所向。我们要把握经济全球化发展大势，坚定不移推动经济全球化朝着更加开放、包容、普惠、平衡、共赢的方向发展。

当今世界，全球价值链、供应链深入发展，你中有我、我中有你。开放合作是增强国际经贸活力的重要动力，是推动世界经济稳定复苏的现实要求，是促进人类社会不断进步的时代要求。保护主义是作茧自缚，搞“小圈子”只会孤立自己，极限制裁损人害己，脱钩断供行不通、走不远。各国只有坚持真正的多边主义，坚持拆墙而不筑墙、开放而不隔绝、融合而不脱钩，推动构建开放型世界经济，才能让世界经济活力充分迸发出来。中国坚持对外开放的基本国策，坚定奉行互利共赢的开放战略，坚持经济全球化正确方向，增强国内国际两个市场两种资源联动效应。5年前，习近平主席宣布举办进博会，就是要扩大开放，让中国大市场成为世界大机遇。现在，进博会已经成为中国构建新发展格局的窗口、推动高水平开放的平台、全球共享的国际公共产品。习近平主席在致辞中深刻阐释开放的重要意义，郑重宣示中国扩大开放的坚定决心，展现了开放自信的大国气度，彰显了计利天下的大国担当，对于引领世界经济沿着正确轨道向前发展、推动世界经济复苏具有重要意义。

当前，世界百年未有之大变局加速演进，世界经济复苏动力不足。习近平主席强调：“我们要以开放纾发展之困、以开放汇合作之力、以开放聚创新之势、以开放谋共享之福，推动经济全球化不断向前，增强各国发展动能，让发展成果更多更公平惠及各国人民。”必须深刻认识到，只有拆除一切阻碍生产力发展的藩篱，让资金和技术自由流动，维护全球产业链供应链稳定畅通，促进贸易和投资自由化便利化，以开放纾发展之困，才能在发展中破解各种难题、实现人民幸福；只有深化交流合作，坚持“拉手”而不是“松手”，用对话合作取代零和博弈，用开放包容取代封闭排他，用交流互鉴取代唯我独尊，以开放汇合作之力，才能在合作中办成大事、办成好事、办成长久之事；只有加强创新合作，推动科技同经济深度融合，加强创新成果共享，努力打破制约知识、技术、人才等创新要素流动的壁垒，以开放聚创新之势，才能在创新中推动经济社会发展、应对人类共同挑战；只有坚持以人民之心为心、以天下之利为利，关注发展中国家紧迫需求，着力解决发展不平衡不充分问题，稳步推进全球发展倡议落地落实，以开放谋共享之福，才能让各国人民都过上好日子。我们相信，一个更加开放包容的世界，能给各国带来更广阔的发展空间，给人类带来更繁荣的未来。

开放带来进步，封闭必然落后。不管遇到什么风险、什么灾难、什么逆流，人类社会总是要前进的，而且一定能够继续前进。实践充分表明，各国走向开放、走向合作的大势没有改变。各国携起手来，共同应对风险挑战，共同加强合作沟通，共同扩大对外开放，团结一心，凝聚力量，勇毅前行，就一定能共同开创人类美好的明天。

（2022 年 11 月 06 日　01 版）

以中国新发展为世界提供新机遇

——论习近平主席在第五届中国国际进口博览会开幕式上重要致辞

“不断以中国新发展为世界提供新机遇”，在第五届中国国际进口博览会开幕式上的重要致辞中，习近平主席郑重宣示中国将推动各国各方共享中国大市场机遇、共享制度型开放机遇、共享深化国际合作机遇，并明确提出了一系列务实举措。这充分体现了中国坚定不移推进高水平对外开放、为世界带来更多新机遇的信心决心，充分彰显了中国推动建设开放型世界经济、推动构建人类命运共同体的责任担当。

开放是当代中国的鲜明标识。改革开放40多年来，中国坚持打开国门搞建设，不仅发展了自己，也造福了世界。特别是过去10年来，中国实行更加积极主动的开放战略，构建面向全球的高标准自由贸易区网络，加快推进自由贸易试验区、海南自由贸易港建设，共建“一带一路”成为深受欢迎的国际公共产品和国际合作平台。中国成为140多个国家和地区的主要贸易伙伴，货物贸易总额居世界第一，吸引外资和对外投资居世界前列，形成更大范围、更宽领域、更深层次对外开放格局。中国制造已经成为全球产业链供应链的重要组成部分，中国经济连续多年对世界经济增长贡献率超过30%，为各国提供了更多市场机遇、投资机遇、增长机遇。中国克服新冠肺炎疫情影响，推动对外贸易创新发展，为保障全球产业链供应链稳定、推动世界经济复苏作出了重要贡献。事实充分证明，中国不断扩大开放，激活了中国发展的澎湃春潮，也激活了世界经济的一池春水。

中国经济发展成就是在开放条件下取得的，未来经济高质量发展也必须在更加开放的条件下进行。中国扩大高水平开放的决心不会变，同世界分享发展机遇的决心不会变，推动经济全球化朝着更加开放、包容、普惠、平衡、共赢方向发展的决心不会变。习近平主席指出："中国坚持对外开放的基本国策，坚定奉行互利共赢的开放战略，坚持经济全球化正确方向，增强国内国际两个市场两种资源联动效应"，这将为各国带来更多新机遇，为世界经济注入更多新动能。中国提出全球发展倡议，推动构建全球发展伙伴关系，共创普惠平衡、协调包容、合作共赢、共同繁荣的发展格局，实现更加强劲、绿色、健康的全球发展。我们坚信，一个更加开放的中国，必将同世界形成更加良性的互动，带来更加进步和繁荣的中国和世界。

大道至简，实干为要。以新发展为世界提供新机遇，中国将采取一系列务实行动。在推动各国各方共享中国大市场机遇方面，中国加快建设强大国内市场，推动货物贸易优化升级，创新服务贸易发展机制，扩大优质产品进口，创建"丝路电商"合作先行区，建设国家服务贸易创新发展示范区，推动贸易创新发展，推进高质量共建"一带一路"。这正是要发挥超大规模市场优势和内需潜力，让中国市场成为世界的市场、共享的市场、大家的市场。在推动各国各方共享制度型开放机遇方面，中国稳步扩大规则、规制、管理、标准等制度型开放，实施好新版《鼓励外商投资产业目录》，深化国家服务业扩大开放综合示范区建设；实施自由贸易试验区提升战略，加快建设海南自由贸易港，发挥好改革开放综合试验平台作用。这正是要构建互利共赢、多元平衡、安全高效的开放型经济体系，促进共同发展，实现互利共赢。在推动各国各方共享深化国际合作机遇方面，中国全面深入参与世界贸易组织改革谈判，推动贸易和投资自由化便利化，促进国际宏观经济政策协调，共同培育全球发展新动能，积极推进加入《全面与进步跨太平洋伙伴关系协定》和《数字经济伙伴关系协定》，扩大面向全球的高标准自由贸易区网络，坚定支持和帮助广大发展中国家加快发展。这正是要促进合作共赢，推动建设开放型世界经济，推动构建人类命运共同体。

开放是发展进步的必由之路。面向未来，中国扩大高水平开放的决心不会变，中国开放的大门只会越开越大。立足新发展阶段，贯彻新发展理念，构建新发展格局，推动高质量发展，中国一定能为各国合作提供更多机遇，为世界经济复苏和增长注入更多动力，为推动全球发展贡献更多中国智慧、中国方案、中国力量，共同向着人类更加美好的明天不断迈进。

（2022年11月07日　01版）

共创开放繁荣的美好未来

——论习近平主席在第五届中国国际进口博览会开幕式上重要致辞

“路就在脚下，光明就在前方。”在第五届中国国际进口博览会开幕式上，习近平主席发表题为《共创开放繁荣的美好未来》的重要致辞。习近平主席站在构建人类命运共同体的高度深刻阐释开放的重要意义，强调要以开放纾发展之困、以开放汇合作之力、以开放聚创新之势、以开放谋共享之福，宣示中国推动各国各方共享机遇的一系列务实举措，为共同克服全球经济发展面临的困难和挑战、推动经济全球化朝着更加开放包容普惠平衡共赢的方向发展注入了强大正能量。

当前，世界之变、时代之变、历史之变正以前所未有的方式展开，世界进入新的动荡变革期。世纪疫情阴霾未散，局部冲突硝烟又起，冷战思维和集团政治回潮，单边主义、保护主义抬头，经济全球化遭遇逆流，和平赤字、发展赤字、安全赤字、治理赤字加重，世界经济复苏步履维艰，全球发展遭遇严重挫折，人类社会面临前所未有的挑战。世界向何处去？和平还是战争？发展还是衰退？开放还是封闭？合作还是对抗？是摆在我们面前的时代之问。站在历史前进的十字路口，我们应该认清世界大势，明确未来方向，解答时代课题。

历史长河时而风平浪静，时而波涛汹涌，但总会奔涌向前。尽管国际形势风云变幻，但开放发展的历史大势不会变，携手合作、共迎挑战的愿望也不会变，各国人民对和平发展的期盼更加殷切，对公平正义的呼声更加强烈，对合作共赢的追求更加坚定。冲出迷雾走向光明，最强大的力量是同心合力，最有效的方法是和衷共济。过去两年多来，国际社会为应对新冠肺炎疫情挑战、推动世界经济复苏发展作出了艰苦努力。困难和挑战进一步告诉我们，人类是休戚与共的命运共同体，各国只有准确认识历史发展规律，顺应和平、发展、合作、共赢的时代潮流，凝聚更多开放共识，让开放为全球发展带来新的光明前程，才能共创开放繁荣的美好未来。

世界经济发展面临的难题，没有哪一个国家能独自解决。习近平主席指出："开放是人类文明进步的重要动力，是世界繁荣发展的必由之路。"只有以更加开放的心态和举措，共同把全球市场的蛋糕做大、把全球共享的机制做实、把全球合作的方式做活，共同把经济全球化动力搞得越大越好、阻力搞得越小越好，共建开放合作、开放创新、开放共享的世界经济，才能推动世界经济早日走出危机阴影。发展是人类社会的永恒主题，只有共同凝聚促进发展的国际共识，共同营造有利于发展的国际环境，共同培育全球发展新动能，共同构建全球发展伙伴关系，共创普惠平衡、协调包容、合作共赢、共同繁荣的发展格局，共创繁荣发展新时代，才能让发展成果更多更公平惠及各国人民。构建人类命运共同体是世界各国人民前途所在，只有共行天下大道，弘扬和平、发展、公平、正义、民主、自由的全人类共同价值，以文明交流超越文明隔阂、文明互鉴超越文明冲突、文明共存超越文明优越，共同应对各种全球性挑战，各国才能和睦相处、合作共赢，建设更加繁荣美好世界。

乘历史大势而上，走人间正道致远。中国坚持对外开放的基本国策，坚定奉行互利共赢的开放战略，不断以中国新发展为世界提供新机遇。

中国坚持开放、不搞封闭，坚持互利共赢、不搞零和博弈，坚持主持公道、伸张正义，站在历史正确的一边，站在人类文明进步的一边，始终不渝坚持走和平发展道路，始终做世界和平的建设者、全球发展的贡献者、国际秩序的维护者。中国提出的全球发展倡议和全球安全倡议，对于解决当今世界面临的风险挑战具有重要战略意义，中国愿同国际社会一道努力落实。中国坚持对话协商，推动建设一个持久和平的世界；坚持共建共享，推动建设一个普遍安全的世界；坚持合作共赢，推动建设一个共同繁荣的世界；坚持交流互鉴，推动建设一个开放包容的世界；坚持绿色低碳，推动建设一个清洁美丽的世界。

我们所处的是一个充满挑战的时代，也是一个充满希望的时代。世界各国携手同心、行而不辍，高扬互利共赢之帆、把稳团结合作之舵，在开放中创造机遇，在合作中破解难题，向着构建人类命运共同体的正确方向勇毅前行，就一定能汇聚起合作共赢的磅礴伟力，战胜前进道路上的各种挑战，迎来人类更加美好的明天！

（2022年11月08日　01版）

坚决压实安全生产责任

“河南等地接连发生火灾等安全生产事故，造成重大人员伤亡，教训十分深刻！”河南安阳市凯信达商贸有限公司火灾事故发生后，习近平总书记立即作出重要指示，强调“要全力救治受伤人员，妥善做好家属安抚、善后等工作，查明事故原因，依法严肃追究责任”，要求“各地区和有关部门要始终坚持人民至上、生命至上，压实安全生产责任，全面排查整治各类风险隐患，坚决防范和遏制重特大事故发生”。

安全生产事关人民福祉，事关经济社会发展大局。党的十八大以来，习近平总书记始终把人民生命安全放在首位，高度重视安全生产工作，指出“人命关天，发展决不能以牺牲人的生命为代价”，强调“安全生产是民生大事，一丝一毫不能放松，要以对人民极端负责的精神抓好安全生产工作”，要求“各级党委和政府特别是领导干部要牢固树立安全生产的观念，正确处理安全和发展的关系，坚持发展决不能以牺牲安全为代价这条红线”。总书记关于安全生产的一系列重要论述、重要指示，深刻揭示了安全生产的极端重要性，充分彰显了人民至上、生命至上的价值理念，是统筹发展和安全、全面提升安全发展水平的根本遵循。

安全是发展的前提，发展是安全的保障。经济社会发展的每一个项目、每一个环节都要以安全为前提，不能有丝毫疏漏。教训警示我们，公共安全绝非小事，必须坚持安全发展，扎实落实安全生产责任制，堵塞各类安全漏洞，坚决防范和遏制重特大事故发生。总的看，各地区各部门高度重视安全生产工作。同时必须看到，我国经济发展环境的复杂性、严峻性、不确定性上升，各类事故隐患和安全风险交织叠加，影响公共安全的因素依然存在。各地区各部门必须深刻认识安全生产工作的艰巨性、复杂性、紧迫性，务必把安全生产摆到重要位置，深入贯彻以人民为中心的发展思想，牢固树立安全发展理念，始终保持如履薄冰的高度警觉，坚决压实安全生产责任，牢牢守住安全生产底线。

确保安全生产、维护社会安定、保障人民群众安居乐业，是各级党委和政府必须承担好的重要责任。临近年终岁尾，统筹发展和安全各项工作任务较重。要坚持党政同责、一岗双责、齐抓共管、失职追责，严格落实安全生产责任制，完善安全监管体制，强化依法治理，不断提高全社会安全生产水平，更好维护广大人民群众生命财产安全。要针对安全生产事故主要特点和突出问题，层层压实责任，狠抓整改落实，强化风险防控，从根本上消除事故隐患。要全面排查整治各类风险隐患，盯紧看牢矿山、危化、交通、建筑、消防、渔船、燃气等高危行业领域重大风险，重大隐患拉出单子、盯住整改，重大危险源落实包保责任，推动安全生产关口前移。各级党政主要负责同志要亲力亲为、靠前协调，其他负责同志要认真履行各自岗位的安全职责，层层落实到基层一线，坚决反对形式主义、官僚主义。

生命重于泰山，责任重于泰山。把思想和行动统一到习近平总书记重要指示精神上来，认真贯彻落实党中央关于安全生产的决策部署，始终坚持人民至上、生命至上，站在人民群众的角度想问题，把重大风险隐患当成事故来对待，以“时时放心不下”的责任感统筹发展和安全各项工作，以时不我待的紧迫感筑牢守好安全生产的堤坝，全力以赴抓好各项安全责任措施落实，才能让广大人民群众安心放心，推动经济社会发展行稳致远。

（2022年11月24日　01版）

中华民族伟大复兴进入了不可逆转的历史进程

——伟大梦想凝聚团结奋斗力量①

只有创造过辉煌的民族，才懂得复兴的意义；只有经历过苦难的民族，才对复兴有如此深切的渴望。

2012年11月29日，中国国家博物馆。习近平总书记参观《复兴之路》展览时，郑重宣示中国梦——“实现中华民族伟大复兴，就是中华民族近代以来最伟大的梦想。”

2022年10月16日，首都北京，人民大会堂。习近平总书记在党的二十大报告中，号召“形成同心共圆中国梦的强大合力”，“为全面建设社会主义现代化国家、全面推进中华民族伟大复兴而团结奋斗”。

十年来，梦想如号角，吹响亿万人民团结奋斗的时代旋律；梦想如画笔，绘写民族伟大复兴的万千气象。在以习近平同志为核心的党中央坚强领导下，中华儿女凯歌行进，把光荣镌刻在实现伟大梦想的非凡征程上。

这是砥砺奋进追梦的十年。十年来，多少涉滩之险，多少爬坡之艰，多少闯关之难，在党和国家发展进程中极不寻常、极不平凡。在党中央坚强领导下，亿万人民坚定信心、迎难而上，一仗接着一仗打，攻克了一个个看似不可攻克的难关险阻，创造了一个个令人刮目相看的人间奇迹。面对经济全球化逆流，我们稳住了！新冠肺炎疫情突如其来，我们顶住了！向深度贫困堡垒发起总攻，我们成功了！我们以新时代十年的伟大变革证明：中华民族伟大复兴展现出前所未有的光明前景。

这是团结奋斗圆梦的十年。全面小康创造奇迹，“太空出差”世界瞩目，“中国饭碗”端稳端牢，“国之重器”砥柱中流，中国建造遍布大地，核心技术加快攻关，生态文明引领潮流，“一带一路”联通四海……全党全国各族人民在党的旗帜下团结成“一块坚硬的钢铁”，一道拼、一道干、一道奋斗，党和国家事业实现一系列突破性进展，取得一系列标志性成果。我们以新时代十年的伟大成就宣告：中华民族伟大复兴进入了不可逆转的历史进程。

中华民族是世界上伟大的民族，为人类文明进步作出了不可磨灭的贡献。近代以后，国家蒙辱、人民蒙难、文明蒙尘，中华民族遭受了前所未有的劫难。中国人民百折不挠、坚忍不拔，为实现中华民族伟大复兴的梦想，进行了180多年的持续奋斗。回望百年，中国共产党团结带领中国人民进行的一切奋斗、一切牺牲、一切创造，归结起来就是一个主题：实现中华民族伟大复兴。

进入新时代，实现伟大梦想脚步坚定、足音铿锵。近1亿农村贫困人口实现脱贫，实现了小康这个中华民族的千年梦想；国内生产总值达114万亿元，经济实力实现历史性跃升；建成世界上规模最大的教育体系、社会保障体系、医疗卫生体系，人民生活全方位改善；生态环境保护发生历史性、转折性、全局性变化，我们的祖国天更蓝、山更绿、水更清……新时代十年的伟大变革，在党史、新中国史、改革开放史、社会主义发展史、中华民族发展史上具有里程碑意义，对党、对中国人民、对社会主义现代化建设、对科学社会主义在21世纪中国的发展具有深远影响。

方向决定道路，道路决定命运。百年来，党领导人民不懈奋斗、不断进取，成功开辟了实现中华民族伟大复兴的正确道路。从四分五裂、一盘散沙到高度统一、民族团结，从积贫积弱、一穷二白到全面小康、繁荣富强，从被动挨打、饱受欺凌到独立自主、坚定自信，中国仅用几十年时间就走完发达国家几百年走过的工业化历程，创造了经济快速发展和社会长期稳定两大奇迹。特别是进入新时代以来，党对建设社会主义现代化国家在认识上不断深入、战略上不断成熟、实践上不断丰富，成功推进和拓展了中国式现代化，不断丰富和发展了人类文明新形态，为人类实现现代化提供了新的选择。实践充分证明，中国特色社会主义是党和人民历经千辛万苦、付出巨大代价取得的根本成就，是创造人民美好生活、实现中华民族伟大复兴的康庄大道。这条道路，符合中国实际、反映中国人民意愿、适应时代发展要求，不仅走得对、走得通，而且走得稳、走得好。只要我们坚定志不改、道不变的决心，坚定不移走中国特色社会主义道路，就一定能够把我国建设成为富强民主文明和谐美丽的社会主义现代化强国，把中国发展进步的命运牢牢掌握在自己手中。

梦想的航船，需要掌舵者；复兴的征程，需要领路人。新时代十年的伟大变革，是在以习近平同志为核心的党中央坚强领导下、在习近平新时代中国特色社会主义思想指引下全党全国各族人民团结奋斗取得的。进入新时代，党和国家面临的形势之复杂、斗争之严峻、改革发展稳定任务之艰巨世所罕见、史所罕见。正是因为确立了习近平同志党中央的核心、全党的核心地位，确立了习近平新时代中国特色社会主义思想的指导地位，党才有力解决了影响党长期执政、国家长治久安、人民幸福安康的突出矛盾和问题，从根本上确保实现中华民族伟大复兴进入了不可逆转的历史进程。实践充分表明，“两个确立”是推动党和国家事业取得历史性成就、发生历史性变革的决定性因素，是战胜一切艰难险阻、应对一切不确定性的最大确定性、最大底气、最大保证，对新时代党和国家事业发展、对推进中华民族伟大复兴历史进程具有决定性意义。

今日之中国，一派欣欣向荣的气象，世界东方升腾起激荡人心的中国梦，奏出一个伟大民族走向复兴的交响乐章。中国共产党在革命性锻造中更加坚强有力，正领导中国人民在中国特色社会主义道路上信心百倍推进中华民族从站起来、富起来到强起来的伟大飞跃。

行百里者半九十。当此世界百年未有之大变局加速演进之时，当此实现中华民族伟大复兴的关键时期，我们必须准备付出更为艰巨、更为艰苦的努力。习近平总书记在党的二十大报告中强调：“从现在起，中国共产党的中心任务就是团结带领全国各族人民全面建成社会主义现代化强国、实现第二个百年奋斗目标，以中国式现代化全面推进中华民族伟大复兴。”蓝图已经绘就，号角已经吹响。我们要牢牢把握新时代新征程党的中心任务，增强志气、骨气、底气，更加自信、自立、自强，知难而进、克难攻坚，全力战胜前进道路上各种困难和挑战，依靠顽强斗争打开事业发展新天地，在新的赶考之路上推进复兴伟业、实现复兴梦想。

走过苦难辉煌的过去，走在日新月异的现在，走向光明宏大的未来，中国梦凝聚了几代中国人的夙愿，体现了中华民族和中国人民的整体利益，是每一个中华儿女的共同期盼。现在，中国人民前进动力更加强大、奋斗精神更加昂扬、必胜信念更加坚定，在历史进程中积累的强大能量已经充分爆发出来，焕发出更为强烈的历史自觉和主动精神，为实现中华民族伟大复兴提供了势不可挡的磅礴力量。奋进充满光荣和梦想的新征程，在以习近平同志为核心的党中央坚强领导下，全面贯彻习近平新时代中国特色社会主义思想，深刻领悟“两个确立”的决定性意义，牢记“国之大者”，增强“四个意识”、坚定“四个自信”、做到“两个维护”，坚持走中国特色社会主义道路、以中国式现代化全面推进中华民族伟大复兴，我们就一定能谱写新时代中国特色社会主义更加绚丽的华章，中华民族伟大复兴的航船就一定能破浪前进、胜利驶向光辉的彼岸。

（2022 年 11 月 29 日　01 版）

中国梦归根到底是老百姓的“幸福梦”

——伟大梦想凝聚团结奋斗力量②

时间坐标镌刻奋斗足迹，梦想征程闪耀如磐初心。

党的二十大闭幕后，习近平总书记第一次外出考察来到陕西延安，看看老乡们脱贫后生活怎么样。过去“修梯田、种庄稼，面朝黄土背朝天，抡起老锄头干活，广种薄收，十分辛苦”，如今“山坡上退耕还林种上了苹果，老乡们有工作、有稳定收入，孩子有好的教育，老人都有医保，生活越来越好”，从陕北的变化就可以看到中国的变化。习近平总书记指出：“现在，‘两个一百年’奋斗目标的第一个百年目标已经实现，绝对贫困问题解决了，老乡们过上了好日子，但还要继续努力往前走，让生活越来越美好。”

治国有常，利民为本。党的十八大以来，习近平总书记鲜明提出实现中华民族伟大复兴的中国梦，特别强调“小康梦、强国梦、中国梦，归根到底是老百姓的‘幸福梦’”，深刻揭示了中国梦的本质要求和价值旨归，充分彰显了中国共产党人的人民立场和政治本色。从解决发展不平衡不充分的问题，到坚持在发展中保障和改善民生，再到扎实推进全体人民共同富裕取得更为明显的实质性进展，以习近平同志为核心的党中央团结带领全党锚定“人民对美好生活的向往就是我们的奋斗目标”，在实现中国梦的伟大进程中紧紧依靠人民、不断造福人民，撸起袖子加油干、风雨无阻向前行，绘写下“国家富强、民族振兴、人民幸福”的壮美华章。

十年逐梦前行，“全面建成小康社会”迈出复兴征程的关键一步，让中华民族的千年梦想变为现实。全国832个贫困县全部摘帽，近1亿农村贫困人口实现脱贫，960多万贫困人口实现易地搬迁……坚持精准扶贫、尽锐出战，我们打赢了人类历史上规模最大的脱贫攻坚战，历史性地解决了困扰中华民族几千年的绝对贫困问题，在中华大地上全面建成了小康社会。无论是雪域高原、戈壁沙漠，还是悬崖绝壁、大石山区，脱贫攻坚的阳光照耀到了每一个角落，脱贫地区处处呈现山乡巨变、山河锦绣的时代画卷，无数人的命运因此而改变，无数人的梦想因此而实现，无数人的幸福因此而成就！

十年逐梦前行，“以人民为中心”铸就改革发展的价值底色，让人民群众获得感、幸福感、安全感更加充实、更有保障、更可持续。人均预期寿命增长到78.2岁，居民人均可支配收入从16500元增加到35100元，建成世界上规模最大的教育体系、社会保障体系、医疗卫生体系……在幼有所育、学有所教、劳有所得、病有所医、老有所养、住有所居、弱有所扶上持续用力，推动人民生活全方位改善。这十年，全面发展全过程人民民主，人民当家作主更为扎实；推进司法体制改革，法治中国建设开创新局面；贯彻总体国家安全观，平安中国建设迈向更高水平……一项项重大举措彰显改革的力度、发展的温度，托举亿万人民稳稳的幸福。

十年逐梦前行，“中国式现代化”标注当代中国的前进坐标，让现代化建设成果更多更公平惠及全体人民。完善收入分配制度，促进基本公共服务均等化，既做大“蛋糕”，又分好“蛋糕”，主动解决地区差距、城乡差距、收入差距等问题，推动共同富裕取得新成效；建设社会主义文化强国，为人民提供了更多更好的精神食粮，全党全国各族人民文化自信明显增强、精神面貌更加奋发昂扬；生态环境保护发生历史性、转折性、全局性变化，我们的祖国天更蓝、山更绿、水更清，良好生态环境成为最普惠的民生福祉……中国式现代化的成功推进和拓展，使中国人民把发展进步的命运牢牢掌握在自己手中，共同享有人生出彩的机会，共同享有梦想成真的机会，共同享有同祖国和时代一起成长与进步的机会。

为人民谋幸福，是中国共产党始终坚守的初心；让人民过上好日子，是我们党团结带领人民进行革命、建设、改革的根本目的。党的十八大以来，民族复兴的中国梦和老百姓的幸福梦交相辉映，治国理政和民生福祉同频共振，生动诠释了“中国共产党是人民的党，是为人民服务的党，共产党当家就是要为老百姓办事，把老百姓的事情办好”。正是因为始终牢记“江山就是人民，人民就是江山”，我们党把为民办事、为民造福作为最重要的政绩，把为老百姓办了多少好事实事作为检验政绩的重要标准；正是因为深刻懂得“老百姓衷心拥护中国共产党，就是因为中国共产党始终全心全意为人民服务、为各民族谋幸福”，新时代中国共产党人始终同人民站在一起、想在一起、干在一起，不断把人民对美好生活的向往变为现实。

“民之所忧，我必念之；民之所盼，我必行之。”十年砥砺奋进，中国梦之所以呈现出前所未有的光明前景，幸福梦之所以绽放出前所未有的绚丽光彩，根本在于以习近平同志为核心的党中央坚强领导，在于习近平新时代中国特色社会主义思想科学指引。顶风雪、冒酷暑，踏泥泞、翻山沟，走遍14个集中连片特困地区，“我是人民的勤务员”展现人民至上的深厚情怀；面对来势汹汹的新冠肺炎疫情，大年三十夜不能痳，“为了保护人民生命安全，我们什么都可以豁得出来”折射不负人民的使命担当；牵挂人民急难愁盼、关心群众安危冷暖，不断提出真正解决问题的新理念新思路新办法，“老百姓的事，要实实在在干，干一件是一件，干一件成一件”见证造福人民的不懈追求……实践充分证明，有习近平总书记作为党中央的核心、全党的核心掌舵领航，是党和国家之幸、人民之幸、中华民族之幸，中华“复兴”号巨轮必将无惧风雨、劈波斩浪，老百姓的幸福生活必将芝麻开花节节高。

新征程是充满光荣和梦想的远征。党的二十大擘画了以中国式现代化全面推进中华民族伟大复兴的宏伟蓝图，指出“中国式现代化是全体人民共同富裕的现代化”，把“坚持以人民为中心的发展思想”明确为必须牢牢把握的“五个重大原则”之一，并围绕增进民生福祉、提高人民生活品质作出重大部署。全党同志必须牢记：“中国共产党领导人民打江山、守江山，守的是人民的心。”新征程上，我们要始终坚持一切为了人民、一切依靠人民，始终与人民风雨同舟、与人民心心相印，想人民之所想，行人民之所嘱，不断实现发展为了人民、发展依靠人民、发展成果由人民共享。中国梦是民族的梦，也是每个中国人的梦。只要我们紧密团结，万众一心，为实现共同梦想而奋斗，实现梦想的力量就无比强大，每个人为实现自己梦想的努力就拥有广阔的空间，任何人任何势力都不能阻挡中国人民实现更加美好生活的前进步伐。

世界上最大的幸福莫过于为人民幸福而奋斗。心中装着百姓，手中握有真理，脚踏人间正道，我们信心十足、力量十足。让我们更加紧密地团结在以习近平同志为核心的党中央周围，全面贯彻习近平新时代中国特色社会主义思想，深刻领悟“两个确立”的决定性意义，增强“四个意识”、坚定“四个自信”、做到“两个维护”，牢记让人民生活幸福是“国之大者”、永葆为民造福的初心，在实现中国梦的伟大征程上踔厉奋发、勇毅前行，在创造人民美好生活的伟大实践中矢志不渝、笃行不怠，共同谱写实现中华民族伟大复兴中国梦的崭新篇章，不断交出经得起历史和人民检验的优异答卷！

（2022年11月30日　01版）

中国梦同各国人民的美好梦想息息相通

——伟大梦想凝聚团结奋斗力量③

中国共产党是为中国人民谋幸福、为中华民族谋复兴的党，也是为人类谋进步、为世界谋大同的党。建设更加美好的世界，是中国人民的真诚愿望，也是各国人民的共同心愿。

党的十八大以来，习近平总书记提出并深刻阐述了实现中华民族伟大复兴的中国梦，提出“中国梦是中国人民追求幸福的梦，也同各国人民的美好梦想息息相通”的重要论断，从人类发展大潮流、世界变化大格局、中国发展大历史正确认识和处理中国同外部世界的关系，深刻诠释了实现中华民族伟大复兴中国梦的世界意义和丰富内涵。

大道之行，天下为公。中国共产党和中国人民实现中华民族伟大复兴的事业，是人类进步事业的重要组成部分。作为世界最大发展中国家，中国保持经济社会健康稳定发展，集中力量办好自己的事，让国家更富强、人民更幸福，本身就是对世界的重大贡献。百年来，中国共产党以自强不息的奋斗，深刻影响了世界历史进程，深刻改变了世界发展的趋势和格局。特别是新时代以来，在为实现中华民族伟大复兴中国梦而奋斗的过程中，我们历史性地解决了绝对贫困问题，近1亿农村贫困人口实现脱贫，为全球减贫事业作出了重大贡献；我国经济实力实现历史性跃升，经济总量占世界经济的比重达18.5%，稳居世界第二位，连续多年对世界经济增长贡献率超过30%；我国谷物总产量稳居世界首位，建成世界最大的高速铁路网、高速公路网，建成世界上规模最大的教育体系、社会保障体系、医疗卫生体系，人民生活全方位改善……中国对世界的影响，从未像今天这样全面、深刻、长远；世界对中国的关注，也从未像今天这样广泛、深切、聚焦。新时代十年的伟大变革，在党史、新中国史、改革开放史、社会主义发展史、中华民族发展史上具有里程碑意义。实践充分表明，中国不仅发展了自己，也造福了世界；一个稳定、开放、繁荣的中国始终是世界未来发展的机遇。

中国梦是和平、发展、合作、共赢的梦。我们追求的是中国人民的福祉，也是各国人民共同的福祉，不仅意味着中国人民和中华民族的价值体认和价值追求，也意味着中华民族为人类和平与发展作出更大贡献的真诚意愿。中国坚持对外开放的基本国策，坚定奉行互利共赢的开放战略，坚持经济全球化正确方向，增强国内国际两个市场两种资源联动效应，不断以中国新发展为世界提供新机遇，推动建设开放型世界经济；积极参与全球治理体系改革和建设，践行共商共建共享的全球治理观，坚持真正的多边主义，推进国际关系民主化，推动全球治理朝着更加公正合理的方向发展；提出并推动构建人类命运共同体，提出共建“一带一路”重大倡议、全球发展倡议、全球安全倡议，为建设持久和平、普遍安全、共同繁荣、开放包容、清洁美丽的世界贡献中国智慧、中国方案、中国力量；主张平等、互鉴、对话、包容的文明观，世界各国弘扬和平、发展、公平、正义、民主、自由的全人类共同价值，以文明交流超越文明隔阂，以文明互鉴超越文明冲突，以文明共存超越文明优越，为世界文明朝着平衡、积极、向善的方向发展提供助力；特别是在新冠肺炎疫情席卷全球的危难之际，中国积极同世界分享防控经验，向许多国家输送了大批抗疫物资、疫苗药品，深入开展病毒溯源科学合作，真诚为人类彻底战胜疫情而积极努力……中国秉持人类命运共同体理念，为解决人类面临的共同问题作出贡献，为世界各国共同发展注入更多活力、带来更多机遇。事实已经并将继续证明，中国梦是追求和平的梦，是追求幸福的梦，是奉献世界的梦。实现中国梦给世界带来的是机遇不是威胁，是和平不是动荡，是进步不是倒退。

对幸福生活的追求是推动人类文明进步最持久的力量。享有更好的教育、更稳定的工作、更满意的收入、更可靠的社会保障、更高水平的医疗卫生服务、更舒适的居住条件、更优美的生产生活环境，是中国人民和世界人民的共同梦想。百年来，中国共产党领导人民积极探索、成功走出中国式现代化道路，特别是新时代以来我们党成功推进和拓展了中国式现代化，不断丰富和发展了人类文明新形态，为人类实现现代化提供了新的选择。这是走和平发展道路的现代化，摒弃了西方以资本为中心的现代化、两极分化的现代化、物质主义膨胀的现代化、对外扩张掠夺的现代化老路。中国式现代化强调同世界各国互利共赢，在坚定维护世界和平与发展中谋求自身发展，又以自身发展更好维护世界和平与发展。习近平总书记深刻指出："一个不断走向现代化的中国，必将为世界提供更多机遇，为国际合作注入更强动力，为全人类进步作出更大贡献"。乘历史大势而上，走人间正道致远。中国始终坚持胸怀天下，坚定站在历史正确的一边、站在人类文明进步的一边，高举和平、发展、合作、共赢旗帜，同世界上一切进步力量携手前进，不断为人类文明进步贡献智慧和力量。

我们所处的是一个充满挑战的时代，也是一个充满希望的时代。当前，百年变局与世纪疫情交织叠加，世界之变、时代之变、历史之变正以前所未有的方式展开，世界进入新的动荡变革期。一方面，和平、发展、合作、共赢的历史潮流不可阻挡，各国人民对和平发展的期盼更加殷切，对公平正义的呼声更加强烈，对合作共赢的追求更加坚定，人心所向、大势所趋决定了人类前途终归光明；另一方面，恃强凌弱、巧取豪夺、零和博弈等霸权霸道霸凌行径危害深重，和平赤字、发展赤字、安全赤字、治理赤字加重，人类社会面临前所未有的挑战。站在历史前进的十字路口，我们不能因现实复杂而放弃梦想，不能因理想遥远而放弃追求。面向未来，我们要继续向着实现中华民族伟大复兴的光辉目标进发，继续向着推动构建人类命运共同体的美好前景进发，继续在人类的伟大时间历史中创造中华民族的伟大历史时间，共同为我们的梦想而奋斗，共同促进人类和平与发展的崇高事业。

中国人民有梦想，世界各国人民有梦想，这将给世界带来无限生机和美好前景。在人类追求幸福的道路上，一个国家、一个民族都不能少。无论过去、现在还是未来，中国始终是世界和平的建设者、全球发展的贡献者、国际秩序的维护者。“浩渺行无极，扬帆但信风。”在追求中国梦的过程中帮助和支持各国人民实现各自的美好梦想，同世界各国人民一起向未来，一道实现持久和平、共同繁荣的世界梦，我们一定能共创人类更加美好的明天！

（2022年12月02日　04版）

在法治轨道上全面建设社会主义现代化国家

今年12月4日是第九个国家宪法日，也是我国现行宪法公布施行40周年。从12月4日至10日是第五个“宪法宣传周”，主题为“学习宣传贯彻党的二十大精神，推动全面贯彻实施宪法”。学习宣传党的二十大精神、学习宣传习近平法治思想、学习宣传宪法、学习宣传现行宪法公布施行40年的深远历史意义，对于弘扬宪法精神，增强宪法意识，在全社会形成尊法学法守法用法的良好氛围，在法治轨道上全面建设社会主义现代化国家具有重要作用，必将产生重大影响。

宪法是国家的根本法，是治国安邦的总章程，是党和人民意志的集中体现。1982年12月，五届全国人大五次会议通过了现行宪法。现行宪法坚持党的领导、人民当家作主、依法治国有机统一，发扬人民民主，集中人民智慧，体现了全体人民共同意志，得到最广大人民拥护和遵行。现行宪法的制定与实施，为深入推进我国改革开放和社会主义现代化建设，书写经济快速发展和社会长期稳定两大奇迹，实现中华民族伟大复兴奠定了坚实基础。现行宪法公布施行40年来的历程，特别是新时代10年的历史性成就充分证明：我国宪法是符合国情、符合实际、符合时代发展要求的好宪法，是充分体现人民共同意志、充分保障人民民主权利、充分维护人民根本利益的好宪法，是推动国家发展进步、保证人民创造幸福生活、保障中华民族实现伟大复兴的好宪法，是我们国家和人民经受住各种困难和风险考验、始终沿着中国特色社会主义道路前进的根本法治保障。

党的十八大以来，以习近平同志为核心的党中央推动宪法完善和发展，坚定维护宪法尊严和权威，把宪法实施提高到一个新的水平。在习近平法治思想指引下，社会主义法治国家建设深入推进，全面依法治国总体格局基本形成，中国特色社会主义法治体系加快建设，司法体制改革取得重大进展，社会公平正义保障更为坚实，法治中国建设开创新局面。党的二十大报告明确提出“坚持依法治国首先要坚持依宪治国，坚持依法执政首先要坚持依宪执政，坚持宪法确定的中国共产党领导地位不动摇，坚持宪法确定的人民民主专政的国体和人民代表大会制度的政体不动摇”，强调“更好发挥宪法在治国理政中的重要作用，维护宪法权威”。我们要认真落实党的二十大部署，推动全面贯彻实施宪法，筑法治之基、行法治之力、积法治之势，切实把习近平法治思想贯彻落实到全面依法治国全过程。

全面依法治国是国家治理的一场深刻革命，关系党执政兴国，关系人民幸福安康，关系党和国家长治久安。新征程上，要坚持走中国特色社会主义法治道路，建设中国特色社会主义法治体系、建设社会主义法治国家，围绕保障和促进社会公平正义，坚持依法治国、依法执政、依法行政共同推进，坚持法治国家、法治政府、法治社会一体建设，全面推进科学立法、严格执法、公正司法、全民守法，全面推进国家各方面工作法治化。宪法的生命在于实施，宪法的权威也在于实施。全面贯彻实施宪法是全面依法治国、建设社会主义法治国家的首要任务和基础性工作。要继续在全党全社会深入开展尊崇宪法、学习宪法、遵守宪法、维护宪法、运用宪法的宣传教育活动，弘扬宪法精神，树立宪法权威，使全体人民都成为社会主义法治的忠实崇尚者、自觉遵守者、坚定捍卫者。

法治兴则国兴，法治强则国强。党的二十大明确了到2035年“基本建成法治国家、法治政府、法治社会”的目标任务，对坚持全面依法治国、推进法治中国建设作出重要部署。学习宣传贯彻党的二十大精神，推动全面贯彻实施宪法，坚定宪法自信，增强宪法自觉，更好发挥宪法的根本法作用，更好发挥法治固根本、稳预期、利长远的保障作用，党和国家各项事业和各项工作必将在法治轨道上取得更加辉煌的成就。

（2022年12月04日　04版）

长期有效的铁规矩硬杠杠

——风清气正凝聚党心民意①

这是人民群众发自内心的声音——“八项规定改变中国！”

这是中国共产党人的鲜明态度——“必须始终把中央八项规定作为长期有效的铁规矩、硬杠杠。”

2012年12月4日，十八届中央政治局召开会议，审议通过《十八届中央政治局关于改进工作作风、密切联系群众的八项规定》，直面现实问题，提出具体要求，为加强作风建设立下规矩；2022年10月25日，党的二十大闭幕后不久，二十届中央政治局召开会议，审议《中共中央政治局贯彻落实中央八项规定实施细则》，要求推动全党坚决落实中央八项规定精神，全面推进党的自我净化、自我完善、自我革新、自我提高。

踏石留印、抓铁有痕，以习近平同志为核心的党中央驰而不息正风肃纪，持之以恒推进全面从严治党，八项规定成为新时代中国共产党推进作风建设的一张“金色名片”，全党全社会迎来了一场激浊扬清的风气之变。

十年铁面执纪，八项规定狠刹歪风。整治“舌尖上的浪费”“会所中的歪风”“车轮上的铺张”，清理超标办公用房、公款吃喝、公款旅游，治理高档小区“一桌餐”、调研考察搭车旅游等隐形变异“四风”问题……刹住了一些长期没有刹住的歪风，纠治了一些多年未除的顽瘴痼疾。

十年久久为功，八项规定焕发新风。吃拿卡要少了、庸懒散拖少了、“甩手掌柜”少了，朴素之风多了、服务意识多了、求真务实多了，广大党员、干部提振了干事创业精气神，一心一意谋发展、为民服务解难题，不断把为人民造福事业推向前进。

十年“徙木立信”，八项规定深得民心。把反“四风”、反腐败与反特权思想和特权现象相结合，纠正了一批扶贫、教育医疗、环境保护、食品药品安全等领域漠视侵害群众利益的问题，持续解决形式主义、深化拓展基层减负，党在人民心中的形象和威信空前提升，生动印证“民心是最大的政治，正义是最强的力量”。

以身教者从。习近平总书记以强烈的历史责任感、深沉的使命忧患感，向全党全国各族人民作出庄严承诺：“各级领导干部要以身作则、率先垂范，说到的就要做到，承诺的就要兑现，中央政治局同志从我本人做起。”在广东考察工作时不封路，在河北调研时吃大盆菜，在陕北梁家河用自己的钱为乡亲们购买年货，在三江平原下到田间地头关心农业生产，在抗击疫情斗争关键时刻飞赴武汉指导抗疫……习近平总书记始终带头发扬党的优良作风，带头严格执行中央八项规定，给全党树立了典范，向全国人民持续传递信心和力量。

作风问题关系人心向背，关系党的执政基础。“八项规定既不是最高标准，更不是最终目的，只是我们改进作风的第一步，是我们作为共产党人应该做到的基本要求”“在改进作风问题上，我们不能退，也退不得”“不正之风离我们越远，群众就会离我们越近”……习近平总书记始终从关乎党的兴衰存亡、巩固党的执政地位、实现党的执政使命的政治高度，严肃对待作风问题，一以贯之推进作风建设。十年来，党中央把中央八项规定作为切入点，以上率下抓作风建设，推进全党作风建设不松劲、不停步、再出发，使党风政风民风焕然一新，党心军心民心高度凝聚，为新时代伟大变革提供了坚强作风保障。

治国必先治党，治党务必从严。以作风建设为突破口，党中央坚持打铁必须自身硬，深入推进全面从严治党。提出和落实新时代党的建设总要求，以党的政治建设统领党的建设各项工作，加强政治巡视，形成比较完善的党内法规体系；以钉钉子精神纠治“四风”，反对特权思想和特权现象，坚决整治群众身边的不正之风和腐败问题；开展史无前例的反腐败斗争，不敢腐、不能腐、不想腐一体推进，“打虎”“拍蝇”“猎狐”多管齐下……经过不懈努力，全面从严治党的政治引领和政治保障作用充分发挥，党的自我净化、自我完善、自我革新、自我提高能力显著增强，管党治党宽松软状况得到根本扭转，反腐败斗争取得压倒性胜利并全面巩固，消除了党、国家、军队内部存在的严重隐患。

十年磨一剑，利刃开新篇。从八项规定起笔，到吹响新时代共产党人作风建设“集结号”，再到绘写全面从严治党鸿篇巨制，全面从严治党取得了历史性、开创性成就，产生了全方位、深层次影响，成为新时代党治国理政的一个鲜明特征，深刻表明我们党对共产党执政规律的认识、对建设长期执政的马克思主义政党的规律性认识达到新的高度。

从战略性举措看，从制定和落实中央八项规定开局破题，把全面从严治党纳入“四个全面”战略布局，将“坚持全面从严治党”作为新时代坚持和发展中国特色社会主义的基本方略之一。

从变革性实践看，把握党性党风党纪内在联系，把握“四风”与腐败风腐同源、风腐一体特征，始终把中央八项规定作为长期有效的铁规矩、硬杠杠，一年接着一年抓，以钉钉子精神纠“四风”树新风。

从突破性进展看，新时代十年来，我们攻克了许多长期没有解决的难题，解决作风方面的问题是其中之一。自2013年起，中央纪委国家监委持续每月公布查处违反中央八项规定精神问题数据，中央八项规定已经成为党内法规执行严起来、硬起来、实起来的生动写照，党在自我革命实践中对作风建设和反腐败斗争的认识不断深化。

从标志性成果看，新时代十年来，从八项规定到作风建设，从作风建设到党的建设，党在以伟大自我革命引领伟大社会革命中锻造得更加坚强有力、更加充满活力，不断焕发蓬勃生机，党中央权威和集中统一领导得到有力保证，党的政治领导力、思想引领力、群众组织力、社会号召力显著增强，党同人民群众始终保持血肉联系，始终成为中国人民最可靠、最坚强的主心骨。

历史长河奔腾不息，时代考卷常出常新。经过党的十八大以来全面从严治党，党内许多突出问题得到解决，但党面临的“四大考验”将长期存在，“四种危险”将长期存在。必须深刻认识到，贯彻执行中央八项规定是关系我们党会不会脱离群众，能不能长期执政、能不能很好履行执政使命的大问题。作风建设永远在路上，全面从严治党永远在路上，党的自我革命永远在路上，决不能有松劲歇脚、疲劳厌战的情绪。

“抓作风建设只有进行时，没有完成时。”党的二十大对锲而不舍落实中央八项规定精神作出新部署，我们要永远保持赶考的清醒和谨慎，抓住“关键少数”以上率下，持续深化纠治“四风”，重点纠治形式主义、官僚主义，坚决破除特权思想和特权行为，推进作风建设常态化长效化，坚持党性党风党纪一起抓，坚持以严的基调强化正风肃纪，始终保持党同人民群众的血肉联系，始终同人民同呼吸、共命运、心连心。

咬定青山不放松，留得清气满乾坤。十年前，在十八届中央政治局会议审议“八项规定”时，习近平总书记就明确表示，“规定就是规定，不加‘试行’两字，就是要表明一个坚决的态度，表明这个规定是刚性的”。新征程上，弘扬党的光荣传统和优良作风，坚决落实中央八项规定精神，坚持不懈将作风建设引向深入、坚定不移推进全面从严治党，以好的作风振奋精神、激发斗志、树立形象、赢得民心，我们一定能凝聚起14亿多人民的磅礴力量，风雨无阻向前行，同心共圆中国梦！

（2022年12月08日　06版）

密切党同人民群众的血肉联系

——风清气正凝聚党心民意②

党的最大政治优势是密切联系群众，党执政后的最大危险是脱离群众。

进入21世纪第二个十年，“四种危险”更加尖锐地摆在全党面前，“脱离群众危险”被列为其中之一。彼时，党内脱离群众的现象大量存在，一些问题还相当严重，集中表现在形式主义、官僚主义、享乐主义和奢靡之风这“四风”上。

作风问题无小事。党的作风就是党的形象，关系人心向背，关系党的生死存亡。党中央清醒认识到，如果不坚决纠正不良风气，任其发展下去，就会像一座无形的墙把我们党和人民群众隔开，我们党就会失去根基、失去血脉、失去力量。正如习近平总书记深刻指出的，“在改进作风问题上，我们不能退，也退不得”。

惟其艰难，更显勇毅。党的十八大闭幕不久，中央政治局就召开会议，审议通过《十八届中央政治局关于改进工作作风、密切联系群众的八项规定》。接过历史接力棒的新时代中国共产党人，从立规矩开始，从作风建设切入，从最高领导层做起，开启再塑自身形象的“第一行动”。一场涤荡党内痼疾顽症、大力扭转作风的战役就此打响，全面从严治党由此开局破题。

改进工作作风的任务非常繁重，“八项规定”是切入口，更是动员令。新时代十年来，以习近平同志为核心的党中央率先垂范、身体力行，用“讲认真”的精神、“有担当”的行动，以踏石留印、抓铁有痕的决心和毅力，坚持不懈落实中央八项规定精神、驰而不息纠正“四风”，谱写出作风建设新篇章，在全面从严治党的历史进程中留下浓墨重彩的一笔。

十年来，习近平总书记以行动为号令，坚持身教为先，始终带头严格执行中央八项规定，给全党树立了光辉典范。对国内考察调研，亲自把关方案，要求考察场所不清场闭馆，不封路封园，在调研中同广大人民群众近距离亲切交谈；对出访活动，多次指示要精算代表团饭店入住天数，能省则省，不要浪费，住地不要豪华，干净舒适即可；带头改进会风文风，参加全国两会代表团审议、在地方考察召开专题座谈会，明确提出让各方面代表和基层同志多发言……一言一行，体现带头贯彻执行中央八项规定的鲜明态度；点滴之间，彰显深厚的人民情怀。在以习近平同志为核心的党中央示范带动下，全党全社会迎来一场激浊扬清的风气之变，“八项规定”成为新时代中国共产党推进作风建设的一张“金色名片”。

这是去疴除弊、纠风治乱的十年。从把整治形式主义、官僚主义摆在更加重要的位置，持续纠治文山会海、工作过度留痕、检查考核过多过频等问题，到坚决整治“舌尖上的浪费”“会所中的歪风”“车轮上的铺张”，对享乐主义、奢靡之风露头就打、深挖严查……经过坚持不懈努力，我们刹住了一些长期没有刹住的歪风邪气，解决了一些长期没能解决的顽瘴痼疾，党风政风清新，党心民心振奋。人民群众由衷感慨：“八项规定改变中国！”

这是树立新风、赢得民心的十年。在脱贫攻坚第一线、在疫情防控最前沿、在抗洪救灾险情中，挺身而出、英勇奋战；深入基层、走进群众开展工作，“面对面”倾听民情民意，“点对点”解决急难愁盼问题，让“门好进、脸好看、事好办”成为常态……新时代的中国共产党人不忘初心、不移其志，以优良作风为群众的美好生活不懈奋斗，广大群众的获得感成色更足、幸福感更可持续、安全感更有保障，党群、干群关系更加密切。人民群众发自内心点赞：“共产党的好作风又回来了！”

作风问题，核心是党和人民群众的关系问题。习近平总书记强调：“加强作风建设，必须紧紧围绕保持党同人民群众的血肉联系，增强群众观念和群众感情，不断厚植党执政的群众基础。”这十年，有涉滩之险，有爬坡之艰，有闯关之难，在党和国家发展进程中极不寻常、极不平凡。我们之所以能够稳经济、促发展，战贫困、建小康，控疫情、抗大灾，应变局、化危机，攻克一个个看似不可攻克的难关险阻，创造一个个令人刮目相看的人间奇迹，正是因为我们党始终保持同人民群众的血肉联系，凝聚起亿万人民的一往无前之勇、应变求变之智、攻坚克难之力。

党的二十大绘就了宏伟蓝图，吹响了前进号角。前进道路上，无论是风高浪急还是惊涛骇浪，人民永远是我们党最坚实的依托、最强大的底气。我们要从政治的高度深刻认识密切联系群众的重要性，任何时候任何情况下，与人民群众同呼吸共命运的立场不能变，全心全意为人民服务的宗旨不能忘，坚信群众是真正英雄的历史唯物主义观点不能丢。要始终坚持以人民为中心的发展思想，始终保持党同人民群众的血肉联系，始终同人民站在一起、想在一起、干在一起，想人民之所想，行人民之所嘱，不断把人民对美好生活的向往变为现实，凝聚起同心共圆中国梦的强大合力。

抓作风建设只有进行时，没有完成时。10月25日，二十届中央政治局召开会议审议《中共中央政治局贯彻落实中央八项规定实施细则》，强调“党的二十大对锲而不舍落实中央八项规定精神作出新部署，必须始终把中央八项规定作为长期有效的铁规矩、硬杠杠”。作风建设不仅是攻坚战，而且是持久战。“逆水行舟，一篙不可放缓；滴水穿石，一滴不可弃滞。”我们要抓住“关键少数”以上率下，持续深化纠治“四风”，重点纠治形式主义、官僚主义，坚决破除特权思想和特权行为，推动全党坚决落实中央八项规定精神，全面推进党的自我净化、自我完善、自我革新、自我提高，始终保持党同人民群众的血肉联系，始终同人民同呼吸、共命运、心连心。

百年栉风沐雨、淬火成钢，特别是新时代十年革命性锻造，中国共产党更加坚强有力、更加充满活力。面向未来，永远保持赶考的清醒和谨慎，驰而不息推进全面从严治党，以伟大自我革命引领伟大社会革命，我们就一定能始终赢得保持党同人民群众血肉联系、人民衷心拥护的历史主动，赢得全党高度团结统一、走在时代前列、带领人民实现中华民族伟大复兴的历史主动，用新的伟大奋斗创造新的伟业。

（2022年12月09日　07版）

“窑洞之问”的第二个答案

——风清气正凝聚党心民意③

十年浴火淬炼，十年勇毅前行。回望新时代十年伟大变革，全面从严治党取得了历史性、开创性成就，产生了全方位、深层次影响，成为新时代党治国理政的一个鲜明特征。

政治建设纲举目张。这十年，坚持以党的政治建设为统领，坚持党中央集中统一领导是最高政治原则，全党增强“四个意识”，自觉在思想上政治上行动上同以习近平同志为核心的党中央保持高度一致，不断提高政治判断力、政治领悟力、政治执行力，确保党中央权威和集中统一领导，确保党发挥总揽全局、协调各方的领导核心作用，我们这个拥有9600多万名党员的马克思主义执政党更加团结统一；

作风建设激浊扬清。这十年，持之以恒正风肃纪，以钉钉子精神纠治“四风”，反对特权思想和特权现象，坚决整治群众身边的不正之风和腐败问题，扶正祛邪、久久为功，刹住了一些长期没有刹住的歪风，纠治了一些多年未除的顽瘴痼疾，党在人民心中的形象和威信空前提升；

反腐惩恶雷霆万钧。这十年，开展史无前例的反腐败斗争，以“得罪千百人、不负十四亿”的使命担当祛疴治乱，不敢腐、不能腐、不想腐一体推进，“打虎”“拍蝇”“猎狐”多管齐下，反腐败斗争取得压倒性胜利并全面巩固，消除了党、国家、军队内部存在的严重隐患，确保党和人民赋予的权力始终用来为人民谋幸福；

…………

经过不懈努力，党的自我净化、自我完善、自我革新、自我提高能力显著增强，管党治党宽松软状况得到根本扭转，风清气正的党内政治生态不断形成和发展，走过百年奋斗历程的中国共产党在革命性锻造中更加坚强有力，党群、干群关系更加密切，党心民心更加凝聚。

新时代全面从严治党何以取得卓著成效？一个重要答案就在于，从制定和落实中央八项规定开局破题，解决了新形势下作风建设抓什么、怎么抓的问题，进而推动了全面从严治党，推动了党风、政风、社会风气的好转，真正是小切口推动了大变局，达到了“八项规定一子落地，党的建设满盘皆活”的效果。

习近平总书记曾这样回顾中央八项规定提出的过程：“党的十八大之后，党中央讨论加强党的建设如何抓时，就想到要解决‘老虎吃天不知从哪儿下口’的问题。后来决定就抓八项规定，下口就要真正把那块吃进去、消化掉，不要这吃一嘴那吃一嘴，囫囵吞枣，最后都没有消化。我们抓住作风建设这条主线，一以贯之，步步深入。中央政治局从自身做起，形成以上率下的良好氛围。”十年来，以习近平同志为核心的党中央把中央八项规定作为加强作风建设的切入点、全面从严治党的突破口，率先垂范、身体力行，用“讲认真”的精神、“有担当”的行动，以踏石留印、抓铁有痕的决心和毅力，坚持不懈落实中央八项规定精神，写下作风建设新篇章，开创全面从严治党新局面。实践充分表明，“八项规定”深刻改变中国，在全面从严治党的历史进程中书写下浓墨重彩的一笔。

全面从严治党是党永葆生机活力、走好新的赶考之路的必由之路。从“治国必先治党，治党务必从严”的清醒认识，到把全面从严治党纳入“四个全面”战略布局，再到将“坚持全面从严治党”作为新时代坚持和发展中国特色社会主义的基本方略之一……在习近平总书记一系列治国理政新理念新思想新战略指引下，我们党坚持打铁必须自身硬，以“十年磨一剑”的定力推进全面从严治党，打出了一套自我革命的“组合拳”，形成了一整套党自我净化、自我完善、自我革新、自我提高的制度规范体系，确保我们党永葆旺盛生命力和强大战斗力。实践充分表明，全面从严治党是新时代党的自我革命的伟大实践，开辟了百年大党自我革命的新境界。

“我们党历史这么长、规模这么大、执政这么久，如何跳出治乱兴衰的历史周期率？”党的十八大以来，习近平总书记经常讲跳出历史周期率问题，这是关系党千秋伟业的重大问题，关系党的生死存亡，关系我国社会主义制度的兴衰成败。在《中共中央关于党的百年奋斗重大成就和历史经验的决议》通过之际，习近平总书记语重心长地谈到“窑洞对”：“毛泽东同志在延安的窑洞里给出了第一个答案，这就是‘只有让人民来监督政府，政府才不敢松懈’。经过百年奋斗特别是党的十八大以来新的实践，我们党又给出了第二个答案，这就是自我革命。”

百年来，党外靠发展人民民主、接受人民监督，内靠全面从严治党、推进自我革命，勇于坚持真理、修正错误，勇于刀刃向内、刮骨疗毒，保证了党长盛不衰、不断发展壮大。百年风霜雪雨、百年大浪淘沙，我们党能够饱经磨难而生生不息，历经千锤百炼仍朝气蓬勃，战胜一个又一个困难，取得一个又一个胜利，关键就在于始终坚持党要管党、全面从严治党不放松，在推动社会革命的同时进行彻底的自我革命。特别是新时代以来，我们党正是找到了自我革命这一跳出治乱兴衰历史周期率的第二个答案，赢得了保持同人民群众血肉联系、人民衷心拥护的历史主动，赢得了全党高度团结统一、走在时代前列、带领人民实现中华民族伟大复兴的历史主动。

习近平总书记强调："中央八项规定不是五年、十年的规定，而是长期有效的铁规矩、硬杠杠。"10月25日，党的二十大闭幕后不久，二十届中共中央政治局召开会议，审议《中共中央政治局贯彻落实中央八项规定实施细则》，充分彰显了以习近平同志为核心的党中央持之以恒推进全面从严治党、驰而不息正风肃纪的坚定决心。

作风建设永远在路上，全面从严治党永远在路上，党的自我革命永远在路上。我们党作为马克思主义执政党，立志于中华民族千秋伟业，进行着伟大而艰巨的事业，同时也面临着"四大考验""四种危险"。在前进道路上，我们面临的风险考验只会越来越复杂，甚至会遇到难以想象的惊涛骇浪。完成历史使命，战胜风险挑战，必须管好党、治好党。我们要高度警省，永远保持赶考的清醒和谨慎，继续发扬自我革命精神，一刻不停歇地推进全面从严治党，锲而不舍落实中央八项规定精神，努力把党建设得更加坚强有力，引领和保障中国特色社会主义伟大事业继往开来、行稳致远。

党的二十大报告指出："全面建设社会主义现代化国家、全面推进中华民族伟大复兴，关键在党。"新时代新征程，全党牢记中国共产党是什么、要干什么这个根本问题，大力弘扬伟大建党精神，务必不忘初心、牢记使命，务必谦虚谨慎、艰苦奋斗，务必敢于斗争、善于斗争，以伟大自我革命引领伟大社会革命，以伟大社会革命促进伟大自我革命，我们这个百年大党就一定能永远不变质、不变色、不变味，始终成为中国人民最可靠、最坚强的主心骨，在新的赶考之路上继续创造令人刮目相看的新的奇迹。

（2022年12月11日 02版）

在新征程上绽放工商联风采

在学习宣传贯彻党的二十大精神的热潮中，中国工商业联合会第十三次全国代表大会和全国工商联十三届一次执委会议圆满落幕。党中央、国务院专门向大会致信祝贺。

此次大会高举中国特色社会主义伟大旗帜，全面贯彻习近平新时代中国特色社会主义思想，深入学习宣传贯彻党的二十大精神，选举产生了全国工商联新一届领导机构和领导班子，通过了全国工商联关于认真学习贯彻党的二十大精神的决议、关于全国工商联十二届执行委员会报告的决议、关于《中国工商业联合会章程（修正案）》的决议。这是一次高举旗帜、凝聚力量、团结奋进、接续奋斗的大会，在工商联发展史上具有重要意义，必将进一步激励广大民营经济人士为全面建设社会主义现代化国家、全面推进中华民族伟大复兴而团结奋斗。

党的十九大以来，以习近平同志为核心的党中央高度重视民营经济发展和工商联工作。习近平总书记对促进“两个健康”工作作出一系列重要指示批示，主持召开民营企业座谈会、企业家座谈会，党中央围绕加强民营经济统战工作、促进民营经济改革发展、促进工商联及所属商会改革发展等出台一系列文件，极大地推动了民营经济和工商联工作的理论创新、实践创新和制度创新，为新时代民营经济和工商联工作创新发展提供了根本遵循，引领工商联事业取得了新的成就。

党的二十大制定了当前和今后一个时期党和国家的大政方针，描绘了以中国式现代化全面推进中华民族伟大复兴的宏伟蓝图。全面建设社会主义现代化国家，为民营企业创造了千载难逢的发展机遇，提供了前所未有的发展空间。奋力谱写全面建设社会主义现代化国家新篇章，民营经济始终是不可或缺的重要力量。广大民营企业要肩负使命、珍惜机遇，把企业的前途同国家民族的命运紧紧联系在一起，爱岗敬业、守法经营、创业创新、回报社会，在以中国式现代化全面推进中华民族伟大复兴的历史进程中谱写民营经济崭新篇章、作出新的更大贡献。

工商联工作是党的统一战线工作和经济工作的重要内容，工商联事业是中国特色社会主义事业的重要组成部分。工商联承担着组织动员广大民营经济人士为完成党的中心任务而共同奋斗的重大责任。党的二十大明确提出“全面构建亲清政商关系，促进非公有制经济健康发展和非公有制经济人士健康成长”，进一步明确了工商联工作的重点方向。做好新时代工商联工作，要以习近平新时代中国特色社会主义思想为指导，以进一步加强党对民营经济的全面领导和增强党对民营经济人士的凝聚力为己任，服从和服务于新时代党的中心任务，始终坚定正确政治方向，牢牢把握时代主题和工作主题，全面深化改革创新，全面加强自身建设，把党的二十大提出的战略部署转化为工作思路、具体对策和实际行动，落实到推动新时代工商联事业发展的各方面全过程。

“完善大统战工作格局，坚持大团结大联合，动员全体中华儿女围绕实现中华民族伟大复兴中国梦一起来想、一起来干。”这是党的二十大赋予统一战线的重要使命，也对新时代工商联工作提出新的更高要求。让我们更加紧密地团结在以习近平同志为核心的党中央周围，再接再厉、顽强拼搏、攻坚克难，不断巩固和发展包括工商联在内的最广泛的爱国统一战线，形成同心共圆中国梦的强大合力，为实现第二个百年奋斗目标、实现中华民族伟大复兴而不懈奋斗！

（2022年12月13日　05版）

坚定信心，努力完成经济社会发展目标任务

——论学习贯彻中央经济工作会议精神

“我国发展站在新的更高历史起点上”，12月15日至16日举行的中央经济工作会议，充分肯定今年以来我国经济社会发展取得的成绩，高度评价过去五年和新时代十年的伟大成就和变革。习近平总书记出席会议并发表重要讲话，深刻总结2022年经济工作，深入分析当前经济形势，对2023年经济工作作出重大部署，为做好明年经济工作、为全面建设社会主义现代化国家开好局起好步，指明了前进方向、提供了根本遵循。

在党和国家历史上，今年是极为重要的一年。党的二十大胜利召开，制定了当前和今后一个时期党和国家的大政方针，描绘了以中国式现代化全面推进中华民族伟大复兴的宏伟蓝图，全面建设社会主义现代化国家新征程迈出坚实步伐。一年来，国际环境风高浪急，国内改革发展稳定任务艰巨繁重，我国经济发展环境的复杂性、严峻性、不确定性上升。以习近平同志为核心的党中央团结带领全党全国各族人民迎难而上，统筹国内国际两个大局，统筹疫情防控和经济社会发展，统筹发展和安全，加大宏观调控力度，保持了经济社会大局稳定。一年来，我国发展质量稳步提升，科技创新成果丰硕，改革开放全面深化，就业物价基本平稳，粮食安全、能源安全和人民生活得到有效保障。在百年变局和世纪疫情相互叠加的复杂局面下，面对超预期因素的冲击，面临这么多的甚至是

空前的困难，我们能够取得这样的成绩，殊为不易，值得倍加珍惜！

回望新时代以来这十年，在党和国家发展进程中极不寻常、极不平凡，我们面临的形势之复杂、斗争之严峻、改革发展稳定任务之艰巨世所罕见、史所罕见。在战胜挑战中发展、在风雨洗礼中成长、在历经考验中壮大，十年来，我国经济总量迈上新台阶，对世界经济增长的贡献在全球居于首位，战略性新兴产业发展壮大，发展的平衡性协调性包容性持续提高，生态环境呈现明显改善和趋势性好转，共建“一带一路”走深走实，创新型国家建设取得重大进展。我们历史性地解决了绝对贫困问题，如期全面建成小康社会，实现第一个百年奋斗目标，迈上全面建设社会主义现代化国家新征程。特别是过去五年，我们经受了世界变局加快演变、新冠肺炎疫情冲击、国内经济下行等多重考验，有效守护了人民生命安全和身体健康，经济年均增长5%以上，好于全球平均水平。新时代十年是我国经济社会发展取得历史性成就、发生历史性变革、转向高质量发展的十年，我国经济迈上更高质量、更有效率、更加公平、更可持续、更为安全的发展之路，具备了更为坚实的物质基础、更为完善的制度保证，增强了全党全国各族人民的志气、骨气、底气，增强了全力战胜前进道路上各种困难和挑战的信心和定力。

中央经济工作会议指出，“做好经济工作，必须坚持党的全面领导特别是党中央集中统一领导”“坚持发展是党执政兴国的第一要务”“坚持稳中求进工作总基调”“坚持和完善社会主义基本经济制度”“坚持推进高水平对外开放”“坚持推动经济发展在法治轨道上运行”。这是对新时代我国经济社会发展实践的深刻总结，是我们党对做好经济工作规律性认识的深化。新时代十年的伟大成就和变革，是在以习近平同志为核心的党中央坚强领导下、在习近平新时代中国特色社会主义思想指引下全党全国各族人民团结奋斗取得的。实践充分证明，“两个确立”是战胜一切艰难险阻、应对一切不确定性的最大确定性、最大底气、最大保证。前进道路上，坚持和加强党的全面领导，坚决维护党中央权威和集中统一领导，使党始终成为风雨来袭时全体人民最可靠的主心骨，就一定能够确保全党全国拥有团结奋斗的强大政治凝聚力、发展自信心，集聚起万众一心、共克时艰的磅礴力量；牢牢把握高质量发展这个首要任务，完整、准确、全面贯彻新发展理念，坚持实事求是、尊重规律、系统观念、底线思维，把实践作为检验各项政策和工作成效的标准，坚持社会主义市场经济改革方向，坚持“两个毫不动摇”，稳步扩大规则、规制、管理、标准等制度型开放，营造市场化、法治化、国际化一流营商环境，中国经济航船就一定能劈波斩浪、行稳致远。

当前，世界之变、时代之变、历史之变正以前所未有的方式展开，我国经济恢复的基础尚不牢固，但要看到，我国经济韧性强、潜力大、活力足，各项政策效果持续显现，明年经济运行有望总体回升。习近平总书记科学把握我国发展面临的战略机遇和风险挑战，对明年经济工作作出了重大部署，体现了党中央在复杂多变局面下驾驭经济工作的高超智慧和能力。明年是全面贯彻落实党的二十大精神的开局之年，做好经济工作意义重大。我们要把思想和行动统一到党的二十大精神和党中央关于经济工作的决策部署上来，把握我国经济长期向好的基本面没有变的大势，把握我国发展仍具有的诸多战略性有利条件，坚定做好经济工作的信心，准确识变、科学应变、主动求变，知难而进、砥砺前行，在危机中育先机、于变局中开新局，集中精力办好自己的事情，依靠顽强斗争打开事业发展新天地。

明年经济工作的大政方针已定，推动经济运行整体好转，实现质的有效提升和量的合理增长，为全面建设社会主义现代化国家开好局起好步，使命在肩、责任重大。让我们更加紧密地团结在以习近平同志为核心的党中央周围，全面贯彻习近平新时代中国特色社会主义思想，深刻领悟“两个确立”的决定性意义，增强“四个意识”、坚定“四个自信”、做到“两个维护”，坚定信心、真抓实干、勇毅前行，努力完成经济社会发展目标任务，为全面建设社会主义现代化国家、全面推进中华民族伟大复兴而团结奋斗！

（2022年12月18日　01版）

坚持稳字当头、稳中求进

——论学习贯彻中央经济工作会议精神

中央经济工作会议强调指出，“明年要坚持稳字当头、稳中求进”。稳的基调更加明确，进的要求更加积极，传递的信息十分丰富。

坚持稳字当头、稳中求进，是以习近平同志为核心的党中央深入分析国内外形势作出的重大部署，体现鲜明的问题导向目标导向。当前我国经济恢复的基础尚不牢固，需求收缩、供给冲击、预期转弱三重压力仍然较大，外部环境动荡不安，给我国经济带来的影响加深。优化疫情防控措施将给经济恢复带来显著积极影响，但统筹疫情防控和经济社会发展还有大量工作要做。越是在形势复杂之时、关键节点，越要坚持稳字当头、稳中求进，这是我们党驾驭经济工作成功实践反复证明的一条重要经验。

坚持稳字当头、稳中求进，就要突出做好稳增长、稳就业、稳物价工作。对于我们这么大的经济体而言，保持经济平稳运行至关重要。只有保持合理的经济增长，充分保障就业民生，才能从容化解风险挑战，跨越中等收入陷阱，在国际竞争中获得优势。我国经济具备合理增长的条件，通过努力，能够在提高质量效益的基础上，推动经济运行整体好转，促使经济增长达到潜在增长水平。就业是民生之本，明年我国就业总量压力和结构性矛盾并存，要落实落细就业优先政策。我国社会总供给充足，粮食、能源保障有力，物价稳定有基础，不会对宏观政策形成掣肘，但也要及时有效缓解结构性物价上涨给部分困难群众带来的影响。

坚持稳字当头、稳中求进，要在全面深化改革开放、大力提振发展信心上积极作为。要坚持把深化供给侧结构性改革贯穿经济工作全过程，在优化要素配置、推进结构调整上迈出更大步伐。要以提高核心竞争力和增强核心功能为重点，谋划新一轮深化国有企业改革。要深化财税、金融体制改革，促进金融和地方债务风险化解。要持续增强各类企业活力，提振企业特别是民营企业信心，针对社会上对我们是否坚持“两个毫不动摇”的不正确议论，必须亮明态度，毫不含糊。可信的产权保护制度是稳预期的基石，要依法保护产权和知识产权，恪守契约精神。要从制度和法律上把对国企民企平等对待的要求落下来，扩大外资市场准入，形成国企敢干、民企敢闯、外企敢投的生动活泼局面。

坚持稳字当头、稳中求进，要把握好明年经济工作的政策取向。加大宏观政策调控力度，加强各类政策协调配合，形成共促高质量发展合力。积极的财政政策要加力提效。要优化组合赤字、专项债、贴息等工具，适度加大财政政策扩张力度，在优化财政支出上再下功夫，有效支持经济高质量发展。稳健的货币政策要精准有力。要保持流动性合理充裕，引导金融机构加大对小微企业、科技创新、绿色发展等领域支持力度，金融要为实体经济发展提供充足的、低成本的资金支持。产业政策要发展和安全并举。发展是安全的基础，安全是发展的前提，产业政策是统筹发展和安全的重要结合点。要狠抓传统产业改造升级和战略性新兴产业培育壮大，着力补强产业链薄弱环节。科技政策要聚焦自立自强。要准确把握、一体落实科教兴国战略、人才强国战略、创新驱动发展战略，强化教育、科技、人才的基础性、战略性支撑。社会政策要兜牢民生底线。明年高校毕业生规模预计超过1150万人、再创新高，要支持发展吸纳就业能力强的产业和企业，把促进青年特别是高校毕业生就业工作摆在更加突出的位置。要推动优质医疗资源扩容下沉和区域均衡布局，增加农村和欠发达地区的医疗资源。要积极应对人口老龄化少子化，完善生育支持政策体系，发展养老事业和养老产业，支持引导社会力量增加多元供给。

坚持稳字当头、稳中求进，必须牢牢守住不发生系统性风险的底线。风险一旦集中暴发，经济社会发展就会停滞甚至倒退，稳就无从谈起。房地产业链条长，对经济增长、财政状况、防范风险具有系统性影响，要确保房地产市场平稳发展，扎实做好保交楼、保民生、保稳定各项工作，有效防范化解优质头部房企风险，改善资产负债状况。要坚持房子是用来住的、不是用来炒的定位，推动房地产业向新发展模式平稳过渡，这是走出房地产泡沫周期循环的治本之策。要防范化解金融风险，压实各方责任，防止形成区域性、系统性金融风险。

潮平两岸阔，风正一帆悬。新征程上，更加紧密地团结在以习近平同志为核心的党中央周围，认真贯彻落实中央经济工作会议精神，坚持稳字当头、稳中求进，从容应对风险挑战，我国经济大船一定能乘风破浪向前。

（2022年12月19日　01版）

坚持系统观念、守正创新

——论学习贯彻中央经济工作会议精神

明年是全面贯彻落实党的二十大精神的开局之年，是疫情防控进入新阶段的重要一年，我国经济发展在多重目标、多重约束下面临诸多两难多难选择。中央经济工作会议强调要坚持系统观念、守正创新，明确提出"六个统筹"，推动经济运行整体好转。"六个统筹"的提出，具有非常强的年度针对性和问题导向性。

要更好统筹疫情防控和经济社会发展。遭遇新冠肺炎疫情以来，在以习近平同志为核心的党中央坚强领导下，我们用近三年艰苦卓绝努力，有效应对全球五波疫情冲击，人民生命安全和身体健康得到有效守护，经济实现年均增长4.5%左右，统筹疫情防控和经济社会发展取得重大积极成果。当前，奥密克戎病毒传染性虽强，但重症率、致死率显著降低，科学优化疫情防控措施是必要的、正确的、负责任的，一以贯之地体现了人民至上、生命至上。要认真落实新阶段疫情防控各项举措，因时因势优化疫情防控措施，着力保健康、防重症，加强统筹衔接，顺利渡过流行期，确保平稳转段。随着优化疫情防控各项政策措施实施，我国经济和社会秩序会加快走向恢复，将促进经济运行良性循环，释放巨大活力。

要更好统筹经济质的有效提升和量的合理增长。经济发展是质和量的有机统一，质的提升为量的增长提供持续动力，量的增长为质的提升提供重要基础。明年，需求收缩、供给冲击、预期转弱三重压力仍然较大，要坚持以质取胜，以量变的积累实现质变，在提高质量效益的基础上保持合理的经济增长。要继续实施积极的财政政策和稳健的货币政策，突出做好稳增长、稳就业、稳物价工作，着力改善社会心理预期，提振发展信心，着力增强国企、民企、外企等微观主体活力，推动我国经济运行总体回升。

要更好统筹供给侧结构性改革和扩大内需。当前需求不足是我国面临的突出矛盾，既有消费能力偏弱、消费场景受限、存在限制性政策等问题，也有民间投资偏弱、企业投资意愿下降等问题。要把恢复和扩大消费摆在优先位置，增强消费能力，改善消费条件，创新消费场景，多渠道增加城乡居民收入，支持住房改善、新能源汽车、养老服务等消费。通过政府投资和政策激励有效带动全社会投资。要通过高质量供给创造有效需求，在有需求但未得到有效满足的领域尽快优化供给结构，并推动新产业、新技术、新产品、新业态发展，以新供给创造新需求。供需的结合点就是经济的增长点，抓住了、做好了既能提升供给体系的质量和效率，又能扩大当期需求。

要更好统筹经济政策和其他政策。高质量发展是全面建设社会主义现代化国家的首要任务，各方面政策都要同向发力、互补协同，共同服务于高质量发展大局。要增强全局观，形成共促高质量发展合力。要加强与宏观政策取向一致性评估，清理和废止有悖于高质量发展的政策文件。要加快推出一批“绿灯”投资案例，支持平台企业在引领发展、创造就业、国际竞争中大显身手。

要更好统筹国内循环和国际循环。对外开放是我国的基本国策，开放的大门只会越开越大。要提升国际循环质量和水平，贸易、投资、人才、技术、能源资源的国际循环都要进一步扩大规模、优化结构，主动对照相关国际规则、规制、管理、标准，深化国内相关领域改革。要增强国内大循环内生动力和可靠性，加快补上我国产业链供应链短板弱项，保证产业体系自主可控和安全可靠，确保国民经济循环畅通。要依托我国超大规模市场优势吸引全球资源要素，以国际循环提升国内大循环的效率和水平，推动国内国际双循环相互促进。

要更好统筹当前和长远。当前和长远是辩证的统一，互为条件、相辅相成。我们党是立足中华民族千秋伟业长期执政的党，中国式现代化是一个长期的历史进程，事情总是要一件接着一件做，一任接着一任干。既要立足当前做好工作，解决我们面临的紧迫问题，努力取得好的成绩，又要前瞻性思考，为今后发展做好衔接，咬定青山不放松，一张蓝图绘到底。

“千钧将一羽，轻重在平衡”。系统观念、守正创新是习近平新时代中国特色社会主义思想的重要方法论。“六个统筹”为做好明年经济工作提供了重要思想指引，充分体现了我们党用普遍联系的、全面系统的、发展变化的观点观察和推动工作的优良传统，必须在各项工作中学习好、运用好、贯彻好，努力推动明年经济运行总体回升、迎来崭新局面。

（2022年12月20日　01版）

纲举目张，保持经济平稳运行

——论学习贯彻中央经济工作会议精神

在中央经济工作会议上，习近平总书记强调："明年经济工作千头万绪，要从战略全局出发，抓主要矛盾，从改善社会心理预期、提振发展信心入手，抓住重大关键环节，纲举目张做好工作。"中央经济工作会议提出了明年经济工作的重点任务，作出了一系列重大部署。抓好这些重点任务的落实，让市场主体真切感受到政策的春风、市场的暖意，看到党和政府呵护全社会发展积极性、推动高质量发展的坚定决心和强大能力，就能以纲带目，保持经济平稳运行。

要着力扩大国内需求。总需求不足是当前经济运行面临的突出矛盾，也是市场主体感受最为直接的困难。必须大力实施扩大内需战略，释放我国超大规模国内市场的需求潜力，发挥好消费的基础性作用和投资的关键作用，实现社会再生产良性循环。要把恢复和扩大消费摆在优先位置，多渠道增加城乡居民收入，特别是提高消费倾向高、但受疫情影响大的中低收入居民的消费能力。要努力改善消费条件，创新消费场景，支持住房改善、新能源汽车、养老服务等消费。要通过政府投资和政策激励有效带动全社会投资，鼓励和吸引更多民间资本参与国家重大工程和补短板项目建设。要把实施扩大内需战略同深化供给侧结构性改革有机结合起来，善于把经济发展中的堵点、痛点、难点、空白点转化为增长点，在扩大内需过程中提升供给体系的质量和效率，提升全要素生产率和经济长期发展潜力，实现高水平的供需良性循环和动态平衡。

要加快建设现代化产业体系。我国拥有世界最完整的产业体系和潜力最大的内需市场，制造业规模占全球30%，是全球制造业的重要枢纽。我们要坚守实体经济特别是制造业这个根本，练好内功，站稳脚跟，抓紧补短板、锻长板，努力实现实体经济的更大发展。要围绕重点产业链抓好关键核心技术攻关，有效解决“卡脖子”问题，确保产业体系自主可控和安全可靠。要准确把握产业高端化发展的内涵，加快以先进适用技术改造提升传统优势产业。制造业高端化不是都去搞芯片，服装家具都可以高端化发展。要加快新能源、人工智能、生物制造等前沿技术研发和应用推广，勇于开辟新领域、制胜新赛道。数字经济是决定国家未来发展潜力和国际竞争力的重要领域。要提升常态化监管水平，营造规范健康可预期的发展环境，支持平台企业在引领发展、创造就业、国际竞争中大显身手。

要切实落实“两个毫不动摇”。要深化国资国企改革，提高国企核心竞争力。要从制度和法律上把对国企民企平等对待的要求落下来，从政策和舆论上鼓励支持民营经济和民营企业发展壮大。提振民营企业信心是稳预期的重中之重。我国民营经济具有“五六七八九”的特征，即贡献了50%以上的税收，60%以上的国内生产总值，70%以上的技术创新成果，80%以上的城镇劳动就业，90%以上的企业数量，是社会主义市场经济的重要组成部分。我们党促进民营经济发展壮大，是长久之策，不是权宜之计。在这个问题上，党中央态度鲜明，毫不含糊。习近平总书记一贯支持民营经济发展，明确提出“民营企业和民营企业家是我们自己人”。政府和企业共同努力，营造规范健康的发展环境，企业活力才能充分释放，经济才能行稳致远。领导干部要帮助民营企业解难题、办实事，构建“清茶一杯暖人心”的亲清政商关系。

要更大力度吸引和利用外资。积极吸引和利用外资是改革开放以来我国实现快速发展的重要经验。当前，世界各国都在大力吸引外资，力求在新的国际分工体系中占据有利地位。逆水行舟，不进则退。我们要发挥超大规模国内市场和产业体系完备、劳动力素质高的优势，着力推进高水平对外开放，进一步扩大市场准入，发挥好自由贸易试验区、自由贸易港等各类开放平台的作用。要营造市场化、法治化、国际化一流营商环境，落实好外资企业国民待遇，加大知识产权和外商投资合法权益保护力度。要积极推动加入高标准经贸协议，主动对照相关规则、规制、管理、标准，深化国内相关领域改革。要有针对性地做好外资企业服务工作，加强沟通交流，及时帮助解决问题，提供最大程度的便利，推动标志性项目落地建设，重视吸引外国中小企业来华投资。

要有效防范化解重大经济金融风险。必须增强系统观念和底线思维，坚持标本兼治、远近结合，做大经济实力这个分母，稀释风险这个分子，牢牢守住不发生系统性风险的底线。房地产对经济增长、就业、财税、居民财富、金融稳定都具有重要影响，要扎实做好保交楼、保民生、保稳定各项工作，满足行业合理融资需求，改善资产负债状况，因城施策支持刚性和改善性住房需求，着眼长远推动房地产业向新发展模式平稳过渡。金融事关发展全局，要强化金融稳定保障体系，压实各方责任，健全金融监管，推动金融机构加强内部治理，夯实金融健康发展的微观基础。要有效防范化解地方政府债务风险，开正门、堵旁门、化存量、控增量，夯实地方基本财力和自我发展能力。

2023年经济工作大政方针已定。我们要把思想和行动统一到党的二十大精神和党中央关于经济工作的决策部署上来，以实打实的举措有效改善社会心理预期，提振发展信心，努力推动经济运行整体好转，为全面建设社会主义现代化国家开好局起好步。

（2022年12月21日　01版）

以新气象新作为推动高质量发展取得新成效

——论学习贯彻中央经济工作会议精神

做好经济工作是我们党治国理政的重大任务。明年是全面贯彻落实党的二十大精神的开局之年，做好经济工作意义重大。中央经济工作会议强调，要准确把握明年经济工作部署要求，敢担当，善作为，察实情，创造性抓好贯彻落实，努力实现明年经济发展主要预期目标，以新气象新作为推动高质量发展取得新成效。

中国经济是一艘巨轮，体量越大，风浪越大，掌舵领航越重要。做好经济工作，必须坚持党的全面领导特别是党中央集中统一领导。党的十八大以来，以习近平同志为核心的党中央准确判断我国经济发展进入新常态，坚持以高质量发展为主题、以供给侧结构性改革为主线，全面贯彻新发展理念，加快构建新发展格局，推动发展的平衡性协调性包容性持续提高，引领我国经济迈上更高质量、更有效率、更加公平、更可持续、更为安全的发展之路。实践充分证明，以习近平同志为核心的党中央作出的决策部署是完全正确的，党中央具有驾驭复杂局面的娴熟能力，具有引领中国经济巨轮破浪前行的高超智慧。当前我国经济恢复的基础尚不牢固，需求收缩、供给冲击、预期转弱三重压力仍然较大。越是形势复杂、挑战严峻，越要发挥党中央集中统一领导的定海神针作用，形成心往一处想、劲往一处使的强大合力，依靠顽强斗争打开事业发展新天地，以新气象新作为推动高质量发展取得新成效。

党的二十大科学谋划了未来一个时期党和国家事业发展的目标任务和大政方针，擘画了以中国式现代化全面推进中华民族伟大复兴的宏伟蓝图，强调高质量发展是全面建设社会主义现代化国家的首要任务。中央经济工作会议提出明年要坚持稳字当头、稳中求进，强调要形成共促高质量发展合力。各地区各部门和各级领导干部要把思想和行动统一到党的二十大精神和党中央关于经济工作的决策部署上来，进一步统一思想、统一意志、统一行动。要深刻领会准确把握党中央对当前经济形势的分析判断、关于明年经济工作的总体要求和政策取向，牢牢把握高质量发展这个首要任务，完善党中央重大决策部署落实机制，以实际行动把党中央决策部署落实到位。

以新气象新作为推动高质量发展取得新成效，必须提高党领导经济工作能力和水平。要深刻认识到，领导经济工作必须尊重客观实际和群众需求，必须有系统思维、科学谋划。明年经济发展面临的困难挑战很多，经济工作千头万绪，对领导经济工作的专业能力提出更高要求。要坚持系统观念、守正创新，从战略全局出发，抓主要矛盾，从改善社会心理预期、提振发展信心入手，抓住重大关键环节，纲举目张做好工作。各级领导干部要把实践作为检验各项政策和工作成效的标准，注重围绕市场主体需求施策，完善政策实施方式，增强时效性和精准性。要提高政治素养和专业能力，加强学习，干什么学什么、缺什么补什么，注重在干中学、学中干，成为行家里手、内行领导。

以新气象新作为推动高质量发展取得新成效，必须坚持真抓实干。要把提高政治判断力、政治领悟力、政治执行力，体现到贯彻落实党的路线方针政策的实际行动上，体现到推动高质量发展的实际行动上，体现到为党分忧、为国尽责、为民奉献的实际行动上。要坚持以人民为中心的发展思想，想人民之所想，行人民之所嘱，始终把人民利益放在最高位置，真心实意为人民群众排忧解难，坚决反对形式主义、官僚主义。要加强调查研究，把握好习近平新时代中国特色社会主义思想的世界观和方法论，坚持好、运用好贯穿其中的立场观点方法，自觉用党的创新理论观察新形势、研究新情况、解决新问题。要科学精准问责，为担当者担当，充分发挥各方面积极性、主动性、创造性，激发全社会干事创业活力，让干部敢为、地方敢闯、企业敢干、群众敢首创。

空谈误国，实干兴邦。让我们更加紧密地团结在以习近平同志为核心的党中央周围，全面贯彻习近平新时代中国特色社会主义思想，深刻领悟“两个确立”的决定性意义，增强“四个意识”、坚定“四个自信”、做到“两个维护”，保持战略定力、坚定必胜信心，以奋发有为的精神状态和“时时放心不下”的责任意识做好经济工作，以高质量发展的新成效为全面建设社会主义现代化国家开好局起好步。

（2022年12月22日　04版）

携手新时代　奋进新征程

12月7日至12月23日，中国国民党革命委员会、中国民主同盟、中国民主建国会、中国民主促进会、中国农工民主党、中国致公党、九三学社、台湾民主自治同盟陆续召开全国代表大会。中共中央对各民主党派全国代表大会高度重视，分别致词表示祝贺。在亿万人民迈上全面建设社会主义现代化国家新征程、向第二个百年奋斗目标进军的关键时刻，各民主党派全国代表大会的召开，对推进各民主党派自身长远发展、坚持好发展好完善好中国新型政党制度、巩固和发展最广泛的爱国统一战线，具有重要意义。

长期以来，各民主党派始终与中国共产党一道携手前进、一道经受考验，秉承“长期共存、互相监督、肝胆相照、荣辱与共”方针，书写了光辉绚丽的历史华章。特别是过去五年，面对风高浪急的国际环境和艰巨繁重的国内改革发展稳定任务，各民主党派胸怀“国之大者”，主动担当作为，彰显独特优势，作出重要贡献。历史和实践充分证明，各民主党派作为中国共产党的亲密友党和好参谋、好帮手、好同事，作为同中国共产党通力合作的中国特色社会主义参政党，始终不渝坚持中国共产党的领导，始终同中国共产党想在一起、站在一起、干在一起，是推进中华民族从站起来、富起来到强起来伟大飞跃中的一支重要力量，是全面建设社会主义现代化国家、夺取新时代中国特色社会主义新胜利的一支重要力量，是实现第二个百年奋斗目标、全面推进中华民族伟大复兴的一支重要力量！

中共二十大制定了当前和今后一个时期党和国家的大政方针，描绘了以中国式现代化全面推进中华民族伟大复兴的宏伟蓝图，对多党合作事业作出新部署、提出新要求，为各民主党派履职尽责提供了广阔舞台。在新的历史起点上，各民主党派将同中国共产党携手新时代、奋进新征程，共襄中华民族伟大复兴的伟业。

始终不渝坚持中国共产党的领导。中国共产党是最高政治领导力量。正是有了中国共产党的坚强领导，民主党派才能实现自身价值、不断发展进步。要引导广大民主党派成员不断增进对中国共产党领导和中国特色社会主义的政治认同、思想认同、理论认同、情感认同，传承与党同心、爱国为民、精诚合作、敬业奉献的优良传统，深刻领悟“两个确立”的决定性意义，不断增强“四个意识”、坚定“四个自信”、做到“两个维护”，自觉在思想上政治上行动上同以习近平同志为核心的中共中央保持高度一致。

充分发挥中国新型政党制度优势。中国新型政党制度是植根中国土壤、彰显中国智慧、具有独特优势的伟大政治创造，是有利于国家发展、民族振兴、社会进步、人民幸福的好制度。作为这一制度的重要主体，各民主党派要紧扣中共二十大确立的奋斗目标，围绕把握新发展阶段、贯彻新发展理念、构建新发展格局、实现高质量发展等重大问题，积极建言献策，更好集智聚力，认真履行职能，协助做好凝聚共识、化解矛盾、维护团结的工作，不断巩固和发展心往一处想、劲往一处使的生动局面。

持续加强中国特色社会主义参政党建设。担负起新时代新使命，对各民主党派加强自身建设、更好履行参政党职责提出更高要求。各民主党派要提高政治站位，从中国共产党百年奋斗史、多党合作光辉史中汲取智慧和力量，紧扣思想政治建设、组织建设、履职能力建设、作风建设和制度建设总体布局，坚持守正创新，注重建章立制，持之以恒、久久为功，努力成为政治坚定、组织坚实、履职有力、作风优良、制度健全的中国特色社会主义参政党。

回顾风雨同舟的光辉历程，我们倍感振奋；展望团结奋斗的光明前景，我们信心满怀。新征程是充满光荣和梦想的远征，蓝图已经绘就，号角已经吹响。各民主党派在中国共产党的团结带领下，同心同德、群策群力，踔厉奋发、笃行不怠，就一定能够不断开创多党合作事业的新局面，共同谱写中华民族伟大复兴的新篇章！

（2022年12月24日　01版）